PLATITUDES

Nouvelles Angleterres
collection dirigée par Denis Baldwin-Beneich

Déjà parus :

Peu importe, par Edward Saint-Aubyn
Le Stradivarius à sonnettes, par Teresa Kennedy

A paraître :

Une couronne pour les morts, de Briege Duffaud
L'Amour-blues, de Arthur Flowers
Le Mâle de l'espèce, de Matthew Hart
Mauvaise Nouvelle, d'Edward Saint-Aubyn

Trey Ellis

PLATITUDES

Traduit de l'américain par Helaina Pisar
avec la collaboration de Sarah Church McDowell

Éditions Balland
33, rue Saint-André-des-Arts
75006 Paris

Titre original : *Platitudes*

Publié par Vintage Contemporaries/Random House, juillet 1988.

Pour maman et papa,
j'aurais tant aimé que vous soyez là.

Brian O'Nolan [1] *signale dans un de ses écrits que le roman moderne, pour l'essentiel, se doit d'être un jeu de références* [2].

Eh bien, déclara Lamont, voilà, Messieurs, qui me paraît bien vu, et même fort bien vu, si vous voulez mon humble avis. D'ailleurs, c'est tout à fait ce genre de conception alambiquée que les gens, aujourd'hui,

---

1. Plus connu sous le pseudonyme de Flann O'Brien, ou encore celui de Myles na gCopaleen.

2. « La littérature, dans sa globalité vivante, devrait être considérée comme le limbe à partir duquel les auteurs éclairés pourraient emprunter des personnages, et cela chaque fois qu'ils le souhaiteraient, ne recourant à l'invention pure qu'en cas d'indisponibilité des marionnettes appropriées préexistantes. *Le roman moderne, pour l'essentiel, se doit d'être un jeu de références.* La plupart des écrivains passent leur temps à répéter ce qui s'est dit avant eux – généralement, en moins bien. Une profusion de références aux œuvres déjà existantes permettrait au lecteur d'adhérer instantanément à la nature profonde de chacun des personnages, lui épargnant ainsi de pénibles explications et, du même coup, excluant, et cela de manière efficace, de l'univers de la littérature contemporaine, les charlatans, arrivistes, joueurs de gobelets, bref quiconque présentant un niveau de culture inférieur. Fin de la démonstration. » (C'est moi qui souligne.) (*Du côté de chez Cygne*, Flann O'Brien, New York, éditions Plume, 1966, p. 33.)

9

cherchent à retrouver dans une histoire. N'est-il pas vrai ?

Qu'à cela ne tienne. Pour notre part, nous tâcherons de faire au mieux dans le déroulement de cette narration [1].

---

1. *Ibid.*, p. 245.

1.

L'afficheur numérique du radio-réveil égrène ses petites cartes mobiles; d'abord un 7 blanc sur fond noir, puis un 0 et encore un 0, qui s'en viennent tout à coup recouvrir les 6, le 5 et puis le 9.

DDDRRRIIIIIIIIG —

Terminé. Hors service. Silence.

Doigts, couleur de gauffre, rampant entre le drap du dessus et le drap-housse. Les quatre élastiques qui retenaient le drap-housse au matelas ont lâché. Il entoure à présent la taille d'Earle et passe entre ses jambes. Un doigt a écrasé le bouton blanc de commande d'arrêt du réveil. La lumière du jour entre à flot par les fenêtres de l'appartement, inonde les larges feuilles du caoutchouc, poursuit sa route au-delà de l'avion *Mustang P38* et de la fusée *Estes Saturne 5* à quatre étages (l'avion descend en piqué, la fusée, elle, s'élève vers les cieux, mais les deux maquettes sont suspendues à un fil de pêche qui pend de la tringle à rideaux. Les engins traînent derrière eux des flammes en boules de coton teintées de rouge). Des ombres frémissantes tachent le mur opposé de la chambre. Des fanions universitaires collectionnés par Earle sont accrochés çà et là, ainsi qu'une grande carte du monde où est épinglé, à l'aide de longues punaises à tête rousse comme dans un rite vaudou, le cœur des grandes villes que Earle visitera au cours de l'année sabbatique qu'il s'accordera, une fois sa candidature acceptée par une prestigieuse université, M.I.T. [1] par exemple. Comme un autocollant sur un pare-brise, sa joue colle au protège-matelas en plastique.

Eeeaaarrrllle, chantonne une voix mielleuse de l'autre côté de la porte. *Deboooouuut. C'est l'heeeuuurrre. D'aaaaaaccord.*

Voilà à présent que sa verge dresse une petite tente blanche sous son caleçon. Earle se dirige lentement vers la salle de bains réservée à son usage personnel. Enfin, « se dirige », c'est beaucoup dire. En réalité, il piétine, Earle. Et puis, soudain, entre les feuilles du caoutchouc, la maquette de l'avion et celle de la fusée qui toutes deux pendouillent de la tringle à rideaux, elle est là – la Femme – celle qui habite l'appartement 10A, juste en face, dans le même immeuble, mais juste en face. Déjà de retour de sa séance d'aérobic. Quelques exercices pour décompresser, avant de passer sous la douche. Elle porte un soutien-gorge de jogging, un slip en lycra, un bandeau autour du poignet avec un chronomètre accroché dessus et ses cheveux blonds sont ramenés en une queue-de-cheval. Earle se précipite vers son lit, retire une petite cale de bois de dessous son matelas, retourne vers la porte de sa chambre pour la bloquer. *(Maman! Une s'conde, n'essaie pas de forcer cette porte. Elle a dû gonfler à cause de l'humidité. Oui, gonfler!* voilà ce qu'il dirait en cas de coup dur.) Dissimulé derrière les larges feuilles du caoutchouc, de sa

---

1. M.I.T. : Massachusetts Institute of Technology, l'une des plus prestigieuses universités américaines dans le domaine des sciences et des technologies nouvelles.

seule main de libre, il tente de dévisser le capuchon du tube de dentifrice en l'écrasant contre le lavabo. Le gel dégorge. Il en a plein les doigts, en lèche une partie, tend le bras pour attraper la brosse à dents, verse un peu d'eau dessus, et hop, dans la bouche, il se les brosse. Vu qu'il est nu, le voyeur, c'est qui ? Cherchez l'erreur.

Passé dans la cuisine, Earle se gave déjà de cuillerées entières de gruau.

Tandis que sa mère lui rappelle que son costume pour la fête organisée conjointement par le Secours unifié juif et l'Association nationale pour le progrès social des gens de couleur est revenu du pressing, qu'il est accroché dans son placard, je vais vous dire, moi, de quoi elle n'a pas l'air, cette bonne femme qui parle.

D'abord, elle n'est pas grosse (elle n'a pas de tablier à dentelles, et quand bien même elle en aurait un, sa poitrine ne suffirait pas à faire gonfler la toile) et puis ensuite, elle n'a pas de dents en or. Elle chante faux. Personne ne l'appelle jamais *Maaama* (alors que elle, c'est comme ça qu'elle appelle sa propre mère). Elle ne travaille pas, mais alors pas du tout, dans la pub. Et lorsqu'elle joue au tennis, personne, vraiment personne, ne lui envie son revers à deux mains.

... devrait plus tarder maintenant. Je lui ai dit qu'on irait au zoo.

Parfaitement, tu as seize ans, p'tit bêcheur, on le sait, mais il n'y a pas de loi qui interdise à un petit bêcheur de seize ans d'aller au zoo ! D'ailleurs, tu aimais beaucoup aller au zoo, avant. Par exemple, ton père et moi, si on oubliait de te surveiller rien qu'une toute petite seconde, voilà déjà que tu fonçais tout droit vers la cage des singes en te grattant sous les bras et en sautant comme un dément. Un jour, tu as filé pour arracher des mains du vendeur tous les ballons qu'il tenait. Tu t'envolais déjà quand ton père a pu enfin te rattraper de justesse. A un mètre au-dessus du sol! Tu te souviens?

Oh, ça doit être Solomon. Sois gentil avec Monsieur Levitt même si tu ne veux pas sortir avec nous, d'accord, mon trésor?

Chérie, t'es belle comme le jour, t'es toujours belle comme le jour, tu le sais, ça? L'autre jour, je faisais le tour d'un de mes immeubles et je disais au concierge, un vaurien paresseux, une petite fripouille mais bon, ça fait des années qu'il travaille pour moi, je lui disais donc, à cette petite fripouille, je connais cette femme qui est belle comme le jour, s'exclame Monsieur Levitt en roulant la dernière moitié de son cigare entre le pouce et l'index pour le caler ensuite au coin de la bouche. Hé fiston, ça va les burnes?

Réponds-lui, Earle, réponds à Monsieur Levitt.

Après le zoo, on ira bouffer dans ce restau quatre étoiles que je connais à City Island. T'as pas idée de la taille des croquettes de crabe qu'ils te servent là-bas, des vrais ballons de basket, et puis après ça, qui sait, peut-être qu'on se payera une toile. C'est moi qui régale, ça me fait plaisir. Alors qu'est-ce que t'en dis?

N'insiste pas, Sol. Quand Earle est de mauvaise humeur, bon Dieu, qu'il est de mauvaise humeur! Hier, il a même séché ses cours! Des fois, il me dépasse, ce môme.

Solomon Levitt pose son attaché-case à plat sur la table de la salle à manger, tripote la combinaison de la serrure puis, les pouces enfoncés sur les gâchettes, il appuie pour en faire sauter les loquets. C'est comme ça te chante, mon vieux, mais voilà quand même un p'tit cadeau pour toi. Ta maman m'a dit que t'étais plutôt branché électronique. Il lui tend un voltohmmilliam-pèremètre en kit, emballé sous-vide comme un sandwich d'autoroute. Et tiens, v'là dix dollars, pour les piles.

Lorsque sa mère demande « Eh bien, qu'est-ce qu'on dit ? », Earle répond « Merci monsieur ».

... et t'ai-je bien dit de ne pas oublier de rincer ton bol de gruau ? lui rappelle-t-elle quelques instants plus tard, cette fois, la bouche collée contre la grille de l'interphone, depuis le rez-de-chaussée de l'immeuble. Tu sais que si tu ne le fais pas, ça colle au bol et à la cuillère et ça devient dur comme du papier de verre après parce que ça cuit dans le lave-vaisselle... Promets-moi de ne pas rester enfermé toute la journée à la maison. Il fait beau dehors, ni trop chaud, ni trop humide...

Les instructions d'assemblage du voltohmmilliam-pèremètre indiquent que pour un individu de dix-sept ans ou plus, dix-neuf heures de travail sont nécessaires au montage de l'appareil. Il est à présent dix heures du matin et je suis prêt à parier que Earle compte bien terminer son bricolage avant de se rendre à la fête de ce soir, à vingt et une heures.

2.

Le taxi pile net au panneau stop, projetant Earle au-dessus de son siège au moment même où celui-ci tente de fourrer les billets pliés à travers le petit guichet aménagé dans la cloison de Plexiglas séparant le chauffeur du passager. Faut qu'elle vienne, se dit Earle en cherchant à tâtons la poignée de la portière.

Un bruit sourd interrompt sa rêverie. Le portier, muni d'un registre, est planté à l'entrée de la boîte disco. Un groupe de jolies filles noires, genre café au lait, auxquelles s'agglutinent des types jeunes, blancs et bien sapés, s'époumonent à décliner leur identité au cerbère de service. Puis, happés par l'obscurité et le rythme pulsé qui s'échappent de cet antre, de petits groupes pénètrent tour à tour dans la boîte. Earle s'approche du portier, s'adresse personnellement au registre en inclinant le front vers la feuille de papier et donne son nom, par deux fois.

Elle est là. Seule.

Approche une hôtesse d'accueil, en robe rouge amidonnée et très courte, parée d'un maquillage anti-troubles émotifs. Sa silhouette ondoyante s'interpose entre Elle et lui. Précédée d'un plateau retenu par une

lanière passant autour du cou, l'hôtesse distribue de
petits rouleaux de papier :

Le Copa

Le Beat, ça leur remue les tripes, le Beat
C'est bath, le Beat, c'est bath
Et quand la basse balance la mélancolie, c'est pire
Parce que les pieds chauffent d'un coup, et puis transpirent.

Les rayons de lumière rouge croisent les bleus
Transpercent la foule, on dirait du feu
Au-dessus des têtes noires et des têtes blanches, ça se
mélange
Le Beat, faut voir comme ça les démange

Ça crépite de partout, plein les oreilles et plein les yeux
Explose. Implose. Expose.
Noir complet. Sur-ex-po-sé !
Un déhanchement furtif, et hop, un coup de reins, bien,
bien
Sexy coït ! Sexy coït ! Sexy coït !

Ses chaînes à la Travolta cascadent
Sur sa poitrine velue – hallu !
Il ondule, il pivote dans son pantalon moulant
Les burnes, dur-dur, ça coince là-dedans.

Sa minijupe, c'est rien qu'une ceinture, mini
Je te dis, mini-mini
Du cuir, d'accord mais
Ça lui râpe le bassin et ça lui fait mal à sa peau
Tout ça pour lever un mec, j'te dis : Maso !

Bill DePopulaire

Les pupilles d'Earle se dilatent dans l'obscurité. Le beat imprime sur la surface du bol de punch des ondes de choc. Une mère juive, une fleur artificielle au corsage, fichue d'un sourire de circonstance, s'occupe des boissons. Earle lui tend deux verres. Elle les remplit. Il s'en retourne, les avant-bras trempés. Sous cette lumière, le punch est opaque comme du goudron. Une femme noire réglemente l'accès à la table des petits fours.

Elle. La voilà de nouveau. Elle danse, entourée d'autres filles. Les lumières folles négligent ses cheveux. Un jeune homme noir danse en cadence, mettant le cap sur Janey Rosebloom, le bas-ventre surélevé, maintenu en pointe. Elle se retourne, toujours en cadence. Ils dansent maintenant les yeux dans les yeux. Contact!

Il fait bon dans les toilettes. C'est propre, c'est vide et c'est tranquille. Earle manipule la poignée, fait tourner à plusieurs reprises le verrou de la porte des chiottes, le referme derrière lui, vérifie à nouveau la fonctionnement du verrou, essuie le siège de la cuvette à l'aide d'un monceau de papier toilette, puis s'asseoit enfin. Le mur est tagué à la diable (voir tableau 2.1). Quelques inscriptions sont encore humides et sentent le feutre frais. Toutefois son esprit est ailleurs. Il respire bruyamment, plisse les yeux de toutes ses forces, s'arrache des touffes de cheveux, grince des dents et martèle le sol de ses pieds.

Tableau 2.1
Echantillons de chiottes-graffiti.

Le chocolat a la même couleur que la merde.

Vidi, Vici, Veni

Janey Rosebloom a le feu au cul et j'y ai fourré plein de bûches. Signé Trucmuche.

Le monsieur pipi, une vieille âme, tout ratatiné, avec une peau noire d'ébène, fripée comme le lit à sec d'un ancien fleuve nubien, autrefois source de vie d'une métropole florissante, indique d'un mouvement de la tête un cabinet de libre aux lycéens les mieux fringués lorsqu'ils se pressent en trottinant pour aller pisser.

A présent Earle est devant le lavabo, en compagnie de tous les autres boutonneux, face à la glace, qui se font sauter à coups d'ongle répétés leurs comédons enflammés.

T'as repéré Mary/Naomi/Laraine?/ C'qu'elle est canon, cette gonzesse! Sa sœur, c'est vraiment rien à côté. Mais j'ai complètement foiré le truc. Je l'aborde et je lui fait, Salut Darryl, je m'appelle Ramona, enfin, c'est toi Ramona et moi, c'est Darryl! Putain, la *honte*!/ Heather a appuyé sa jambe contre la mienne pendant une bonne minute et demie. En clair, elle me cherche!/ Décontracté, j'ai dit au pharmacien, C'est pour Mike, mon grand frère. On les remplit d'eau et on les jette par la fenêtre, hein, pas vrai?

En sortant des toilettes, Earle essaie de se donner un genre en roulant les mécaniques. Quand il aperçoit Deborah, si près de lui, en train de réajuster l'élastique de sa culotte, Earle se fige, puis se retourne. Eh, poupée, un slow, ça te branche? s'entraîne-t-il à répéter silencieusement, le dos tourné.

Attention, mise à feu dans dix secondes. Top chrono!

Earl brosse d'un revers de la main les épaules de son veston.

Il se racle la gorge, émet un grognement, fait vibrer ses cordes vocales pour ne pas risquer d'entendre sa voix se casser en lâchant le premier mot.

Cinq, quatre, trois...

Il gonfle les joues pour faire circuler l'air dans sa bouche et tuer ainsi les microbes responsables de l'haleine fétide.

Des deux mains, il se lisse la chevelure. Il faut aplatir la moindre touffe, absolument.

Hé poupée, j'ai cru remarquer que t'étais toute seule. Et si on se mettait à deux pour organiser une autre soirée, juste nous deux, ensemble ? J'ai même de l'herbe super-extra. Si ça te chante, dit Jamil, avec ses chaînes en or et son pantalon moulant. Deborah sourit, lui prend le bras et l'entraîne de côté.

Earle prend un toast, se dirige vers la piste de danse afin de vérifier à la lumière des projecteurs mobiles la nature de la tartine. Sous l'éclairage stroboscopique changeant, le pâté passe du rouge au bleu. Shawna le met aussitôt en garde. Elle lui dit qu'il va mettre dans sa bouche du pâté de foie gras, c'est-à-dire un morceau de foie d'oie, substance que l'on obtient en enfournant de larges entonnoirs de bois dans la gorge des oies et en les gavant de force jusqu'à ce qu'elles vomissent, puis en les forçant à remanger tout leur dégueulis. Earle l'invite à danser. Ah non, plutôt manger alors du foie gras que de danser avec toi, lui réplique-t-elle. Earle, secoué par de brusques vomissements, s'accroche à elle pour ne pas tomber.

Pan ! Dans le mille. Le pâté lui colle maintenant au nez, le toast pendouille et tombe à terre, tête la première. Shawna se détourne, s'essuie les mains sur le mur pour nettoyer les dernières traces de pâté gris souris qui maculaient ses doigts. D'un pas rapide, la robe fendue laissant voir ses jambes s'agiter comme une paire de ciseaux, elle crie de toutes ses forces : Videur ! Videur !

Les boutonneux aperçoivent Shawna, puis découvrent Earle. Avec entrain, ils attaquent à coup de toast la motte de pâté de foie, puis le pot de mousse d'oignons.

3.

Bon. Soyons francs. L'histoire d'Earle ne semble conduire nulle part, pas vrai? Si vous voulez mon avis, en l'état, ce machin est parfaitement invendable. Et si on y ajoutait des gonzesses, des bonnes femmes? Un de mes amis qui travaille dans l'édition m'a dit que les histoires aves des bonnes femmes noires, ça marchait le tonnerre de Dieu en ce moment et qu'en plus, ça se vendait comme des petits pains.

4.

Un déluge de jeunes filles se répand depuis l'imposant portail de style gothique de l'école privée Sainte-Rita.

Jupettes plissées, chaussettes montantes, mocassins marrons, chemisiers jaunes, chemisiers blancs : on dirait, à les voir, un tas de petits bonbons, un assortiment de délicieuses friandises. Un groupe de quatre filles, marchant bras dessus, bras dessous, bras dessus, bras dessous, bras dessus, bras dessous, la plus jolie d'entre elles, Dorothy, est d'une peau couleur marron foncé, un peu comme celle d'un chocolat amer – c'est tout à fait Judy Garland, l'héroïne du *Magicien d'Oz*, flanquée de ses compagnons. Arrivées au coin de la rue, enveloppées de leurs amples blousons de sport dont les manches sont si longues que leurs mains en disparaissent, elles font apparaître, comme par magie, des paquets de cigarettes sortis d'on ne sait où. Les chevelures se libèrent, les queues de cheval sautent. Dorothy pose à terre son exemplaire des « Annales du baccalauréat avec leurs corrigés » en pliant son corps en deux sans pour autant fléchir les genoux. Ses amies étirent leurs membres, elles aussi, effleurent la surface du trot-

toir de leurs doigts, lèvent une jambe, puis l'autre, en
faisant des pointes, ramènent le pied au-dessus de la
tête. C'est l'évidence : on a affaire à des danseuses.

Lorsque la limousine arrive, d'une chiquenaude, les
filles balancent leurs cigarettes dans la 90ᵉ rue ouest
avant de monter dans le véhicule. Quoique la voiture
soit désormais hors de ma vue, je continue d'imaginer
la longue limousine s'arrêtant à présent dans la 96ᵉ rue.
Dorothy fait alors la bise à ses amies friquées, descend
de la voiture, s'engouffre dans la bouche de métro
avant de monter dans une rame crasseuse, direction le
nord de la ville.

5.

Dorothy grimpe à présent les marches en direction de la sortie du métro. Elle grimpe super. Son derrière balance, mais attention : pas vulgaire pour un sou. Juste ce qu'il faut de provocant. Sa jupe (Non, mais cette jupe! Franchement, je me demande ce qui a bien pu passer par la tête de la bonne sœur responsable des uniformes de l'école Sainte-Rita pour vouloir leur faire porter un machin aussi court... *Voyons voir, une maille à l'endroit, une maille à l'envers et hop! C'est tout à fait délicieux. La mère supérieure aura toutes les raisons d'être bien fière de moi. Doux Jésus, ça servira même à couvrir leur petit pétard, ce machin-là – enfin, presque. Ces chères, ces douces, ces adorables petites brebis iront tout droit au paradis. Saint Augustin ne nous enseigne-t-il pas que « pour aller au ciel, une fille se doit d'abord de montrer sa lune »*), je disais donc, que cette jupe à la catho détonne, tranche et jure dans ce quartier de Harlem, sur Lenox Avenue.

Dis voir, ma p'tite, si tu avais pour deux sous de jugeote, tu ferais mieux de remuer ton petit cul de négresse, d'arrêter de traîner dans la rue et tu viendrais t'occuper de la caisse, s'écrie Darcelle, la mère de

24

Dorothy. Cette Darcelle tiendra dans notre histoire le rôle de la femme noire, celle qui est pieuse, branchée gospel, une sorte de dur à cuire, mais qui, au fond, a un cœur d'or, gros comme ça.

Mais enfin, maman, t'ai-je donné une seule fois la moindre raison de te plaindre de moi ? dit Dorothy.

Dorothy disparaît derrière le comptoir de formica jauni, enfile un tablier en rayonne couleur orange et réapparaît en employée.

Darcelle siffle entre ses dents, ouvre la cabine en Plexiglas qui fait office de caisse, en laisse sortir une femme portant, en guise de coiffure, un simple filet à cheveux. Je ne veux pas te voir lever le nez de tes livres sauf s'il y a un client, dit-elle à sa fille en refermant la porte de la cabine derrière elle. Et je t'ai à l'œil, ma p'tite.

Merci monsieur, mais non, je termine tard, *très* tard, explique Dorothy à un policier, la bouche collée contre l'hygiaphone. Ma *mère* a besoin de moi et en plus, je dois faire mes devoirs de classe *tous* les soirs. D'un œil méfiant, elle s'empare de son addition et l'embroche avec les autres sur un pique-fiches de métal qui scintille sous les néons du restaurant.

Ouf, j'ai cru que ces gens-là ne décolleraient jamais, dit Darcelle. Et tes devoirs, c'est fini ? Pas besoin que je te fasse un dessin, tu sais ce qui t'attend si c'est pas fait. Sors de là maintenant et va manger quelque chose. Il reste des travers de porc. Ils sont plutôt bons.

Bien, maman, dit Dorothy en refermant son exemplaire des « Annales du baccalauréat avec leurs corrigés, volume IV ». Darcelle déverrouille la porte de la cabine. Puis la mère et la fille s'emparent de longues perches à bout crochu, sortent sur le trottoir et déroulent le lourd rideau de fer en faisant un vacarme de tous les diables. Se baissant sous le rideau pour repasser dans le restaurant, Dorothy, une fois à l'intérieur, referme la porte et laisse la clef dans la serrure.

Maman chérie, ne penses-tu pas que je puisse à présent retourner en ville? Il se trouve que Julie a invité quelques copines et...

Darcelle fonce dans le bureau contigu à la cuisine, ouvre le plus haut tiroir du classeur, fouille. Puis, brandissant d'un bras farouche un thermomètre, elle met le cap sur sa fille en visant la bouche.

Mais enfin, maman! s'écrie Dorothy en esquivant le thermomètre. J'suis pas malade!

Tu dois l'être si tu me demandes la permission d'aller en ville un lundi soir, alors que tu as classe demain matin.

C'est pas marrant. Je ne trouve pas cela très amusant, mère. C'est que des copines. Pas de garçons, je te jure, rien du tout. Rien qu'un petit groupe de travail pour réviser nos exams. Avec les filles de mon cours de danse.

Dieu sait que si y'avait pas d'garçons, tu me donnerais pas du « maman chérie » en veux-tu, en voilà, tout ça parce que ça te démange d'y aller. Tu vaux pas mieux que Shawniqua. Tout cet argent de foutu en l'air, rien que pour l'envoyer à l'université de Yale, et ce qu'elle trouve de mieux à faire, c'est de se fiancer à une espèce de sagouin de Français tout gominé. D'ailleurs, Monsieur Jefferson m'accompagne ce soir à la réunion des dames patronnesses, faut donc que tu me gardes les jumeaux. A ce propos, Monsieur Jefferson dit que tu n'as qu'à lui donner ta pointure et il te ramènera toutes les sandalettes que tu veux. Je comprends vraiment pas pourquoi ce Monsieur Jefferson te plaît pas.

Il va falloir que je téléphone maintenant à Julie pour lui dire que ma mère est vraiment trop cruelle et que

j'ai même pas le droit d'aller étudier chez elle. Tu t'en
fiches pas mal, toi, si je me fais recaler à mes examens.

Tu peux lui dire à ta petite copine friquée qu'elle
s'adresse plutôt à mon gros cul de négresse, voilà c' que
tu peux lui dire de ma part, à ta copine.

Mais maman, quel langage de charretier parfois!
Dorothy fait glisser la fermeture à glissière de sa blouse
de travail, s'en échappe, puis se retire de la pièce en
laissant traîner derrière elle, jetée sur le dossier d'une
chaise, la carapace de rayonne orange.

Darcelle étend le bras pour atteindre la bouteille
d'alcool dissimulée derrière le sac de farine. D'un coup
d'œil rapide, elle vérifie que Dorothy n'arrive pas
encore. L'instant d'après, elle s'en jette une bonne lam-
pée derrière la cravate.

6.

Entendez-vous le bruit de succion que produit la petite pompe à salive que le dentiste accroche à votre mâchoire inférieure ? Eh bien, le son qui vient du fond de la gorge de Darcelle ressemble un peu à celui-là. Sous le poids de Darcelle, le divan, recouvert de son film plastique protecteur, se creuse et l'engouffre. Les jambes étendues, reposant sur la table basse, on aperçoit sous les mi-bas les boules de ses cors aux pieds. Dans sa main gauche pendouille la télécommande. L'écran lui-même ne projette plus qu'une neige parasite. Douce friture de la télévision muette/sérénade du ronflement de la mère : *Nocturnes*.

Pieds nus, l'index et le majeur tendus en forme de patères auxquelles sont suspendus ses escarpins, Dorothy fend l'étendue blanche de la moquette. Sa mini-jupe noire lui scie les cuisses tandis qu'elle avance sur la pointe des pieds, les jarrets tendus. Les accents de la sérénade du ronflement passent au grave à mesure que la salive de Darcelle s'accumule. Alarmée, Dorothy sursaute, s'immobilise, interroge du regard les paupières closes de sa mère. Avec une précaution infinie, elle tourne la poignée, entrouvre la porte, retient son souffle pour se faire la plus mince possible et se glisse enfin au-dehors.

7.

Navré, les mecs. Je suis complètement largué. L'histoire de Dorothy est aussi tirée par les cheveux que celle d'Earle. Naturellement, ça fiche les boules de se planter ainsi devant tout le monde et de manière si flagrante, mais qui ne tente rien n'a rien. Un temps, ça baignait au poil. Et puis, ça s'est mis à dérailler. Et merde. Ça va faire presque vingt ans que je ne suis plus un ado mais je croyais que ça allait me revenir tout en bloc, rien qu'en y pensant. J'essayais aussi de me rappeler cette bande de mécréants matérialistes et bourgeois qu'étaient mes ex-nièces et ex-neveux (c'est-à-dire, les gosses de la sœur de mon ex-femme). Mais j'ai dû faire un blocage là-dessus. Bref, je ne me souviens plus de rien. Je jure pourtant, que cette fichue famille mériterait qu'on lui consacre un roman historique de mille pages : les vacances d'été passées sur l'île de Martha's Vineyard, les séances de liposuccion, les matchs de tennis, les rendez-vous avec le psychothérapeute, les parties de golf, les BMW et puis les Bahamas. Si seulement j'étais James Michener, version black, je me fendrais la gueule rien qu'à écrire les douze premiers épisodes d'une série pour la téloche.

Toutefois, comme vous pouvez le constater, les deux intrigues – celle d'Earle et celle de Dorothy – ne manquent pas de présenter tour à tour quelques difficultés. Regardons les choses en face, chers amis, je n'y arriverai pas tout seul. Si quelqu'un parmi vous se sent inspiré, qu'il m'écrive pour me dire des deux histoires celle qu'il préfère; et par suite, quels sont ses personnages favoris (les plus détestés aussi), les mots d'esprit, les figures grammaticales audacieuses, etc. Je m'engage à tenir compte de vos suggestions et à faire en sorte de mener à bien ce projet. Envoyez toute correspondance à l'adresse suivante :

« Qui dois-je abattre ? »
A l'attention de : Dewayne Wellington
572 ouest 90ᵉ rue
Appt. 10 E
New York, New York
10024

A compter de cette minute, je cesse donc toute activité d'écriture et ce, jusqu'à réception de vos nouvelles, chers lecteurs. De toutes les façons, je suis contraint de faire une pause. Rendez-vous compte, les factures s'accumulent. Je retourne, par conséquent, bosser au cabinet d'avocats Klein, Klein & Feldman, et plancher sur des dossiers. En gros, j'arrive comme ça à arrondir mes fins de mois, quoique tout juste. Rosa Luxembourg, elle, s'est collée une fichue insuffisance cardiaque (un abus de gratin carbonisé dans le plat du jour) et tout porte à croire qu'il va falloir l'opérer. Pourtant, s'abîmer les yeux jusqu'à la myopie à force d'éplucher les dossiers des jeunes avocats qui gagnent 400 000 dollars par an et qui sont de dix ans vos cadets, n'est pas une chose aussi infamante que vous pourriez le penser. James Joyce, lui-même, à travaillé à la banque de Trieste, William Faulkner a été receveur des postes à l'université de Mississippi, et Ralph Ellison a ciré des tas de paires de chaussures.

Le 20 septembre 1984

Cher monstre,

Quel genre de muse dégénérée, frénétiquement agitée par des accès de delirium tremens hante les antichambres de votre cavité cérébrale, au reste parfaitement creuse? Ô, mais qu'est-ce qui en vous a bien pu susciter de telles perversions de plume? Je m'interroge. Encourageait-on l'enfant que vous étiez à sucer des seiches, pour mieux en absorber l'encre qui s'y trouvait contenue? Vous rassurait-on sur le caractère absolument inoffensif de la masturbation quoique répétée et cela même durant les conseils de classe au lycée?

Je n'en dirai guère plus. La seule perspective d'une réflexion plus approfondie sur vos malheureux et sordides débuts littéraires me donne tout bonnement un haut-le-cœur. En moi s'élève déjà une marée nauséabonde, plus répugnante encore que la vue d'un rat écrasé sur la route ou, mieux, celle d'une cuvette de W.-C. portatif.

« Qui dois-je abattre? » demandez-vous. Non, mais quelle futilité! Quelle suffisance! Ma réponse sera aussi drue et brève que l'orage turbulent de mes pensées offusquées.

Rien à voir cependant avec celle que, sans doute, vous attendez : « vous-même ». Pouah ! je dirai plutôt que toutes les femmes de votre grotesque ménagerie devraient être « abattues » – ainsi seront-elles au moins libérées de votre joug répugnant et vil.

Non. Mille fois non. Nous autres femmes de couleur n'avons guère besoin de ce genre d'atavisme dont vous vous plaisez à retracer ici la caricature. Franchement, non, merci.

Ethelle Jeussuy

P.S. Voici, au contraire, la manière dont vous auriez dû commencer votre « œuvre ».

Chapitre un

Réjouissez-vous!

A peine réveillé, Earle s'aperçut que le jour naissant était tout aussi frais que le jupon de maman, ce bien modeste sous-vêtement pourtant soigneusement amidonné et séché au soleil, aussi ample et parfumé que les tentes sous lesquelles se tenaient les cérémonies du renouveau de la foi, lorsque, chaque été, elles refleurissaient le long de la route 49 dans le comté de Lowndes, en Géorgie. Eh oui, d'entre ces robustes cuisses baptistes, ces cuisses tremblantes sous le poids de maints siècles d'injustice et d'humiliation, ces cuisses qui frémissaient avec l'espoir des générations non encore essaimées, ces cuisses qui frissonnaient sous la friction cadencée d'un accouplement jubilatoire, tumultueux, rythmé et aromatique, eh oui, c'est précisément d'entre ces cuisses-là qu'il fut donné à Earle d'entr'apercevoir le jour pour la première fois.

Oui, Earle déploya ses membres maigrichons quoiqu'en pleine croissance, et quitta ce bon vieux lit dans lequel, voilà de cela tout juste seize ans, sa mère, hurlant de douleur, avait rassemblé toutes ses forces pour l'expulser de son ventre et le mettre au monde. Les oreillers de maman, de Maylene, de Nadine et de Lur-

34

lene – ces oreillers à rayures gris et blanc, un peu usés, certes, mais fraîchement lavés et bien rembourrés de plumes – portaient encore sur eux les traces de monts et de vallées, signes de leur usage, de ce repos primordial, bien que celles qui avaient laissé les signes de ce passage fussent depuis longtemps levées, debout et triomphantes, prêtes à faire face à une longue et nouvelle journée, toute faite de corvées de femmes, de ce labeur éreintant et ingrat, sans autre récompense que l'intime et profonde certitude, inspirée de Dieu, qu'un jour, ô oui, un jour : « Les po'tes du pa'adis s'ouv'i'ont enfin po' moi. »

Oui, Earle quitta donc son lit et se dirigea d'un pas hésitant hors de la maison, vers ces nobles cabinets de jardin, construits à l'ancienne, en planches de bois de cèdre, aujourd'hui délavés par le temps, mais qui n'en avaient pas moins encore fière allure. Tandis qu'il installait son fessier d'adolescent au-dessus de la fosse, sur le battant mobile en forme de couronne métallique, où des taches grises et blanches parsemaient le slogan publicitaire : EXPOSITION MONDIALE 1928 : LE PROGRÈS POUR LA PAIX, Earle laissa flotter son regard sur la route 49, comme il le faisait chaque fois, cherchant en vain la silhouette puant le whisky de son père, ce père qui, deux ans auparavant, s'était fait la malle en laissant derrière lui le comté de Lowndes, un matin pluvieux d'automne, ce matin même où maman avait, un sourire de triomphe aux lèvres, déclaré à la famille, en exhibant au-dessus de sa tête et de celles de ses filles – ces êtres pleins de vie et d'une volonté de fer – le caleçon d'Earle, abondamment souillé et empestant la semence; « Earle est devenu un homme! Et bon Dieu, comme il est bien pourvu! »

« Bon... ben », soupira alors son père d'une voix pleine de lassitude tandis qu'il ajustait sa salopette en faisant passer l'unique bretelle de ce vêtement par dessus son épaule – épaule qui avait été mordue jusqu'au sang par une fille de joie d'un bordel de Natchez, état du Mississippi –, « Deux hommes dans cette même famille, ça en fait toujours un de trop. » Sur ce, cette plaie d'homme mit les voiles, cap sur le nord du pays, là où ça joue, ça boit et ça court les « belles mulâtresses ».

Et, oui, Earle regagna la maison et, le visage poupin écrasé contre la moustiquaire fraîche, il vit à l'intérieur un spectacle que son esprit se refusait à comprendre. L'enfant trop tendre qu'il était ne pouvait déchiffrer la raison pour laquelle toutes ces femmes sanglotaient, le front penché sur un petit tas de pièces de monnaie dont l'avers comme le cordon étaient émoussés par l'usage – un tas de pièces, certes fort modeste, mais si durement, si justement gagné. Il ne parvenait pas davantage à sentir pourquoi les grands lits tout propres qui d'ordinaire égayaient cette noble et glorieuse demeure, avaient soudainement disparu, ni pourquoi le poêle à bois s'était vu remplacer par un bidon en étain surmonté d'un simple tuyau. Les quatre pieds du poêle avaient laissé des trous dans le parquet inégal – profond témoignage, s'il en fût, de son passage dans cette maison. Quant à savoir la raison pour laquelle ces sombres et épais nuages s'amoncellaient ainsi au-dessus des têtes de cette famille, là, franchement, Earle n'en avait pas la moindre idée.

Alors oui, Lurlene fut sans doute la première d'entre ces femmes courageuses et fières à entr'apercevoir ce front ridé, pareil à un morceau de vieux carton, de Monsieur S. Gomorrhe. L'instant d'après, il enfonça son crasseux chapeau de paille sur la tête et se dirigea vers la maison. Lurlene ouvrit brusquement cette bonne vieille porte, faite à l'ancienne, et tira Earle par la manche pour le faire entrer au plus vite à l'intérieur tandis que Nadine, instinctivement, tendit la main vers le mur pour décrocher un vieux fusil, quoique soigneusement entretenu, et l'épaula, la crosse bien calée dans le creux de l'épaule, un peu comme elle faisait autrefois avec son violon, violon dont elle ne jouerait plus désormais, attendu que son père l'avait troqué contre « une bonne tranche de rigolade » dans la ville de Baldwin.

Et, non, S. Gomorrhe ne fit pas un pas de plus. La poussière qu'il venait de soulever par sa démarche lourde et inexorable, retomba. Cette fois, il n'était pas en chemin pour aller réclamer un loyer à une autre famille de métayers, non. Il était là. Et il allait leur réclamer à eux une somme que, de toute évidence, ni l'une ni l'autre de ces familles ne possédait. Oui, cet infect métis s'immobilisa au beau milieu de la petite cour, face au plus noble des foyers, écrasant du même coup sous ses godasses de luxe les herbes altières et les jeunes pousses frémissantes offertes par le printemps. D'un coup de pied, il botta le cul des trois chiens Abraham, Moïse et Jésus, sans oublier de les viser dans les parties – qu'il enviait, naturellement – tandis que les bêtes, guidées par leur seul instinct, s'évertuaient courageusement et de tous leurs crocs à tirer sur ses chaussettes.

« Les délais sont expirés, m'dame », déclara cet immondice d'homme.

« Le Tout-Puissant vous observe de là-haut et je vais dire ce qu'il pense de vous et de ce que vous faites » tonna maman. Ses charmantes narines évasées s'évasèrent davantage tandis qu'elle reprenait son souffle, et sa poitrine pourtant déjà généreuse et pleine de bonté se gonfla plus encore, pareille aux eaux de la mer de Galilée.

« Mais m'dame, les délais sont expirés », répéta-t-il

d'un ton monocorde, alors que son regard à l'affût jaugeait froidement le reste du pauvre mobilier que contenait cette vaillante maisonnée.

« Monsieur S. Gomorrhe, il faut que vous sachiez que depuis que mon mari nous a abandonnés, j'ai dû faire de l'ouvrage à la pièce et céder à votre patron tous mes effets personnels sans pouvoir tenir compte un seul instant de leur valeur sentimentale », dit-elle d'une voix grasse et profonde pareille à cette vase dont les marécages du Mississippi abondent – vase à laquelle, du moins le croyait-elle fermement, Dieu avait insufflé la vie.

« En vous disant cela, je ne cherche pas à susciter votre compassion », poursuivit-elle non sans un mouvement de fierté. « Car je ne sais que trop qu'une telle qualité vous est parfaitement étrangère. Je veux seulement vous remettre en mémoire ce qui est dit dans notre Sainte Bible : " d'une pierre tu ne feras point couler de sang ". »

A nouveau, S. Gomorrhe retira son putride couvre-chef, découvrant une fois de plus un front de papier Kraft. De la poche de son veston il extirpa un mouchoir souillé qu'il passa à plusieurs reprises sur ses rides mesquines – ces rides dont on aurait pu dire qu'elles avaient été creusées par la sécheresse de son cœur.

« J'suis pas un mauvais bougre », dit-il d'une voix traînante, « mais vous savez bien, quand Monsieur Blanchard veut récupérer son argent, y a rien à faire. »

« Mais nous-n'avons-pas-le-premier-sou », répliqua avec force cette farouche lionne de femme. S. Gomorrhe la regardait en aspirant l'air dans l'interstice de ses dents gâtées et jaunâtres.

Longtemps, ils s'affrontèrent ainsi du regard, dans le silence le plus épais qui soit – elle, jument vive aux yeux de braise, lui, pareil à un opossum, le blanc de l'œil injecté de sang.

L'odieuse attention de ce marsupial se porta sur l'ample poitrine de la fière jument, puis glissa avec l'abjection d'une sournoise caresse le long des cuisses encore fertiles et qu'on devinait vigoureuses sous la simple robe d'indienne.

« P't'ête bien qu'j'pourrais vous arranger c'coup-là avec M'sieur Blanchard », dit-il en émettant de répugnants bruits de bouche, un peu comme ceux que l'on entend lorsqu'un rat exprime sa satisfaction.

Les larmes montaient aux yeux de maman. D'une voix rauque et étranglée par la douleur, elle s'écria à l'adresse de ses enfants « Laissez-moi, mes chéris, laissez-moi un instant avec... avec... cet... cet... homme. »

Maylene et Lurlene et Nadine se précipitèrent à son secours.

« Non ! » tempêta cette reine de Saba. « Dehors ! Fichez-moi le camp, les enfants ! »

Tout là-haut, dans les cieux, le courroux du Tout-Puissant gronda en un tourbillon d'apocalypse tandis que ces trois vestales de la solidarité féminine versaient des larmes de sang, ces larmes amères et cuisantes qui, du joyeux visage d'autrefois, consommaient à présent le déclin en un masque crispé où se lisait un affreux désespoir.

C'est alors que la fureur divine se changea en une pluie torrentielle. Un furieux déluge s'abattit sur le sentier qui bordait la maison, balayant tout sur son passage, tandis que le vent hurlait dans les branches de sassafras, pareil à un effroyable gémissemen.. Les sapins – fierté végétale de la Géorgie – courbaient désormais l'échine à l'image d'une main immense aux mille doigts interminables et fluets, s'interposant – miraculeux bouclier – entre les filles en pleurs et cet étrange et céleste châtiment. Earle visait le tronc rabougri d'un chêne en lançant des poignées de cailloux. Les trois chiens fidèles Jésus, Abraham et Moïse se réfugièrent sous le porche majestueux de la maison, dissimulant sous leurs pattes meurtries des yeux humides, un cœur blessé.

8.

Les mots me manquent, Mme Jeussuy, oui, les mots. Comment vous exprimer toute ma gratitude pour avoir su faire rebrousser chemin à ma modeste tentative romanesque, et ce jusqu'à ce qu'elle revienne à ses racines – véritables – dans cette glorieuse épopée afro-américaine ? Permettez-moi cependant de vous témoigner ma reconnaissance – infinie – en vous communiquant la liste des choses qu'entre toutes Earle préfère [1] :

Chars de combats, tous modèles; Janey Rosebloom, un bol de gruau tiède, les voisin(e)s; Sodome et Gomorrhe, les gaufres prêtes à consommer, l'odeur de ses propres pets après avoir ingurgité des haricots;
Un lit au carré,
Les raviolis en boîte,
L'arbre de caoutchouc, le bois de balsa, et les chaînes de télévision payantes.
L'étage des jouets dans un grand magasin, les bretelles d'un soutif, les bottes et les chapeaux de cow-boy.

---

1. Sur l'air de *My Favorite Things*, interprété par John Coltrane (extrait de la comédie musicale *The Sound of Music*), disque Atlantic numéro de matrice SD2-313.

Se blottir l'un contre l'autre dans un sac de couchage, pommade pour les lèvres, les pistolets à air comprimé et le cinoche!

La S.-F., les bagnoles, la danse, et les esquimaux glacés.

L'accent jamaïcain, les décolletés, le fromage à tartiner, les histoires d'amour, aller chez le coiffeur, les chevilles, les tranches de foie, les talons aiguilles – par exemple, lorsqu'une femme croise les jambes et que, sur la pointe du pied, elle balance sa chaussure au risque de la faire tomber ou de la faire valser dans les airs comme un de ces trucs mortels qu'utilisent les Ninjas dans les films; les Ferrari, les Lamborghini, les films de bagarres, les romans d'aventures inspirés d'épisodes historiques; les montres qui font réveil, calculette et jeu électronique; l'informatisation; être assez malade pour pouvoir rester au lit toute la journée mais pas au point de se faire mettre un sac poubelle béant sous la bouche (comme ces bavoirs en plastique vert qu'on noue autour du cou pour manger des langoustes) et trois corbeilles à papiers, une de chaque côté du lit; le pain; la chaleur; les fourmilières; les pulls; les bikinis; les calendriers; le parfum *Lauren* de Ralph Lauren – pour Earl, l'odeur d'un rayon de soleil, ça sent pareil! Les cravates; la gentillesse; le fer à souder; les deux fossettes au-dessus des fesses des femmes de part et d'autre de la colonne vertébrale; la Noël; la Seconde Guerre mondiale; faire semblant de faire du jogging; le parc Riverside; attention, pas le restaurant qui s'y trouve; pas Lenox Avenue non plus; mais une double portion de foie de volaille, avec de la sauce, de la bouillie de maïs et des petits pains, merci.

9.

Ben alors, mon canard, tu commandes que'que chose, ou est-ce que tu vas continuer à rêver sur le menu.

C'est pas trop tard pour le « brunch » ?

Tu es chez toi ici, mon poulet, et ça sera comme tu voudras. Affectueusement, elle lui presse le bras. Seulement magne-toi un peu, c'est bourré à craquer aujourd'hui.

Bien, ce sera donc une double portion de foie de volaille, avec de la sauce, de la bouillie de maïs et des petits pains, merci.

ABATS, PAIN, SAUCE GRASSE.

Darcelle se faufile entre les tables et passe un coup de chiffon circulaire par-ci, par-là. Le menu (tableau 9.1) est une grande feuille de carton plastifiée. En haut de la carte on découvre plusieurs petits papiers retenus par des trombones.

Tableau 9.1

Transcription du menu de « Chez Darcelle »

	PLAT	LÉGUME	DESSERT	PRIX ($)
LUNDI	**Saucisses viennoises au jus!** Tripes de porc extra-tendres, premier choix, dans leur gelée d'origine	Maïs en boîte, Haricots verts en boîte, Épinards	Gelée	3,75
MARDI	**Bananos fritos!** Un délice qui nous vient de nos frères latinos. Des bananos importées et frites dans de l'huile d'arachide de premier choix	Maïs en boîte, Haricots verts en boîte, Épinards	Gelée	2,99
MERCREDI	**Filet d'âme!** Plat fétiche de la cuisine afro-américaine. Des tripes soigneusement sélectionnées pour mettre l'accent sur ce bouquet de saveurs. Une symphonie pour le palais.	Maïs en boîte, Haricots verts en boîte, Épinards	Gelée	5,25

JEUDI	**Le Jupiter!** Une succulente boulette de jambon présentée au centre d'une rondelle d'ananas frais en boîte	Maïs en boîte, Haricots verts en boîte, Épinards	Gelée	4,65
VENDREDI	**Le Gibraltar!** La part du lion! Un kilo de pâte de maïs frite dans de la graisse de porc. Un régal copieux!	Maïs en boîte, Haricots verts en boîte, Épinards	Gelée	1,75
SAMEDI	**Bœuf à la Darcelle!** Une spécialité de la maison. Un festival culinaire agrémenté des meilleurs parfums artificiels autorisés par le ministère de la Santé comme par celui de l'Agriculture.	Maïs en boîte, Haricots verts en boîte, Épinards	Gelée	2,10

Platitudes

DIMANCHE	Tous les plats indiqués sur ce menu sont servis le dimanche! Pour célébrer le jour du Seigneur, nous vous invitons à choisir à votre convenance parmi tous ces délices celui qui vous fera le plus plaisir et à un prix divin!	Maïs en boîte, Haricots verts en boîte, Épinards	Gelée	2,00

10.

Et quant à Earle, qu'est-ce qu'il en pense de ce feu d'artifice gastronomique ?

Oh putain, cette taule zarbi. Si ma mère découvre que je suis allé à Harlem jusque dans ce trou, c'est sûr, elle m'étrangle de ses propres mains, ceci dit, mon pote, on ne vit qu'une fois, si tu vois ce que je veux dire [rires]. Putain, tu ris comme un connard, et c'est pour ça que le mec là-bas, il te fixe avec des yeux ronds, il doit se dire, pourquoi il rigole ce petit gros de merde qui transpire, je parie qu'il est dingue, voilà ce qu'il doit se dire. Et c'est ce que pense la dame derrière la caisse dans la cabine là-bas, je le sais bien mais merde, Earle, pourquoi tu te préoccupes de ce que pense une vieille mémé avec des cheveux plasticos. Oh merde, des cheveux plasticos ! C'est un filet à cheveux qu'elle a sur la tête, espèce de débile, et si t'étais allé lui dire, nom de Dieu, madame, comme elle tient bien, votre coiffure, elle aurait éclaté de rire ou bien elle t'aurait tué ou qu'equ'chose dans le genre, putain de merde et d'ailleurs comment j'ai bien pu faire pour arriver jusqu'ici, sûr, je dois être à des milliers de kilomètres de chez moi, oh oui, c'est quoi déjà ce machin ? Dis, quand reviendras-tu ? Dis, au moins le sais-tu ?... Non mais merde, qu'est-ce que tu peux être con, c'est pas étonnant que ta moyenne au bahut ne soit que de 15, merde alors. Oh le merdier, ça y est, tu t'es remis à remuer les lèvres, bon Dieu je parie que la mémé avec le filet sur la tête elle te regarde maintenant et elle a sans doute déjà appuyé sur une espèce de bouton qui se trouve sous le comptoir pour appeler les flics, c'est pour ça qu'elle fait semblant de s'ennuyer, enculédemerde, de toute façon, elle s'en fiche je parie que sa cabine là peut tenir contre un quatre cent trente-sept magnum sans problème PAF! *mais un antichar guidé par infrarouge l'exploserait comme une pastèque, hé hé. Touchez pas à c'bouton, p'tite dame, je te dis haut les mains. Non? Okay* zzzzzzzzzzzzzzzzzzffffffffffppppppppp, *je te vise le bouton rouge de ta cibiche et* BOOOOOMMMCHHHHHTCXTC *pulvérisée, reste même plus de tripes pour servir à la clientèle. Hé hé. Bigre si jamais le monde connaissait le vrai Moi, tueur-psychopath-d'ado... Eh! Attendez! C'est mon fils unique m'sieur l'agent et non je ne sais pas comment il s'est procuré ce fusil d'assaut ni comment il a fait pour grimper jusque sur le toit de l'église de Riverside (même si nous nous rendons aux offices régulièrement depuis plusieurs années), et soudain* PAN, *voilà que je descends la vieille voisine d'en haut qui me prend toujours le bras pour entrer dans l'immeuble sans même me demander mon avis comme si on était à la colle ou un truc dans ce goût-là, ouais je parie qu'une nana m'a vu avec la vieille pendue au bras et la nana s'est dit, ouais j'aimerais bien me le faire celui-là et puis l'épouser après ça, dommage il est déjà maqué avec cette espèce de grand-mère à la gueule de scrotum. Tiens, elle est bonne celle-là, « gueule de scrotum », faut pas que j'oublie celle-là, c'est exactement à ça qu'elle ressemble, la vieille, un scrotum sauf qu'il manque les poils. Où est ma bouffe? Je veux pas me faire abattre dans ce quartier... Merde Earle, sois cool, tu*

*veux? T'es pas un foutu cinglé, t'as juste quelques, com-
ment dire, troubles émotifs, hé hé, ouais, penses-y, t'es à
deux doigts de l'asile, t'as qu'à te mettre debout – personne ne regarde – puis sauter sur la table – maintenant
ils te regardent tous – sors ta p'tite saucisse puis chie
directement sur le foie de volaille si jamais on te
l'apporte, je pourrais le faire je sais que je pourrais le
faire allez hop j'y vais un deux trois. Arrête de déconner
essaie d'avoir l'air méchant pour qu'on sache pas que t'es
un gosse d'un quartier chic du Upper West Side. Ouais,
cool, super, comment va, qu'est-ce qui se paassssse?
Ohhhhkaaaay. Putain de merde, Earle ils t'ont repéré il y
a une demi-heure. Ouais le voilà, là-bas, le p'tit black
cucu la praline, j'parie qu'il a pas mal de blé sur lui –
blé? Est-ce qu'on dit encore blé aujourd'hui? Attends,
voilà la serveuse alors sois normal, t'es prêt la voilà elle
arrive cinq*

   quatre
   trois
   deux

Euh, non, merci. Je ne bois pas de café, merci. *Je
veux pas de votre eau de chiottes de votre jus de roudou-
dous, si j'avais dit ça ç'aurait été génial, moi et ma tête de
petit black cucu la praline disant ça avec un grand sourire et d'abord elle pigerait pas parce qu'elle croirait
savoir à qui elle avait affaire puis elle ouvrirait la bouche
en grand et elle me ferait pardon? Vous avez dit quelque
chose? Alors moi je dirais pardon? Comment? Et elle se
gratterait la tête et elle s'en irait en se dandinant et je
dirais tout bas eau de chiottes! Et elle sursauterait et se
retournerait mais moi je serais en train de manger
comme si de rien n'était, mais je me retournerais quand
même pour la regarder, genre mais enfin que se passe-t-il
monsieur l'agent? Et puis elle irait aux cuisines s'enfiler
une bouteille de gnôle tout entière, elle qui avait décidé*

d'arrêter de siroter à tout bout de champ. Qu'est-ce que je fais maintenant? Remuons la tête à la cadence d'un rap, comme ça ils finiront par croire que je suis vraiment cool, cool. Ouais j'suis rap au fond d'moi-même, c'est dire à quel point j'suis cool, cool, remue ton machin, remue ton machin ouais ouais ouais, viens poupée remuer mon machin, voilà ce que je dirai à la bonne femme quand elle se repointera. Aut'e chose, mon p'tit canard? Parfaitement, je voudrais que vous preniez mon machin pour le secouer s'il vous plaît, avec votre langue si vous n'y voyez pas d'inconvénient. EARLE *qu'est-ce qui te prend, c'est pour ça que personne ne sortira jamais avec toi espèce de taré c'est pas parce que t'es gros c'est parce que t'es jeté ah voilà ça doit être*

Merci.

Mmmm c'est pas mal je bouffe black dans le quartier black et après ça je regarderai une émission spéciale musique black sponsorisée par la marque Johnson, fabriquant de cosmétiques en tout genre – shampooing défrisant, gel bouclant, panoplie afro, et voici l'animateur vedette de l'émission DAAAAAN *Cornélius, applaudissements. Mange maintenant mais d'abord jette un coup d'œil autour de toi, personne ne te regarde, bien, fais comme si tout baignait dans l'huile et empalle la crotte et remue-la dans la diarrhée puis attrape quelques asticots et manges-en deux ou trois ou quatre, délicieux! Et on recommence, et tu veux des petits pains? Cervelles de rat? Crottes de ptérodactyles? Non, galettes de larves, dans certaines cultures elles sont considérées comme une véritable friandise, trois quatre.*

De l'eau? Oui, s'il vous plaît, je veux bien.

Et puis quoi d'autre? Oh comment pourrais-je oublier L'Amour Black, et voici notre premier candidat, Monsieur Earle Tyner, de New York, New York. Ravi d'être ici, Bart. Et nous aussi nous sommes ravis de vous accueillir parmi nous, et bien, allons-y, Earle, il vous suffit de regarder par cette fenêtre et de repérer dix femmes avec qui vous pourriez coucher si elles vous le demandaient ou encore si elles vous attrapaient par la braguette. Dix seulement et vous gagnez! Nous sommes prêts? Allons-y! Euuuuuuh celle-là avec le caleçon en lycra elle est bien foutue mais elle a une trop sale gueule. Non désolé m'dame il faut que je dise non mais attendez peut-être celle-là avec des tresses bah non elle est trop grosse. Hmmmmmmm pas beaucoup d'choix hein. Oh je suppose que je pourrais me faire celle-là avec le chignon et la peau café au lait. zzzzzzz navré Earle, vous n'avez pas désigné les dix femmes de votre choix à temps, en fait votre score est l'un des plus faibles jamais enregistrés dans notre émission; toutefois on ne vous laissera pas rentrer chez vous les mains vides, ça non. Johnny, dit à Earle ce qu'il a gagné. Certainement, Bart. Earle, vous n'avez pas gagné le grand prix, non, malheureusement, mais vous recevrez quand même comme lot de consolation un approvisionnement à vie de choco Nabisco! De la part de Nabisco. Nabisco : le choco, le vrai, le beau, c'est Nabisco! Ne te fais pas d'illusions, espèce d'enculé, tu ne te feras jamais de nana, ni noire ni blanche. Pourquoi ne pas en finir une bonne fois pour toutes et demander plutôt en mariage la veuve poignet.

Oh non, c'était bon, vraiment très bon. J'étais juste un peu distrait, c'est tout... Non, madame, ne vous en faites pas. Le foie de volaille, ça reste bon même quand c'est froid (déglutition) miam-miam.

11.

Tu veux autre chose, mon poussin? Encore des petits pains, peut-être? Un peu de gelée alors?...

Dis-moi, chéri, où c'est qu'tu vas à l'école? Ça s'voit que tu vas dans une d'ces bonnes écoles privées du West Side, comme ma fille. Elle va au lycée Sainte-Rita. T'es tout beau avec ta cravate et ta veste et c'est sûr que même si j'viens d'faire ta connaissance, j'peux voir d'ici que t'es pas n'importe qui...

Tu manges plus lentement que tous les garçons que j'ai jamais vus, mais ça fait rien du tout parce que c'est pas la bousculade au restaurant – pas du tout – et d'ailleurs, c'est bon pour toi de bien mâcher au lieu de t'empiffrer comme la plupart des gens l'font, qui mangent avec un lance-pierres, sans goûter rien du tout de la bonne cuisine...

Ça n'te fait rien si je me pose ici une minute, hein mon chou? Les filles peuvent bien faire tourner la baraque entre-temps, et mes pieds gonflent terriblement si j'me repose pas...

T'es pas du coin, toi, j'ai vu ça tout d'suite, alors fais attention à toi. En partant, tu descendras Lenox Avenue en allant tout droit jusqu'à la 125e rue et tu feras bien attention à pas écouter c'qu'on te dit, parce que les voyous, ils veulent ton argent et rien d'autre...

T'es sûr que tu veux pas de gelée? J'en ai d'la bleue...

J'ai déjà dit qu't'es intelligent, et ne vas pas croire que j'essaie de t'embobiner ou que'qu'chose dans l'genre, mais j'ai le grille-pain qui marche pas, on dirait que ça chauffe que sur un seul côté d'la tranche de pain et rien sur l'autre...

Tu as une copine? Tu vois c'que je veux dire, une p'tite amie, quoi. Faut pas qu'ça t'gêne que j'te demande ça, mon chou, parce que tu vois, une de mes filles, elle a fait l'université de Yale et l'autre, elle va à Sainte-Rita, comme j'l'ai déjà dit (non j'ai pas d'tournevis cruciforme, mais des fois un tout p'tit tournevis normal, ça marche pareil si on fait bien attention. Tu vérifies bien que le grille-pain est débranché, hein?). Comme je disais donc, ma fille fait un peu la fofolle en c'moment, vu la bande qu'elle fréquente, mais dans l'fond elle est gentille comme tout, et je pensais que tu devrais revenir ici après l'école un d'ces jours pour que je t'la présente...

J'*savais* qu'tu pouvais l'faire, merci mille fois. Tiens, prends cette tarte, si, si, j'y tiens, ça m'fait plaisir. C'est pas fait maison, c'est d'la pâtisserie industrielle mais c'est presque aussi...

N'oublie pas c'que j't'ai dit. Tu promets de revenir nous voir un de ces quatre après tes cours, n'est-ce pas mon p'tit lapin? Et fais bien attention à toi quand t'es dans la rue. A la prochaine revoyure, mon bout d'chou.

12.

Retour au bahut, dès le lendemain. Dans la salle de classe, Earl patiente – comme chaque matin – en compagnie de Monsieur Morgan, le professeur et des élèves de seconde, jusqu'à ce que Monsieur Blanchard, le proviseur, en finisse avec ses remarques préliminaires et ses informations pratiques du jour. Après quoi, c'est la cohue, la ruée vers les meilleures places pour assister au cours.

Monsieur Blanchard annonce : résultat du match de football opposant le lycée de Friends et celui de Carver : Friends 0, Carver 10. Vous ferez mieux la prochaine fois, les gars.

Earle s'installe au premier rang, devant Janey Rosebloom et entre ses amis Donald et Andy. Les trois garçons se sont donnés pour nom de groupe « Base 3 » ou « Ternaire », mais tous les autres n'en tiennent pas compte et les désignent plutôt sous l'intitulé de « Fayot 1, Fayot 2 et Fayot 3 », cette numérotation correspondant à l'ordre d'apparition sur scène de ces mêmes individus. Dans les années 60 – en fait, ma génération – on aurait affublé ces trois gars du surnom de « Arc-en-ciel aux trois couleurs » parce que la teinte de peau respective de chacun reconstitue la palette entière des dégradés allant du brun d'Earle jusqu'au blanc d'Andy, en passant par le café au lait tirant sur le beige de Donald.

Les « Base 3 » se trémoussent sur le rebord de leur chaise, celles qui sont situées à proximité de la porte de sortie. La main droite fébrile, au-dessus de l'anse du cartable, ils n'attendent qu'une chose, que la grande aiguille de l'horloge murale à quartz pique et transperce le chiffre 9 sur le cadran.

VVVVVVRRROOOUUUMMM.

Comme Andy est le premier à la porte, le voilà qui se précipite déjà dans le couloir et à une telle vitesse qu'il fait peur aux filles. Earle le suit à la trace, Donald arrive dans la foulée. Afin de négocier un virage, les voilà qui se mettent à glisser en dérapage contrôlé, terrorisant d'autres filles encore sur le passage, avant de se pousser les uns les autres, provoquant une bousculade à l'entrée de la salle des ordinateurs.

13

Donald dit j'suis le premier arrivé, le Wang c'est
pour moi, mais Andy lui réplique, Même pas en rêve,
pédé! sans bouger de sa place, juste face à l'ordinateur,
il l'allume rien que pour embêter Donald car en réalité
Andy préfère l'ordinateur D.E.C. modèle VéDéTé.
Earle s'installe à la droite d'Andy, comme il le fait toujours, et Janey arrive, une pile de livres serrée contre sa
poitrine, et s'asseoit devant, comme *elle* le fait toujours.
Earle leur a dit qu'il fait tout le temps semblant d'avoir
des yeux munis d'un zoom « bionique » comme le type
du feuilleton à la télé et que, chaque fois qu'il cligne
des yeux, le dessin sur la robe de Janey s'aggrandit
jusqu'à l'engloutir lui-même dans la couleur jaune du
tissu et après ça, il se retrouve en plein paradis. Mais
voilà qu'arrive le commandant Considine, plus connu
sous le nom de Commandant C. Il regarde sa montre et
attend le moment exact de la sonnerie pour refermer la
porte, de sorte qu'il puisse bénéficier d'une vue
d'ensemble optimale de tous les retardataires, notamment de ceux qui tentent d'entrer en classe sans faire
de bruit, mais c'est peine perdue parce que la vitre
dépolie de la porte se détache quoi qu'on fasse pour la

réparer et le verre se met à branler bruyamment, comme s'il était sur le point de se briser chaque fois qu'on effleure cette fichue porte.

Janey est déjà paumée – elle a un tempérament plutôt artistique que scientifique – et elle lève l'avant-bras comme un nazi en disant, Commandant Considine, commandant Considine, mais celui-ci continue tout bonnement à raconter des conneries, comme par exemple, Il faut vérifier si la FONCTION n'est pas trop grande, sinon le circuit SUITE risque de devenir infini, ce qui est l'évidence même. A présent, l'avant-bras de Janey fatigue et repose sur son crâne comme un grand serre-tête, tandis qu'elle essaie d'attirer l'attention du commandant en agitant la main à hauteur de son oreille. Elle fait exprès de pousser de profonds soupirs, et chaque fois qu'elle agite la main, sa poitrine gonfle sa robe, si bien qu'Earle se dit qu'il ne serait pas étonné qu'un jour ses nichons n'éclatent le tissu exactement comme les cachets contre la sinusite transpercent l'emballage de papier alu au dos de la plaquette.

Earle envoie un message sur l'écran d'Andy parce que tous les trois ont réussi à connecter leurs ordinateurs afin de pouvoir communiquer entre eux ainsi qu'avec le Commandant C, à la différence de tous les autres élèves qui, eux, ne peuvent envoyer de messages qu'au commandant – dans ces conditions, impossible de tricher. Par conséquent, si jamais les Ternaires se font prendre, ils sont fichus, mais il faut parfois savoir prendre des risques, pas vrai? Message d'Earle :

QU'EST-CE QUI S'EST PASSÉ VENDREDI?

Andy et Donald étaient allés à Coney Island durant le week-end, si bien qu'ils n'ont pas pu mettre Earle au courant. Andy envoie pour toute réponse :

T'INQUIÈTE, BONHOMME.

Là-dessus le commandant termine l'explication d'un

truc et *évidemment* c'est Earle qu'il regarde droit dans les yeux. Alors il dit, Monsieur Tyner, vous nous avez manqué vendredi dernier et Earle, bien entendu, est complètement mal à l'aise, mais comme des fois le père Considine, il lui arrive d'être un véritable enfoiré, il demande à Earle de lui transmettre ses devoirs directement sur son propre écran, et naturellement Earle, il en chie dans sa culotte quand le commandant, l'œil fixé sur son écran, dit, Merci, Earle, tiens, que vois-je, un programme de contrôle et de correction de texte! Quel ambitieux projet, que voilà! Earle flippe à mort parce qu'il n'a rien envoyé du tout, mais Andy et Donald tournent la tête et couvrent la bouche de leurs mains, puis le vieux Considine dit qu'il espère qu'Earle fournira aussi du texte à corriger, alors il demande à Earle de le lui envoyer tout de suite et lui, il l'expédiera aussitôt vers chacun des élèves. Earle, c'est la panique. Mais le Commandant C est déjà en train de visionner quelque chose qui défile sur son écran (ça se voit à la façon dont ses yeux sautillent) et il dit, ah, tiens, de la science-fiction.

LE CRI DES SEIGNEURS DE LA GUERRE
DISSIDENTS DE LA NÉBULEUSE BORAN
de
Earle Tyner

[Alors en plus, vous l'avez écrit vous-même, dit le commandant, et Earle jette un regard vers Donald qui secoue la tête frénétiquement.]

« A vos postes de combat! A vos postes de combat! » vociféra le hallebardier tandis que le vaisseau inter-stellaire de la dictature bombardait le petit croiseur dissident. Les membres de l'équipage se précipitèrent pour prendre position devant leurs canons à lasers et en firent voir de toutes les couleurs à la méchante et gigantesque embarcation.

« Nous sommes touchés! Nous sommes touchés! » hurla un membre de l'équipage tandis que des étincelles volaient de partout et que le petit vaisseau spatial vibrait de toutes parts, mais les courageux dissidents tiraient et tiraient de toutes leurs forces. Trop tard. L'embarcation titanesque avait déjà activé son rayon à propulsion ionique si bien que le minuscule vaisseau spatial ne put échapper aux tirs croisés de l'ennemi, et cela malgré tous leurs efforts, et Dieu sait s'ils étaient nombreux.

« Les mecs », dit le puissant guerrier-commandant en chef dissident Mâchoire Carrée McQuaid, « posez vos armes. Nous allons devoir nous servir de notre intelligence et de notre astuce pour nous sortir de ce piège. Laissez-moi faire et je montrerai à cette diabolique femme, Janxp la princesse au cœur de pierre, que nous ne céderont jamais, ni devant elle, ni devant ses semblables!!!!!! »

[Les élèves rigolent, surtout Janey qui dit, c'est génial, ça, en adressant un large sourire à Earle et du coup, Earle lance un grand sourire à Andy et à Donald parce que grâce à eux il a l'air super-cool, mais Donald écarquille les yeux comme si on était en train de l'étrangler et ses lèvres anonnent, sans qu'aucun son n'en sorte : *appuie sur commande C,* mais il n'y a rien à faire, Earle ne va pas s'arrêter en si bon chemin pour essayer un autre texte maintenant que Janey est tout excitée et qu'elle a physiquement envie de lui. Hébété, Andy continue de sourire à l'écran.]

« On fonce! Tout droit, en direction du ventre de cette atrocité! » s'écria le premier officier-scientifique.

« Boum ! » Le croiseur commando dissident heurta le quai intérieur de l'énorme vaisseau maléfique. On entendait des gens courir, puis PATATRAS ! L'écoutille de devant explosa et se vaporisa, et dehors on vit des milliers de gardes dictatoriaux avec leurs lasers pointés directement sur eux. Puis, sur le dos de son Ussex, un énorme lézard caparaçonné, arriva la princesse Janxp, en bikini – peau de serpent et chaînes –, son corps souple et huilé.

Considine dit, ça va peut-être aller comme ça et demande aux élèves de faire tourner le programme de correction de texte pour voir comment il fonctionne. Earle ne quitte pas des yeux le Commandant C tandis que Janey fixe Earle. Alors celui-ci incline la tête légèrement vers l'arrière pour qu'elle ne voie pas la poche de graisse qui pendouille d'habitude sous son menton.

Considine est en train de pianoter sur le clavier et toute la classe reçoit ce message sur l'écran :

VOUS VENEZ DE VOUS BRANCHER SUR CORRECTEUR DE TEXTE 101P ORTHOGRAPHE/MISE EN PAGE, PAR QUELLE FONCTION VOULEZ-VOUS LE LANCER ?

Le Commandant C choisit MISE EN PAGE et dispose les paragraphes suivant un nouvel ordre.

« On fonce ! Tout droit, en direction du ventre de cette atrocité ! » s'écria le premier officier-scientifique. « Boum ! » Le croiseur commando dissident heurta le quai intérieur de l'énorme vaisseau maléfique. On entendait des gens courir, puis PATATRAS ! L'écoutille de devant explosa et se vaporisa, et dehors on vit des milliers de gardes dictatoriaux avec leurs lasers pointés directement sur eux. Puis sur le dos de son Ussex, un énorme lézard caparaçonné, arriva la princesse Janxp, en bikini – peau de serpent et chaînes –, son corps souple et huilé.

« A vos postes de combat! A vos postes de combat! » vociféra le hallebardier tandis que le vaisseau interstellaire de la dictature bombardait le petit croiseur dissident. Les membres de l'équipage se précipitèrent pour prendre position devant leurs canons à lasers et en firent voir de toutes les couleurs à la méchante et gigantesque embarcation.

« Nous sommes touchés! Nous sommes touchés! » hurla un membre de l'équipage tandis que des étincelles volaient de partout et que le petit vaisseau spatial vibrait de toutes parts, mais les courageux dissidents tiraient et tiraient de toutes leurs forces. Mais il était trop tard. L'embarcation titanesque avait déjà activé son rayon à propulsion ionique si bien que le minuscule vaisseau spatial ne put échapper aux tirs croisés de l'ennemi, et cela malgré tous leurs efforts, et Dieu sait s'ils étaient nombreux.

« Les mecs », dit le puissant guerrier-commandant en chef dissident Mâchoire Carrée McQuaid, « posez vos armes. Nous allons devoir nous servir de notre intelligence et de notre astuce pour nous sortir de ce piège. Laissez-moi faire et je montrerai à cette diabolique femme, Janxp la princesse au cœur de pierre, que nous ne céderons jamais, ni devant elle, ni devant ses semblables!!!!!!! »

Le Commandant C sourit, l'air plutôt satisfait, et dit qu'il va maintenant essayer le Microdico. Andy lève la main et Donald aussi, tous les deux s'élevant au-dessus de leur siège à force de tendre le bras comme s'ils allaient s'envoler. Mais le commandant dit tout simplement, Pas maintenant, les gars. Pas maintenant.

MICRODICO CORRIGERA TOUTES VOS FAUTES D'ORTHO-
GRAPHE EN SOULIGNANT LES MOTS QU'IL PENSE ÊTRE
INCORRECTEMENT ÉPELÉS ET SUGGÉRERA QUELQUES MOTS
DE REMPLACEMENT. LE MOT SÉLECTIONNÉ PAR L'ORDINA-
TEUR SERA INDIQUÉ EN CARACTÈRES GRAS ET CLIGNOTANTS.
POUR INSÉRER LE MOT CORRECT, TAPEZ-LE TOUT SIMPLE-
MENT ET L'ORDINATEUR L'INSÉRERA AUTOMATIQUEMENT
CHAQUE FOIS QUE CELUI-CI RÉAPPARAÎT.

« A vos postes de combat! A vos postes de combat! »
vociféra le hallebardier tandis que le vaisseau *inter-
stellaire*
(stellage, stèle, STÉRILET-stérilet-STÉRILET)
INTERSTELLAIRE
de la dictature bombardait le petit croiseur *dissident*
(disque-jockey, disséquer, dis-
DISSIDENT.
[Considine affirme que ce texte plutôt fantaisiste est
un peu difficile à corriger, mais qu'en effet il serait
impossible de programmer l'ordinateur de sorte qu'il
puisse distinguer entre les termes réels et les termes
imaginaires.]
leurs canons lasers et en firent voir de toutes les couleurs à la méchante et gigantesque
(gigantomachie, gigolo, gigoter,
GIGANTESQUE-GIGANTESQUE-GIGANTESQUE)
GIGANTESQUE
[Toute la classe pousse un *Ahhh* et le commandant
dit, Excellent. Bon travail. Parmi vous, quels sont ceux
qui ont su l'épeler?]
embarcation.
[Commandant C dit, Notez qu'il n'indique pas à
nouveau les mots déjà corrigés. C'est magnifique,
Earle.]

« Les mecs », dit le puissant guerrier-commandant en chef dissident Mâchoire

(machisme, mâchurer –

MÂCHOIRE-DE-PIERRE

McQuaid

(McDon-

MCQUAID

« posez vos armes. Nous allons devoir nous servir de notre intelligence et de notre astuce pour nous sortir de ce piège

(pied-de-biche, pied-de-chèvre, pied-de-coq, pied-de-veau, piège-PIÈGE-piège-

PIÈGE

Laissez-moi faire et je montrerai à cette diabolique femme, Janxp la princesse au cœur de pierre

(pi -

CŒUR DE PIERRE

Janxp

(Jan, JANEY-janey-JANEY)

[A présent, le commandant est sur le point de taper Janxp mais toute la classe crie JANEY! JANEY! JANEY!]

JANEY

[Tout le monde applaudit et Janey secoue un peu la tête en rougissant légèrement, qu'est-ce qu'elle est belle comme ça, et Earle incline la tête davantage encore, vers l'arrière, pour tirer au maximum la peau sous le menton.]

puis PATATRAS! L'écoutille de devant explosa et se vaporisa, et dehors on vit des milliers de gardes dictatoriaux avec leurs lasers pointés directement sur eux. Puis sur le dos de son Ussex,

(usé, Essex, SEX-SEX-SEX)

[putain, ils sont tous en train de hurler, alors le commandant pianote sur son clavier

SEX???

mais l'ordinateur ne comprend pas les points d'inter-
rogation]

un énorme lézard caparaçonné, arriva la princesse
Janey, en bikini

[éclats de rire]

peau de serpent et chaînes – son corps souple et
huilé.

Janey se retourne brusquement vers Earle, elle est
toute rouge, mais cette fois-ci elle est rouge de colère,
pas de timidité. Alors Earle blêmit. Il doit penser que
les yeux de Janey sont des fusils à rayons laser ou quelque chose dans le genre, parce qu'il sursaute, puis il se
baisse, mais quel idiot, il soulève son bureau et son
VéDéTé glisse au ralenti comme tous les énormes
objets qui coûtent la peau des fesses le font juste avant
de tomber et de se briser en mille morceaux. Earle
tente de le rattraper, mais il glisse et s'esquive juste
avant que l'engin ne lui écrase la jambe PATATRASBOUM
ça tombe par terre avec un fracas de tous les diables et
le tube implose et des éclats de verre scintillants volent
de partout, et Janey hurle, Ma jambe! Ma jambe! Il y a
des éclats de verre plantés dans ma jambe, je suis bles-
sée! Et en un bond elle se met debout mais elle, elle ne
heurte pas l'ordinateur, ne le renverse pas non plus;
mais l'étroite bretelle de sa robe s'accroche sur quelque
chose et arrache non seulement le haut de sa robe mais
le côté droit de son soutien-gorge aussi, et hop, à l'air!
et Earle est déjà à la porte avec Andy et Donald aux
trousses, ils le poussent pour qu'il sorte plus vite, mais
Earle s'arrête net alors qu'elle couvre son sein de la
main et le protège fermement. Earle est comme pétri-
fié, figé, bien que ses amis le poussent vers la sortie, et
que Janey remonte le haut de sa robe. Les trois Ternaires s'écroulent les uns sur les autres avant de
s'enfuir enfin dans une sorte de boule en fusion.

14.

Putain de merde c'est pas croyable, je rêve, j'hallucine.
Andy me dit Relax, vieux, c'était rien qu'une blague, ils
ne savaient pas exactement comment le programme allait
corriger l'orthographe de son prénom mais ça c'est bidon.
Merdeconpissefoutrefouteurdemerde ma vie était déjà
assez merdique comme ça pour qu'ils viennent pas en plus
chier dessus. Non, commandant Considine ce n'est pas ce
que j'appelle une blague, je voulais seulement éviter que
mes amis aient des ennuis c'est tout d'ailleurs je ne me
serais pas fait une telle blague et surtout pas à elle pas
pour tout l'or du monde. Merde si seulement je lui avais
dit ça au lieu d'être resté assis dans le bureau de Monsieur
Blanchard à m'étouffer et m'étrangler avec mes propres
sanglots comme une mauviette de merde Putainputaïnde
merdedemerde arrête avec tes gros mots c'est pour ça que
personne ne t'aime, personne ne t'aime parce que t'es gros
et cinglé et un voyeur dépravé voilà pourquoi, oh s'il te
plaît mon Dieu faites que toute la classe soit désintégrée
par un rayon thermonucléaire avant que ces cons puissent
raconter ça à tous les autres comme ça je ne serai plus
jamais obligé de les revoir. Bon Dieu je me vois déjà à
quarante ans je serai une espèce de boursicoteur capita-

liste ou un truc comme ça et il y aura un type qui s'amè-nera pour me faire chanter en me menaçant de vendre la mèche, faudra payer son silence pour qu'il puisse s'acheter de la came et je deviendrai un clodo qui prend son chiffon morveux pour laver le parebrise des voitures au feu rouge plutôt que de payer, mais non je vais changer d'école voilà ce que je vais faire, je vais m'inscrire au lycée public numéro cent soixante-trois et je me ferai poignar-der par un gang dans les chiottes et je crèverai et y aura une petite annonce dans le journal du lycée de Friends disant : un ancien élève s'est fait découper en morceaux dans un lycée public. Fin. Oh bon Dieu je viens de dépas-ser ma rue comme un débile oh ouais comme si j'y avais pas vécu toute ma vie déjà, et puis merde, y a maman, elle va flipper quand elle le saura, j'suis sûr qu'ils ont déjà téléphoné et qu'elle a appelé le Dr Sheldon pour qu'il me rétrécisse la tête comme tous les psys, j'parie qu'il est venu dîner chez nous pour que tout le monde refasse connaissance, eh ben, n'est-ce pas tout à fait charmant çà ?

15.

Ah, Earle, te voilà! Avant toute chose, laisse-moi te dire que Monsieur Blanchard a déjà appelé, qu'il m'a tout expliqué et que j'ai presque envie d'appeler Madame Williams pour lui dire que son petit Andy est un véritable petit monstre, premier prix du salon des Sciences de Firestone ou pas premier prix. Bien entendu, lui et Donald payeront pour l'ordinateur, vu que, ce qu'ils t'ont fait, aucune bête au monde ne l'aurait fait! Mais viens plutôt, entre, et va te changer, je t'invite à dîner, c'est toi qui choisis le restau. C'est la moindre des choses que je puisse faire pour toi après ce qu'ils t'ont infligé, ces monstrueux petits débiles scientifiques.

T'es bien sûr que tu le veux saignant, mon chéri, tu penses pas que ce serait mieux de le prendre un peu plus cuit – je pense aux microbes, tu vois, on ne sait jamais – d'ailleurs, c'est comme ça que je te le fais à la maison, un peu plus cuit...

Tiens, le voilà, comme il est beau, ton steak. J'aurais dû prendre la même chose mais c'est toujours pareil, n'est-ce pas? Mais bon, tu sais bien comment la viande rouge agit sur mon pancréas...

Plus doucement, mon chéri, tu manges complètement courbé au-dessus de ton assiette, on dirait ton grand-père. Rien ne presse...

Regarde-moi cette femme là-bas, juste derrière toi, oui, la grosse. Regarde-moi ses bras, on dirait des sacs remplis de purée. Si jamais je commence à ressembler à ça, Earle, eh bien, il faudra que tu m'achèves et que tu t'arranges pour revendre la viande... Eh ben, je te remercie, mon beau Bruno. Tu sais que tu peux être charmant quand tu veux...

Regarde-moi celui-là, là juste à côté de l'hôtesse. Je parie qu'il est mannequin, il est simplement trop beau pour être... Qu'est-ce que tu en penses?... Je *sais* que tu n'es pas pédé, ça ne veut pas dire que tu sois incapable d'apprécier la beauté de quelqu'un et d'un homme en particulier, et puis ne dis pas pédé, dis plutôt homosexuel, non, dis pas ça non plus...

T'ai-je déjà raconté ma journée au boulot? Affreux, affreux. Il paraît qu'ils ont découvert une bombe dans l'aéroport de Johannesbourg, ça n'a pas explosé, Dieu merci. Bon, mais comme je te le disais, toute la presse est venue, comme d'habitude, nous demander si nous pensions qu'il était dangereux de voyager sur Air Afrique du Sud et qu'est-ce que je pouvais bien leur répondre, moi? Non, ne voyagez surtout pas sur nos lignes, sinon vous risquez d'exploser en vol et de vous désintégrer en mille morceaux. Bon, si j'avais dit ça, où serais-je à présent? Et toi, mon chéri, qu'est-ce que tu serais devenu? Tu ne serais pas ici en train de manger ton steak saignant, ça, c'est sûr. Un peu de bonne foi tout de même, c'est quand même moins dangereux que d'atterrir à Miami ou à Houston, ou à n'importe quel aéroport situé à deux pas de La Havane, ou de *Habana*, comme ils disent là-bas. Bien entendu, s'ils pensaient que c'était vraiment dangereux, ils me l'auraient dit et je l'aurais dit, moi, à ces chiens de journalistes, c'est comme ça qu'on les appelle, *chiens de journalistes*, parce que c'est exactement ce qu'ils sont, surtout vis-à-vis de nous. Mais sais-tu comment ils nous appellent, eux? Oh, je suis sûre de te l'avoir déjà dit, ils nous appellent des *gilets pare-balles*, tu dois comprendre ça, toi qui connais tous ces machins sur la Seconde Guerre mondiale, les relations publiques, c'est comme les gilets pare-balles que portaient les pilotes pour se protéger de – comment on appelle ça? – du *shrapnel*; voilà, du *shrapnel*. Ça doit être un mot allemand, *shrapnel*; ça ressemble à schnaps ou à schnauzer. Non, mais quelle blague! Une bombe a failli exploser et moi, on me traite de gilet pare-balles!!...

Oh mon Dieu! Cette fois ne te retourne pas tout de suite. C'est Erica, la vedette du feuilleton *les Feux de l'amour*, elle est assise à côté de – oh, tu sais bien – celui qui a joué l'infirme dans *Coming Home* et puis le prostitué mâle dans ce film sur les cow-boys. Oh, suis-je bête, tu es trop jeune pour avoir vu ce film – Jon Voight! C'est ça. Je me demande ce qu'ils font ensemble. Non, ne te retourne pas encore, ils regardent droit vers nous! Oh... kay, vas-y maintenant, vite. Nous sommes terribles, tous les deux! [rire]. Je l'ai vue plus jolie que ça, mais je suppose que pour le feuilleton, ils ont des gens qui ne sont là que pour leur dire ce qu'il faut mettre : ceci dit, elle a bien gardé la ligne, ce qui est plus que je ne saurais en dire à son sujet à lui, non, mais, regarde-moi ses triples mentons!...

Si ton père était ici avec nous, tu sais ce qu'il dirait? Y a que des Blancs riches dans ce restau, ils ont rien de mieux à faire que de claquer dix dollars pour un morceau de bidoche qui n'en vaut pas deux. Tu sais que j'ai raison, même si nous avons eu de bons moments tous les trois. Pense à Nassau. Tu te souviens de notre premier voyage aux Bahamas, non ? Bien sûr que tu t'en souviens, même s'il est vrai que tu n'étais qu'un tout petit bébé à cette époque-là. Et Columbus, dans l'Ohio, Omaha Avenue et comment s'appelle-t-elle, ta baby-sitter qui buvait, LaCreta. Je n'oublierai jamais le soir où ton père est entré pour la voir penchée sur ce vilain canapé, celui qu'on a offert à ton oncle Miles pour sa maison de campagne au nord de l'Etat de New York, avec ses fesses à l'air et ce garçon avec elle, ils avaient tous les deux un verre de Dewar's – quinze dollars la bouteille ! – c'était le scotch de ton père [petit rire]. Oh, t'es trop jeune pour que je te raconte ça mais [petit rire encore] je suis sûre que si elle n'avait pas bu tout son whisky, il ne l'aurait pas fichue à la porte. Mais il aimait boire, ça, nous le savons tous les deux. T'es assez grand pour qu'on puisse parler de ça, n'est-ce pas ? Tu l'as subi et ça, c'est assez pour faire mûrir n'importe qui, et je trouve que tu l'as assumé admirablement, vraiment, tu...

Oh, bon sang ! Je voulais te demander comment s'est passée ta soirée. Je me rappelle que quand j'étais jeune fille, on avait des soirées formidables, des choses à manger et du punch à boire, mais personne n'aurait jamais osé y fiche de l'alcool parce que les mères de cette époque-là, c'était quelque chose, tu peux me croire. Et si un garçon dansait trop près d'une fille ? Eh bien, ces mères-là arrêtaient tout simplement la musique, elles arrachaient le bras du phonographe, puis elles fonçaient tout droit sur la piste de danse pour jeter le garçon à la porte, voilà ce qu'elles faisaient ! Mais je suppose que les mamans d'aujourd'hui ne sont plus comme ça. Je suis prête à parier qu'elles seraient même capables de vous montrer des trucs à vous autres gamins. *Gamins*, qu'est-ce que je dis, bien sûr que vous êtes tous de jeunes adultes bien élevés, des demoiselles et des gentlemen, tous. Reste que j'arrive pas à croire que vous n'êtes plus des gamins. Pour moi, vous êtes encore des bébés, et n'oublie jamais ce que ta grand-mère me disait toujours : « Aussi grande que tu seras, tu ne seras jamais plus grande que moi. »...

T'es sûr que tu ne veux pas de dessert, mon chéri ? Je sais que tu adores leur glace caramélisée, on peut même se la partager vu que dans un mois ce sera l'été et je refuse qu'on me voie sur Martha's Vineyard avec ces cuisses d'éléphant, et toi non plus, tu n'as pas vraiment besoin de calories supplémen...

C'est tout, tu en es certain, mon chéri ? Pas de thé ? D'accord, quand notre serveur – il s'appelle Bart, n'est-ce pas ? – reviens, sois gentil et demande-lui l'addition... Parce que c'est bien que tu puisses avoir un peu de pratique, voilà pourquoi. C'est toi l'homme de notre famille, ne l'oublie jamais. Sinon comment feras-tu quand tu sortiras avec une fille ? Tu ne vas quand même pas obliger la fille à faire toute la conversation ! D'ailleurs, c'est...

Le maître d'hôtel est un peu snob, ne trouves-tu pas ? Tu sais, ce bel Arabe là-bas...

Finissons cette soirée en beauté, rentrons en taxi, d'acc ? J'espère simplement qu'on n'aura pas un chauffeur coréen. La dernière fois que j'ai pris un taxi coréen, j'ai dit Riverside Drive, puis quand j'ai levé les yeux on était presque arrivés au River Club à Brooklyn Heights. Il m'a ramenée gratuitement, mais tout de même...

Je sais parfaitement que ce n'est ni le moment, ni l'endroit de te poser cette question, mon chéri, mais comment te sens-tu ? Tu sais, [murmure] la semaine dernière, le secrétariat du docteur Sheldon a téléphoné. Je ne voulais pas te le dire à ce moment-là, tu comprends. Il dit qu'il est libre le vendredi à quatre heures, c'est juste après les cours, et son cabinet de consultation est à deux pas, sur la 78ᵉ Rue...

Oh, mon chéri, pas la peine de regarder le courrier, je l'ai pris moi-même cet après-midi, je crains qu'il n'y ait rien pour toi aujourd'hui. Mais ne t'en fais pas, je suis sûre que ce Monsieur Wellington n'a pas oublié. Il t'écrira bientôt. C'est un homme qui ne manque pas à sa...

Earle mon chéri, je sais que ça te gêne d'en parler, mais quel effet ça te fait que je sorte avec des hommes ? Sincèrement ? Pas de secret entre nous, hein ? Nous n'avons que l'un l'autre... Tu en es bien sûr ? Tu sais, ce n'est pas comme si je sortais souvent, et je ne les ramène jamais à la maison même quand tu n'es pas là. Simplement, je voudrais bien me remarier un jour, mais pas tout de suite, non, Dieu m'est témoin, mais enfin, tôt ou tard. Ton père me manque et je sais qu'il te manque à toi aussi, mais parfois, et c'est peut-être affreux à dire, je pense que ça valait mieux pour lui. Il était malade, Earle, très malade, il n'était pas heureux, pas une minute, pas une seule...

Bonne nuit, mon beau Bruno, ne te couche pas trop tard, il ne faut pas que tu manques encore des jours de classe. Au fait, Monsieur Blanchard et le professeur Considine m'ont promis de s'occuper de ces deux autres garçons. Ils vont leur resserrer les boulons l'année prochaine ou quelque chose comme ça, ils ont promis...

Une chose encore, Earle, n'oublie pas de fermer tes volets. Les portiers me disent qu'il y a un voyeur dans l'immeuble.

Le 28 octobre 1984

Cher nullissime écrivaillon :

J'ai sans doute fait preuve d'une étrange naïveté en croyant que, après avoir comparé mon travail à vos propres éructations (et je sais de quoi je parle) aussi puériles que misogynes, aussi désarticulées qu'incohérentes, vous n'oseriez plus jamais profaner de la sorte le temple de la littérature noire. La seule consolation que l'on puisse tirer de votre pitoyable obscénité littéraire reste la certitude qu'elle est si épouvantable que les maisons d'édition les plus louches auraient, j'en suis sûre, des haut-le-cœur à la seule idée d'envisager une éventuelle publication.

De ma nouvelle contribution, je ne puis dire que ceci : « Lisez-moi ça et sortez vos mouchoirs. »

Ethelle Jeussuy

Chapitre deux

Dimanche, Seigneur nous v'là!

Le lendemain matin, le soleil fendit les cieux de sa lumineuse douceur comme pour montrer à toutes les créatures terrestres que le merveilleux dimanche était enfin arrivé, auréolé d'une gloire sans pareille. Maman, penchée au-dessus du poêle bancal, faisait frire une cuillerée de pâte de maïs tandis que le café, vieux d'une semaine, chauffait à nouveau sur le feu. Ça, le vieux café, c'était pour elle et ses grandes filles. Quant à Earle, cet unique dépositaire de la semence familiale, maman lui réserva les dernières gouttes de lait qu'elle pressa des mamelles desséchées de leur vieille chèvre, Angéla.

« Allons les enfants, il faut un temps pour tout, un temps pour dormir, un temps pour manger, et un temps pour rendre grâce à Dieu », tonna maman.

Six grands pieds robustes et propres foulèrent le plancher dont le bois était usé par les naissances, les décès, les réunions de prières et les cérémonies diverses qui, au fil des générations entières de métayers, se déroulèrent en ce même lieu. Maylene, Lurlene et Nadine se tenaient en face d'une petite glace suspendue au-dessus d'un bac en métal qui faisait office de lavabo – comme si ce minuscule morceau de verre avait pu contenir le reflet de ces trois images radieuses! Mais non, en vérité, point besoin de ce tesson de verre, de cet éclat de miroir – maigre cadeau de mariage offert à leur maman par l'oncle Ike de Chicago – pour rendre compte fidèlement de cette superbe allure qui était la leur. Non. Chacune peigna les cheveux de l'autre, chacune passa un gant de toilette sur les joues de l'autre avec cette aisance et cette grâce si propre à l'intime intimité qui régnait entre ces sœurs.

« Allons mon garçon », dit maman en secouant Earle par les épaules. « Ne m'oblige pas à te fouetter le derrière jusqu'au sang au risque de provoquer des cloques qui se rempliront de pus et qui souilleront ensuite mes bons draps propres, et le jour du Seigneur en plus! » ajouta-t-elle avec un ton d'affectueuse férocité maternelle qui unit plus étroitement les membres d'une famille noire que ne le fait une sauce blanche épaisse dans une assiette de riz de Caroline du Sud.

Une fois hors de son lit, Earle s'apprêta à affronter cette fraîche matinée de Géorgie. Il se détourna des femmes et les femmes à leur tour se détournèrent de lui tandis qu'il récupérait dans le creux de la main, comme s'il s'agissait d'un œuf flottant dans une poche, sa jeune virilité pour la glisser dans son caleçon de laine – celui du dimanche – avant d'enfiler la chemise léguée par son père, chemise dont ce dernier était revêtu lorsqu'il allait dilapider l'argent du ménage au jeu et qui était encore trop ample pour Earle, ce garçon grassouillet en pleine croissance.

Cette famille, comme toutes celles du comté de Lowndes, fièrement parées d'habits usés, fraîchement repassés, amidonnés et blanchis jusqu'à la respectabilité, descendait à pied la route 49 en direction de ces fredonnements, de ces accents de musique d'orgue, de ces chants dominicaux du gospel qui parvenaient jusqu'à leurs oreilles comme les vagues d'une marée montante depuis les portes blanchies de l'église baptiste du mont Sion. A l'intérieur, l'assemblée des fidèles se balançait en cadence, nu-pieds, s'éventant en raison de la chaleur croissante du printemps tandis que le vieux pasteur, homme décharné et dont l'haleine empestait l'alcool de maïs, avançait à pas comptés vers sa chaire, flanqué de part et d'autre de ses deux diaconesses.

« Mes amis! » s'exclama le pasteur. « Car je peux vous appeler mes amis, n'est-ce pas? » A quoi certains répondirent, « oh, mais que oui », alors que d'autres s'écrièrent, « vas-y, magne et prêche plutôt », au moment même où d'autres encore renouèrent avec le « amen » traditionnel. « Nous traversons des temps difficiles, des temps si difficiles que nous ne savons pas encore si un jour ils seront révolus. Oui, des temps si durs qu'on se demande s'il se trouve quelqu'un au monde pour se soucier un peu de nous; des temps si durs qu'on se dit que rien de bon, jamais, ne nous arrivera. Oui, je vous le dis, en vérité, ces temps sont plus durs que ne le fut la terre de nos champs au cours de la sécheresse de 1929, des temps plus maigres qu'une escalope de veau à deux dollars mais des temps plus coriaces qu'un morceau de paleron à dix centimes, des temps plus difficiles et plus adverses que cette Grande Guerre qui nous a privés de tant de nos meilleurs fils. Ce sont les temps des épreuves, temps des tribulations. J'ai bien dit " ceux des épreuves et des tribulations ". Et cependant, est-ce que le moment est bien choisi pour baisser les bras, pour renoncer, pour abandonner la partie? »

Parmi l'assistance des « non » s'élevèrent, parfois ce furent des « oh, mais qu'non! » Maman se redressa tout entière sur ses jambes robustes et déclara d'une voix plus assurée et plus profonde que n'aurait pu le faire un homme : « Jamais, tant qu'il me restera une goutte de sang dans les veines et jusqu'à mon dernier souffle, jamais! »

Ce fut une explosion d'enthousiasme parmi l'assemblée des fidèles – les « hourrah » se mêlèrent aux applaudissements, certains frappèrent le sol de leur pied – comme si Messieurs S. Gomorrhe et Blanchard, coïncidant avec un jour de fête nationale, venaient de passer l'arme à gauche.

« Merci, ma sœur Fierté, merci », dit le pasteur tandis que le brouhaha retombait. « Je crois que nous avons tous une leçon à tirer de l'exemple offert par cette femme – économiquement dépourvue mais spirituellement plusieurs fois milliardaire! Eh non, je ne crois pas que notre sœur Fierté troquerait sa foi, ses ravissantes filles et son jeune fils plein de dignité contre toute la fortune de Monsieur Jonathan D. Rockefeller! Pas plus, je dis bien pas plus, que n'importe lequel d'entre vous ici s'il est véritablement habité par la parole de Notre Seigneur Jésus-Christ. M'entendez-vous? Oui, vous m'entendez! »

A nouveau, parmi l'assistance en extase, s'élevèrent toutes sortes d'exclamations positives. Mademoiselle Lincoln, l'organiste, entama alors sur son vieil instrument fatigué l'air de « Oh mon Seigneur, ma pierre, ma seule parole ».

Une fois l'office achevé, une fois que ces âmes exceptionnelles, pénétrées d'Esprit Saint se fussent écroulées dans l'allée centrale avant d'être réanimées par les diaconesses, la joyeuse assistance se leva pour chanter une dernière fois, oui, chanter à pleine gorge, non pas la gloire de quelque dieu lointain et abstrait, mais plutôt une sorte d'hymne à eux-mêmes – célébration de cette force qu'ils puisaient dans leur seule volonté, dans cette capacité qu'ils avaient à surmonter les oppressions et les injustices qui s'abattaient sans cesse sur leur tête ; dans cette capacité encore à persévérer malgré les S. Gomorrhe et les Blanchard qui pullulaient sur leurs chemins de terre battue – l'obstination admirable qu'on retrouve à l'œuvre dans un de ces gospels afro-américains qui dit, « oh, continuer à continuer ».

« Avant de nous séparer, mes enfants », poursuivit le pasteur, « afin que vous puissiez vous réunir en famille pour mieux louer le nom du Seigneur, accueillons ici aujourd'hui deux nouvelles brebis au sein de notre humble et joyeux troupeau : Madame Darcelle Lamont et sa fille Dorothy, qui nous arrivent du comté de Macon. Aujourd'hui, not' bon Seigneu' nous fait don de cette nouvelle présence, de ces deux disciples, si pieuses et si intègres, de Notre Seigneur Tout Puissant, Jésus-Christ, Amen. »

Les deux nouvelles brebis se tenaient aux côtés du pasteur, à proximité des hautes et robustes portes de l'église tandis que l'assistance épanchait sur elles sa chaleureuse humanité. Le don d'hospitalité fut largement démontré par une incessante distribution de poignées de main franches, fermes et nobles. Le visage des deux femmes rayonnaient de bonheur, leurs sourires étaient aussi larges qu'une tranche de melon. Oui, j'ai bien dit « femmes », car Dorothy était dotée d'une vive intelligence et d'un esprit de synthèse qui dépassaient de loin les capacités ordinaires de ses seize ans. En prenant la main de tous ceux qui lui tendaient la leur, en embrassant tous ceux qui l'embrassaient, elle découvrit la sincérité de leurs larmes – ces larmes-là étaient des larmes de joie, de joie profonde et gorgées de bonté. Enivrée par le parfum qui se dégage des pins majestueux qu'on ne trouve nulle part ailleurs qu'en Géorgie, Dorothy contemplait les collines qui ondulaient au loin, vers l'horizon gracieux. Ses pensées s'élevèrent alors jusqu'aux cieux; elle avait encore sur la langue le goût délicieux du vin sucré de la communion; elle sentait sa blouse fraîche de vichy effleurer sa poitrine dont les bourgeons étaient à peine éclos, bourgeons qui s'épanouiraient pour devenir des seins, seins qui iraient au-devant d'elle sur le chemin d'Atlanta, cette ville perdue, incendiée, consumée par les flammes du péché et ruinée par le courroux de toutes ces âmes vaincues, âmes vaincues, certes, mais non point mortes, car ces âmes s'élèveraient un jour des flammes pour fonder une ville nouvelle, une université nouvelle; oui, u-ni-ver-si-té! Ô, comme ce mot si doux et si parfumé emplissait son esprit, agitait en elle une joyeuse farandole de pensées! Ô, ce bâtiment au sommet d'une colline, avec son immense portail que franchiraient de grandes femmes de couleur, et que Dorothy, elle-même, un jour franchirait à son tour pour devenir pour la première fois dans l'histoire de son pays, la première femme noire avocate-médecin-diplômée-de-troisième-cycle.

© 1984 Ethelle Jeussuy

Chapitre trois

A la pêche comme à la pêche!

Earle et ses deux compagnons, respectivement Epi d'maïs et Face de crabe, s'esquivèrent par la porte dérobée de cette vieille et bonne église au moment même où l'assemblée des fidèles se levait pour accueillir en leur sein les deux nouvelles brebis. C'est là, à l'abri des regards, à l'écart des murs de cette vénérable bâtisse rayonnante de propreté, que les trois garçons coururent pour mieux se cacher derrière le magnifique chêne – le chêne de Dieu, comme l'appelaient les braves gens simples du comté de Lowndes. Puis, afin qu'on ne les aperçoive pas, les garçons courbèrent le dos et, le corps ainsi pliés en deux, ils se mirent à trottiner sans faire le moindre bruit, leurs cannes à pêche raclant le sol, comme si tous les trois pressentaient que six ans plus tard, ils se baisseraient à nouveau jusqu'à terre, cette fois-ci en terre étrangère, et qu'à la place de leurs cannes à pêche, ils porteraient alors des fusils et que le pays qu'ils traverseraient s'appelerait l'Alsace. Alors, oui, c'en serait fini de la compétition amicale entre garçons dont le premier grand prix était un Coca au sirop de cerise. Non, ils seraient en train de se battre, soldats de cette Seconde Guerre mondiale, cette guerre qui avait pour ambition d'en finir une bonne fois pour toutes avec toutes les guerres, même si, et nous le savons aujourd'hui, à ce jeu cruel, nul homme, jamais, ne saurait sortir vainqueur.

Une fois l'église laissée loin derrière eux, ils se mirent à pousser toutes sortes de hurlements, à imiter, d'une main placée devant la bouche, les cris de guerre des Amérindiens. Ils couraient après les écureuils et les tamias qui, du coup, se précipitaient dans les arbres pour s'y réfugier. Ils cherchaient aussi à effrayer les cailles et les faisans en bêlant de toutes leurs forces jusqu'à ce que ces volatiles prennent leur envol. Parvenus enfin au ruisseau de l'Impie, Face de crabe retira sa chemise blanche empesée du dimanche et dénoua la cordelette qui retenait son pantalon, dévoilant ainsi une bande de peau plus claire qui soulignait davantage la protubérance dessinée par son sexe. Puis, il s'accrocha au vieux pneu suspendu à la branche d'un arbre appartenant au vieux Forgarty et sauta à pieds joints dans le ruisseau dont l'eau était bleue, claire et fraîche à l'image de ce printemps.

« C'te Face de crabe est un type complètement dingue », dit Epi d'maïs.

Earle et son ami apprêtèrent leurs hameçons en enfilant de gros vers de terre – qui ne cessaient de gigoter – sur des crochets de métal rouillé, en fait, pareils à ces ravissantes esclaves que l'on exhibait pour les vendre. Enfin les deux garçons s'allongèrent d'une manière indolente sur la mousse fraîche de Géorgie, le chapeau de paille posé sur le visage, tout en mâchouillant paresseusement de longs brins d'herbe savoureux.

Au même moment, Face de crabe revint en courant, hors d'haleine.

« L'arrive, l'arrive! Taillons-nous vers les collines! » s'écria-t-il.

« C'est qui qui vous a donné la pe'mission, p'tits nég'illons », hurla le vieux Forgarty, « d'pêcher et d'cou'i' à poil su' mes te''es ? »

Le vieux noir avait un visage dont la peau était si fripée qu'on pouvait y déceler la marque de toutes les injustices subies – semblables aux traces de gifles – que le guerrier couvert de gloire qu'il était avait essuyées tout au long de sa vie. Son fusil, aussi ancien que sa personne, reposait entre ses bras.

« Fichez-moi donc l'camp, p'tits vau'iens d'nèg'es », lança le vieil homme, révélant ainsi au travers du dernier terme utilisé par lui, l'affliction profonde causée par cette blessure résultant d'une vie entière d'oppression raciste.

Ils prirent alors leurs jambes à leur cou et s'enfuirent – fallait voir comme ! Le vent leur était favorable, ce vent qui les poussait inexorablement en avant, loin, très loin de la haine de soi qu'avaient éprouvée les glorieuses générations précédentes. Au fond de cette forêt embaumée, ils s'écroulèrent, rompus, essoufflés, riant à gorge déployée.

« Hé, Face de crabe », dit Epi d'maïs. « Si LaQuita savait comme c'est pas la forme chez toi, elle t'laiss'rait tomber comme une vieille chaussette. »

« Arrête, tu t'fais du mal », répliqua Face de crabe, « J'sais bien qu't'en pinces pou' c'te môme-là. »

« Pou' c'te pauvr' espèce d'bourrique crebarde ? » répondit l'autre. « J'y touch'rais pas à cette mulâtre maigrichonne. On dirait un sac d'os. J'y touch'rais même pas avec une canne à pêche longue d'trois mètres. »

« T'aimerais quand même bien en avoir une ! » répliquèrent les deux autres en chœur, comme ils aimaient souvent à le faire.

Lorsque les éclats de rire se calmèrent et que le brouhaha se transforma en un doux murmure ponctué de gloussements, Epi d'maïs reprit d'un ton grave, « Dis, Face de crabe, en vrai, c'est comment ? »

Earle retint son souffle.

« De quoi, mon gars ? » demanda Face de crabe en riant.

« Tu-tu-tu le sais bien, d'quoi il parle », béguéya Earle.

Face de crabe fit siffler l'air entre ses dents, accrocha ses pouces à sa ceinture, prit une profonde respiration tout en gonflant sa poitrine du plus qu'il pouvait. « Oooooh », dit-il non sans une certaine suffisance, « faut pas mal ramer pour y arriver, mais une fois qu'on y est, on s'ennuie pas, j'dois dire. »

« Que-ce tu veux dire par 'faut ramer' ? » demanda Earle timidement.

« C'qu'j'veux dire, c'est qu'si elles veulent pas, faut quand même y aller, c'est tout. Mais d'toute façon, elles aiment mieux quand c'est comme ça. En plus, tu peux ruser pour leur faire faire tout c'que tu veux », ajouta Face de crabe en rotant.

« Quoi par exemple ? » demanda Epi d'maïs, étonné.

« Bon, mettons qu'elle dise qu'elle veut pas, vu qu'elle sait très bien qu'tu vas la plaquer tout de suite après, elle et l'bébé, et qu'elle se retrouvera toute seule avec le mioche à Lowndes alors qu'toi, t'es là-bas à Memphis ou que'qu'part comme ça, là où qu'on peut s'payer des putes à trois dollars, ou alors t'es là-haut dans les villes du Nord, et que t'es tellement riche que t'es gros, alors qu'elle, c'est tout juste si elle touche l'aide sociale pour aller comme ça jusqu'à la fin de sa vie. Bon, alors, si elle s'met à t'sortir tout son blabla, t'as plus qu'à lui dire qu'une grosse abeille est venue t'piquer sur ta saucisse, qu'elle t'a pris tout ton jus, donc qu'elle risque vraiment plus rien ! »

Et Face de crabe éclata de rire, le visage tordu en un affreux rictus, pareil au masque mortuaire de l'hideuse stupidité. Les deux autres garçons gloussaient sans trop comprendre pourquoi, tant il est vrai qu'au travers de ce nuage impénétrable de puérile ignorance hormonale, ils se doutaient quand même que quelque chose clochait dans cette dernière explication.

Le fracas d'une poêle à frire usée, venant du fond des âges, martelée à coups de vieille cuillère en bois, rongée, elle aussi par le temps, résonnait comme un coup de gong étouffé qui s'en venait ricocher à tous les coins de cette forêt fraîche et odorante, pareil à l'esprit de la déesse suprême. Tout de suite après, retentissait la voix profonde et animée que Earle ne connaissait que trop, hurlant son nom avec cette même force et cette même fierté qu'au jour où elle l'avait expulsé hors de ses entrailles pour lui donner la vie.

Il se remit donc à courir, mais cette fois-ci, il ne fuyait pas le visage ridé et les traits endurcis par le temps et l'injustice. C'était plutôt vers une source de vie qu'il se dirigeait à présent, une vie plus vigoureuse, plus vivace qu'aucun coup de fusil, ou que quelques chiens dressés tout exprès pour le lynchage, ou encore, que le jet d'une lance à incendie. Elle se tenait là – et cette image désormais ne le quitterait plus – contemplant leurs quelques hectares de terre aride, mais terres triomphantes cependant, le bras solide tendu vers l'horizon en une forme de salut global, tandis qu'elle scrutait la forêt embaumée à la recherche de son fils unique, et qu'une mince volute de fumée s'échappait de la noble cheminée en se hissant vers le ciel, à l'égal d'un télégramme envoyé d'ici-bas à destination du Paradis, comme le disait toujours sa mère, et, à sa suite, ses merveilleuses sœurs – ces indestructibles digues qui érigeaient à elles seules une barrière contre les caprices d'une société que le jeune adolescent n'avait pas encore conviée à venir empiéter sur un univers personnel, admirablement naïf quoique passablement salace.

Chapitre quatre

Journées de classe

Earle rejeta l'édredon en patchwork sous lequel couvait encore la chaleur des autres corps qui s'en étaient déjà extirpés, et se prépara pour une nouvelle journée de classe.

Il versa l'eau de la cruche en métal émaillé, ébréchée mais propre, dans une solide cuvette et se savonna les mains à l'aide d'un savon fait maison, avant de demander, « Z'avez déjà mangé ? »

Maman, d'un regard sévère, fit le tour de chacune de ses robustes filles et répondit, « Oui. Alors viens prendre ton petit déjeuner avant que ça ne refroidisse. »

Dans l'assiette en étain à moitié remplie, une cuillerée de haricots blancs et une mince tranche de lard fumé. Deux bouchées plus tard, l'assiette était nettoyée et, l'instant d'après, en prenant un petit carré de pain de maïs, à peine plus grand qu'une boîte d'allumettes, Earle avala sa tranche de lard quasi transparente qui reposait au creux de l'assiette.

« Encore maman, s'il te plaît », demanda-t-il. « J'ai une faim de loup. »

Sa mère en eut la gorge serrée ; elle dissimula son visage dans les plis de son tablier et, tandis que Nadine

86

accourait pour la consoler, Maylene retirait aussitôt l'assiette de la table pour la passer à Lurlene qui la lava à grand bruit.

Une fois dehors, la terre rouge et fraîche de Géorgie soulagea les pieds nus (en pleine croissance) d'Earle, tandis qu'il descendait sans mot dire la route 49, parcourant les vingt-quatre kilomètres qui séparaient son domicile de l'école. Toutes les deux ou trois minutes, à l'horizon, dont la découpe rougeoyante épousait la ligne tracée par l'aurore naissante, il apercevait un petit nuage de poussière qui approchait, prenant petit à petit la forme d'un camion. Au volant et sur le siège du passager, deux hommes blancs. Au-dessus du tableau de bord étaient posés deux fusils. Derrière les sièges, une paroi grillagée séparait le conducteur de la benne, où étaient entassés une centaine d'hommes noirs en route vers quelque lieu pour y creuser une fosse, construire une route ou un pont, tailler les haies de M. Blanchard, ou encore tondre sa pelouse.

Treize kilomètres plus tard, Earle entendit un bruit de pas s'approchant de lui.

« Salut, Earle », lança Epi d'maïs. « J'allais même pas aller à l'école mais maman l'a senti et elle m'a fichu une sacrée rouste, alors... »

Le soleil était désormais haut dans le ciel, les perles de rosée sur les feuilles de sassafras s'étaient entièrement évaporées, et les urubus familiers et cependant agaçants tournoyaient mollement sous la voûte céleste. Earle et Epi d'maïs poursuivirent leur chemin.

« Earle ? » demanda Epi d'maïs en brisant le silence, « tu t'rappelles c'qu' nous a dit hier, Face de crabe ? ».

« J'm'rappelle d'plein de blabla, mais c'est tout », répondit Earle.

« Eh ben, moi, j'y pense », poursuivit Epi d'maïs non sans une certaine agitation. Des deux garçons, Epi d'maïs était sans doute moralement le plus faible. « En fait, j'fais bien plus que rien qu'd'y penser. »

Earle l'interrogea du regard sans ralentir son pas, oui, tout en avançant droit vers la connaissance.

« Tu sais que ma cousine Lucinda et sa maman habitent avec nous depuis qu'son papa s'est fait la malle avec cette chanteuse d'jazz qui v'nait d'la ville d'Mobile. Et c'est rien d'l'dire qu'ça m'fait un drôle d'effet qu'elle s'couche sans rien mettre, même si elle a presqu'dix ans. Eh ben, renchérit-il, elle et moi, donc, on l'a fait. »

Earle s'arrêta net. Un petit nuage de poussière rouge se forma au-dessus de ses pieds stupéfaits.

« Toi et ta petite cousine germaine ? » demanda Earle, incrédule.

« On est allés derrière les cabinets d'jardin et j'lui ai dit d'fermer les yeux pa'ce que j'avais une surprise. »

Earle se remit à marcher, ses jambes pareilles à des pistons, tâchant désespérément, si désespérément, de distancer cette ignorance sexiste qui s'affichait derrière lui avec une telle profusion, non seulement chez Epi d'maïs mais encore chez Face de crabe, comme parmi tant d'autres habitants de cet endroit merveilleux, vénérable, enthousiasmant, pieux et cependant si arriéré de Lowndes. Malgré le dégoût qu'il éprouvait, son esprit n'en fut pas moins ébranlé par une confusion des plus torrides, un peu comme si, à l'instar des chercheurs de points d'eau, il était muni d'une baguette fourchue et qu'il ne savait pas encore dans quelle direction il fallait la pointer.

La cloche de l'école sonnait et Earle pouvait alors apercevoir le drapeau aux quarante-huit étoiles hissé au sommet du grand mât blanc tandis que les petits enfants d'abord entraient en rangs serrés dans la petite salle de classe, suivis tout de suite après par les élèves de dix ans, et enfin par les plus grands. Ils pénétraient tour à tour et à pas comptés dans cette humble ruche, ce havre du progrès intellectuel que représente la scolarité pour tous. Après quoi, les écoliers prêtèrent serment face au drapeau – en fait, moins à ce drapeau-là qu'à cet autre drapeau futur, celui qui aurait non seulement plus d'étoiles, mais aussi de nouvelles rayures imperceptibles, des rayures de couleurs comme un arc en ciel, couleurs gagnées au prix du sang, de la sueur et des larmes, des larmes de toutes ces grand-mères noires qui manifesteraient pour les droits civiques, et qui seraient ainsi propulsées dans l'histoire sous les jets des lances à incendie si fréquemment utilisées par les forces de police.

« Eh bien, les enfants », dit Mlle Johnson d'une voix pleine d'espoir, « les plus grands commenceront leurs devoirs au milieu de la page 24 du *Récit des aventures de W. W. Ellis, ancien esclave en Amérique du Nord.* J'espère que vous avez tous un exemplaire du livre avec vous... »

Au même moment, Epi d'maïs et Face de crabe pénétrèrent bruyamment dans la minuscule école, le regard méfiant en direction d'Earle.

« Vous êtes encore en retard, messieurs », réprimanda l'institutrice. « Prenez vos places et Charles, c'est vous qui commencerez aujourd'hui. »

Face de crabe s'installa et, l'air penaud, ouvrit lentement son livre.

« M-mmm-mon p-p-pr-pre-premier j-j-j-j-jour, *jour* de l-i-i-berté, *liberté* », anonna-t-il en grimaçant, « fut l-le jour où j'a-p-pr-pr-pris à lire. »

La merveilleuse petite salle de classe faillit éclater de rire tandis que Face de crabe froissait les pages de son livre, baissant les yeux avant de décocher un méchant coup de pied contre la table. Son expression était marquée par la honte.

« Vous me décevez passablement, mon garçon », s'exclama Mlle Johnson.

Epi d'maïs ouvrit bruyamment son exemplaire, gonfla la poitrine et leva la main bien haut, une main fière, dressée dans ce temple du progrès.

« Moi, j'peux l'faire, Ma'moiselle Johnson », dit-il d'un ton narquois.

« Alors très bien, Paul, dit-elle. Allez-y. »

« Mon premier jour de liberté fut le jour où j'appris à lire », lança Epi d'maïs avant de refermer son livre, le sourire victorieux.

« Très bien, Paul, dit-elle, feignant la surprise. Continuez. »

Epi d'maïs, l'expression figée par la surprise, leva les yeux vers l'institutrice, qui fronça des sourcils. « J'sais plus », murmura-t-il.

« Plus fort, s'il vous plaît, on ne vous entend pas, Paul. »

« J'sais plus », répéta-t-il avec des sanglots dans la voix.

« Earle, je crois que vos amis ont besoin de votre aide », dit-elle. « Pensez-vous être en mesure de lire ce texte ? »

« Je ne sais pas », répondit-il d'un ton décontenancé. « Mais c'est sûr que je vais quand même essayer. » Il se redressa sur son banc et, délicatement, ouvrit le livre.

« Mon premier jour de liberté », déclama-t-il d'une voix à peine tremblante, « fut le, le jour où j'ai appris à lire... C-C-C-Ce n-n'était pas, comme vous le p-p-pensez peut-être, le jour où j-j-j'a-arrivai à New York en homme libre, ni même le jour où j'adressai la parole à notre président, M. Abraham Lincoln... »

« C'est excellent, Earle », s'enthousiasma Mlle Johnson. « A la différence de vos amis, vous n'avez cessé de faire des progrès. C'est tout à fait excellent. »

Earle, Face de crabe et Epi d'maïs en eurent les joues rouges de honte. Toutefois, les raisons de l'embarras d'Earle étaient autres que celles de ses camarades.

« Quelqu'un d'autre voudrait-il essayer de lire ? » demanda l'institutrice.

Au premier rang, une main à la forme délicate s'éleva tout doucement vers le plafond de la salle de classe, avec assurance et grâce, sans agitation aucune.

« Très bien, Dorothy, voulez-vous reprendre à l'endroit où Earle s'est arrêté. Mes enfants, il me semble que vous avez tous eu l'occasion de faire la connaissance de Dorothy et de sa mère, hier à l'église. »

L'institutrice adressa à Dorothy un hochement de tête confiant. « ... Abraham Lincoln », reprit-elle. « Non, ce fut le jour où le livre de lecture, que j'étais obligé de cacher sous ma paillasse, cessa d'être un simple amas de gribouillages pour se métamorphoser miraculeusement en un ensemble de significations multiples et de merveilleuses histoires. Je serai à jamais redevable à Madame Jonathan V. Cumberlake de l'île de Nantucket, comté de Duke, état du Massachusetts... » Etc. Dorothy lisait, sa voix fluette, quoique pleine d'assurance, tournant le dos aux élèves. Et cette merveilleuse maison qu'était l'école s'emplissait alors d'une vitalité, d'un esprit et d'une espérance qu'on n'y avait rarement expérimentés auparavant. Les petits comme les grands écoutaient, captivés par les mots qui s'échappaient avec force de la bouche de la nouvelle élève, pareils à la joyeuse rumeur d'un ruisseau d'or.

Mlle Johnson souriait, radieuse. « Où avez-vous donc appris à si bien lire ? »

Dorothy répondit doucement, très simplement. « C'est ma mère qui m'a appris. »

Après la leçon de géographie, la récréation et enfin la leçon de calcul, Mlle Johnson libéra la classe mais demanda aux deux élèves qui en étaient l'emblématique espoir – c'est-à-dire Dorothy et Earle – de rester encore un petit instant. Alors que les autres sortaient en courant, en riant et en jouant, et que la jeune et belle institutrice retournait à son bureau pour chercher les deux livres précieux qu'elle voulait remettre à ces jeunes élèves, Earle s'approcha du premier rang. Dorothy se leva à son tour et gagna, elle aussi, l'allée centrale de la classe.

« Oh ! » s'exclamèrent-ils de concert. « Pardon », répliquèrent-ils en chœur avant de laisser échapper une mutuelle grimace, découvrant simultanément à quel point ils avaient fait preuve de niaiserie. « Vas-y toi », dirent-ils en même temps. Puis ils éclatèrent de rire comme un seul homme.

« Tu lis vachement... vraiment bien... Dorothy », dit Earle en s'adressant au plancher. « Toi aussi... Earle », répondit Dorothy en fixant à son tour le plancher fraîchement balayé.

Lorsque Mlle Johnson revint chargée de ses offrandes, les deux jeunes gens éprouvèrent, au plus profond de leur être, une sorte d'enthousiasme merveilleux. Toutefois, quant à la nature véritable de cette force intérieure et quasi mystique qui venait de se loger en eux, ni Dorothy ni Earle n'aurait pu dire en quoi elle consistait au juste, du moins sur le moment.

Monsieur Wellington, même vous, j'en suis sûre, devriez pouvoir vous débrouiller avec ce récit, en le reprenant à l'endroit où je le laisse.

Chère Mme Jeussuy,

C'est sûr que je peux, et je ne saurais vous remercier suffisamment de votre aide ô-si-généreuse. Que pourrais-je vous offrir d'autre en échange, sinon une longue liste, plus longue et plus indéchiffrable encore que la précédente.

D. W.

16.

Vendredi, quatre jours donc après l'affreux lundi qu'avait vécu Earle. Toute la semaine il a séché ses cours. Il a passé ses journées à regarder les jeux les plus bêtes à la télé – ceux qui par exemple mettent en scène des vedettes du petit écran pour fournir aux candidats des thèmes de questions :

Bonjour chez vous, la Ronde des nouveaux mariés, Rions ensemble : émissions de télévision créées pour tenter de résorber le chômage parmi les vedettes de série B. *Bing!* [applaudissements] Les lits, les jambes, les pulls, les pendules, la bière pression, les tables, les machines à sous, tous les robots de science-fiction, les routes, les grottes, la plupart des organismes officiels, les pommes de terre, la laitue, le maïs : les objets inanimés désignés par des termes anthropomorphiques suivant l'usage de la langue ordinaire. *Bing!* [applaudissements] La gâchette, le canon, la mire, la crosse, le téléscope à infrarouge pour mieux voir la nuit : les parties d'un fusil antiterroriste à haute puissance de feu. *Bing!* [applaudissements] Tortilla Flats, La Boue et La Suie, La Crasse et La Belette, Les Gruaux et La Sueur, Hi-Tech/Hi-Tex-Mex, Les Tripes de Porc, les Céleris de veau, La Foi Amincissante, La Maison des Viandes et des Produits Carnés, La Maison des Stabilisants Alimentaires, Picaresque, Arabesque, Chez Montesquiou, chez Perfidie, Mangeons, Le Palais Impérial de Wang Ho et Ses Tourtes Macrobiotiques, n'importe quel restaurant à condition que son nom commence par Oh!, Oh! Bagatelle, Oh! Maison des Grillades, Oh! Le Restau du Coin, Oh! Le Restaurant Qui Se Trouve Juste En Face du Restau Du Coin, Oh! Un Restau de Plus, Oh! Des Restau Dans Tous les Coins, Quoi? Encore des Oh! Un Restaurant, Oh! Le Restau de Mon Frangin, Oh! Un Restau Pas Cradingue, Oh! Un Café-Restaurant Passable, Oh! L'Autre Café-Restaurant d'En Bas de la Rue, Oh! Un Café-Restaurant Deux Rues Plus Loin, Oh! Sur Votre Gauche Après le Feu, le Restau – Des Plats à la Mords-Moi-Le-Nœud, La New York Eating Company : Une Tradition Depuis le 1er janvier de cette année, Faut Bien Commencer Un Jour ou L'Autre : Une Tradition établie, Chez Steak, Chez Poisson, Chez Aliments et Boissons de Manhattan, S.A.R.L., Chez Fourrage et Céréales Pinbody & Fils, L'Assiette à la Mode, L'Assiette d'Argent, L'Assiette d'Or. Une Patate, Deux Patates, Un Mouton, Deux Moutons, Une Souris Verte Qui Dansait Dans L'Herbe, Ah! Si Vous Saviez Maman, Chic?, Chez Pas Comme Cha Ichy... Je ne sais pas, je passe. (Les spectateurs déçus : *Aaaaaaaaaaaaaaaah.*) Le prince Andrew, les philosophes, les prostituées, les hommes qui battent leurs femmes, les chiens qui essaient tout le temps de s'accoupler avec la jambe de leur maître ou avec celle d'une personne qu'ils viennent à peine de rencontrer, les gens qui tiennent toujours la porte pour les autres, les présentateurs du journal télévisé qui ont toujours l'air sincère et bienveillant, les présidents de grands groupes industriels, les présidents de républiques, cer-

taines plantes domestiques (certaines enquêtes laissent
à penser que...), les poissons qui ne détournent pas le
regard quand on tape sur la paroi de verre de l'aqua-
rium, Face de crabe, les pigeons voyageurs, les ornitho-
logues, les acteurs, quiconque s'exclame « à vos souhaits » ou *Gesundheit* chaque fois qu'un inconnu
éternue, les infirmières, certains médecins, les chef-
taines scouts, la plupart des donneurs de sang, les hypo-
condriaques, tous les volontaires du Peace Corps, les
têtes-de-nœud-boutonneux-premiers de la classe, quiconque renifle son linge fraîchement lavé et séché,
sourit béatement puis le serre très fort contre sa poitrine, quiconque fait des gâteaux, les facteurs qui sif-
flotent, tous les agents de police, les pompiers, et les
brigades de premiers secours, un bon nombre d'esthéti-
ciennes, Mlle Johnson, les vendeurs de voitures d'occasion honnêtes, les chanteurs, Peter Pan, les vendeurs de
chaussures, les naturalistes et autres professions du
même genre, les fleuristes, les masseurs/euses, les
artistes, les mannequins, les reines de beauté qui
paradent assises sur le haut du dossier de la banquette
arrière d'une Cadillac décapotable couleur rose bonbon
et qui pensent qu'un geste sincère de la main peut se
résumer à une simple rotation du poignet, les potiches
qui présentent les cadeaux pour les candidats au cours
des jeux télévisés, les manifestants, les livreurs qui, dès
que leur client ouvre la porte, repoussent d'un chiquenaude leur casquette vers l'arrière, esquissent un large
sourire quasi artificiel et disent « 'jour M'dame! », les
commis voyageurs/voyageuses, les enfants qui
acceptent des bonbons de la part d'étrangers, les gens
qui font de longs voyages et qui voyagent souvent, les
voyeurs, Donald et Andy, quiconque oblige ses amis
trouillards à aller voir des films d'épouvante, quiconque
adore les opérettes ou sait par cœur tous les airs des

comédies musicales d'après-guerre, les filles qui se pâment, les gens du Nord qui portent des santiagues en peau de lézard ou en tatou, les dompteurs de fauves, les cascadeurs, Darcelle, le serveur de restaurant qui se présente à votre table et qui dit Je m'appelle..., confection hommes, femmes, enfants, les pornographes pédophiles, les psych(iatres)ologues, les pères qui même en vrai retirent lentement la pipe de leur bouche et demandent à leur fils, Alors, fiston, comment s'est passé ton match de basket aujourd'hui?, un ami d'enfance qui a une théorie selon laquelle le fait d'appuyer systématiquement sur les intestins vous fera péter automatiquement par la bouche, les rastas blancs, les BCBG noirs, les rastas *et* les BCBG, le type à la laverie qui propose à quelqu'un de lui racheter sa vieille chemise, pour la déchirer tout de suite après et laver les deux moitiés avec deux lessives différentes à seule fin de *prouver que la lessive qu'il utilise est la meilleure,* et puis tous ceux qui prennent volontairement ou non l'accent du Sud dès qu'ils s'adressent aux renseignements téléphoniques dans un état du Sud, les tenants de l'assimilation raciale, les poseurs, les pervertis, les mécontents, Earle, tous les douaniers du monde : eh bien, tous ceux qui sont en quête d'amour, c'est évident! *Bing!* [applaudissements] La nourriture pour chien, euh, les robots multi-usages, ap – *mmmmzzzzz.* Navré, c'est fini. Mais ne vous inquiétez pas, si vous n'avez pas gagné le gros lot, on ne vous laissera quand même pas rentrer chez vous les mains vides...

17.

Ça y est, tout est gâché. Jusque-là, c'était génial mais maintenant c'est fichu, râpé, nase... Salut Earle, c'est Janey Rosebloom. Est-ce que tu pourrais, s'il te plaît-s'il te plaît-s'il te plaît, me donner des cours particuliers particuliers-particuliers de programmation? S'il te plaît-s'il te plaît? Oui [soupir profond et évocateur], je passerai vers huit heures puisque ta mère s'absente pour quelques jours et que nous aurons à notre disposition son grand lit et sa douche équipée d'un jet de massage rien qu'à nous deux et pour une semaine ou même plus. Oh, il fait chaud ici, ça te gêne pas si je me déshabille un peu pendant que tu m'apprends des choses sur les bits, et dis-moi si ça te gêne que je te mordille un peu l'oreille ici même, sous la douche pendant que tu me masses tout le corps et qu'on fait rien qu'à s'embrasser, et maintenant remplis-moi de ton braquemart de l'amour qui est si énorme que j'en ai le souffle coupé...

MA JAMBE, MA JAMBE! J'AI DES ÉCLATS DE VERRE DANS MA JAMBE! JAMAIS JE NE TOUCHERAI QUELQU'UN QUI M'A DÉFIGURÉE!

18.

Comme le père de Donald est médecin, le téléphone chez eux est équipé d'un système de conférence à trois. Ce qui fait que si Earle appelle, il peut parler à Andy et à Donald en même temps. Andy et Donald ont appelé toute la semaine puisqu'Earle séchait ses cours. Earle n'a jamais répondu. Mais comme le week-end approche, Earle est un peu moins furax et accepte de leur causer. La conversation roule sur le sujet de l'examen qui aura lieu demain matin. Ils disent aussi qu'ils sont prêts à lui payer un forfait pour toutes les attractions de Coney Island [1] et même un knish [2] ou un épi de maïs ou un truc comme ça, attendu qu'ils ne peuvent pas faire moins pour lui et qu'Earle, de toutes les façons, ne se tapera jamais Janey Rosebloom.

C'est la première fois depuis le début de l'année qu'ils se rendent à Coney Island. L'année dernière, ils s'y étaient rendus presque tous les week-ends pour jouer au Décrochez-Moi Ça. L'idée, c'était de gagner des stylos qu'on retourne tête en bas pour faire glisser

---

1. Parc d'attractions à New York.
2. Genre de *pancake* d'origine juive ashkénaze à base de pomme de terre.

le bikini de la nana qui est dessus. Une fois même, Donald a gagné tout un service de verres dans lesquel on met des glaçons et, quelque chose comme cinq minutes après, le verre se met à transpirer et le maillot de bain des nanas qui sont dessus commence à s'effacer. Pour aller plus vite, eux, ils versaient directement de l'eau sur les bikinis, et finalement, pour aller plus vite encore, ils se sont mis à gratter le verre pour faire disparaître définitivement le maillot de bain. Manque de pot, tout ce que ça a fait, c'est des tas de grosses rayures sur les nichons.

Andy et Donald racontent à Earle qu'ils ont vu une Ferrari supergéniale, trois cent huit Gé Té Esss, débouler à fond la caisse sur la 3ᵉ Avenue et presque passer sous un camion. Earle, lui, raconte qu'il a vu une Lotus Esprit se garer sur Riverside Drive avec le mot PTOU inscrit sur la plaque d'immatriculation. Stavros a dit pendant le cours de maths que « ptou » veut dire « enfoiré » en grec mais Andy dit que c'est impossible, vu qu'il y a des gens dont le boulot c'est justement de savoir tous les gros mots dans toutes les langues, justement pour empêcher les gens de faire des trucs comme ça. Mais comme Stavros est un enfoiré de Grec, il doit savoir de quoi il parle.

Ils achètent leur billet à un type énorme qui se trouve derrière un guichet et qui n'arrête pas de rire dans sa barbe en sifflant comme un serpent *Sss Sss Sss.* Après quoi, c'est le moment d'aller acheter de la bouffe parce qu'on mange drôlement bien à Coney Island et qu'on y trouve des trucs qui n'existent pas du tout à Manhattan. Andy achète un knish à Earle – vu que c'était promis – et tous les trois commandent des hot dogs chez Nathan, vu que Nathan, c'est un endroit connu dans le monde entier et qui se trouve sur Coney Island depuis des temps immémoriaux – quand Coney Island était encore un endroit propre.

Tire sur mon doigt, dit Donald, tout sourire, et Earle dit Non, car ses pets puent à un point que c'est trop dégueulasse, ça pue même tellement qu'on dirait qu'il est malade, et puis en plus qu'on ne joue plus à tirer sur le doigt pour péter depuis qu'on n'est plus mômes, d'ailleurs même en plein milieu d'une tornade, les pets d'Andy sentiraient toujours trop dégueulasses. Alors Donald le fait lui-même. Il se tire sur le doigt et laisse échapper un SssMmmMmm [1]. Earle et Andy prennent immédiatement la fuite, comme s'ils n'avaient jamais vu Donald de leur vie. Puis Andy se retourne et lance en direction de Donald, T'as pété, alors la vieille à côté de Donald le regarde brusquement comme s'il était un mutant, et Donald se met à courir pour rattraper ses camarades en les traitant de pédés, et Earle renifle et s'exclame : il y a une méga-merde qui fonce sur nous!

Comme ils ont encore faim, ils s'achètent un cornet de frites – le super-géant. Andy pique la dernière frite alors Donald et Earle se mettent à râler. Andy leur dit merde et Earle lui répond : mange!

Pour les montagnes russes, c'est simple, y a jamais personne, vu que la plupart des gens sont tous des trouillards et qu'ils piqueraient une crise cardiaque dès que ça fait clac-clac-clac avec ce bruit de crochet qui saute, au moment même où t'es en train de te faire hisser jusqu'au sommet de la montagne, quand ça va si lentement que tu as tout ton temps pour penser à l'accident qui s'est produit sur des montagnes russes, des pareilles, quand le wagon de tête est sorti des rails, l'été dernier, quelque part dans le Sud, massacrant tout un tas de scouts qui patrouillaient dans le coin, mais le plus angoissant c'est l'arrivée au sommet, quand t'es persuadé que tu vas tomber de ton siège et atterrir sur les rails tout en bas juste à temps pour te faire bien

---

1. Silencieux Mais Mortel.

écraser par tes copains qui arrivent à fond la caisse, hurlant le plus qu'ils peuvent, les mains en l'air pour montrer qu'ils sont trop relax pour se tenir à la barre de sécurité. Mais dès que t'es au pied de la première montagne, quand tu as enfin desserré les mâchoires, alors c'est plus rien qu'une chouette attraction parce que tu sais que si tu as survécu à la grande montagne, tu survivras aux petites pentes qui viennent après et aux tournants de rien du tout et ça jusqu'à la fin.

Encore un tour, dit Donald, même si c'est pas la peine de le dire vu qu'ils y vont toujours deux fois de suite et même si c'est jamais aussi effrayant que la première fois.

Après les montagnes russes, ils font un tour dans les karts et, pour une fois, Earle devance Donald – ce qui est complètement exceptionnel vu que Donald est une espèce de champion dans le domaine. Naturellement, de voir ça, Andy, il a les boules, alors il finit par se fâcher et il fait tout pour les pousser dans les pneus qui bordent le circuit. Puis, ils vont faire un tour à la Maison hantée, et à d'autres attractions encore, du genre pour les mioches, histoire de rentabiliser au maximum le forfait qu'ils ont pris pour la journée.

19.

Les Ternaires reprennent le train – direction Manhattan. Ils ont envie de se payer une toile. Comme ils ont quarante minutes d'avance sur le début de la séance, ils se rendent chez Swensen pour déguster des milk-shakes. Andy : ils doivent le chauffer un peu pour qu'il puisse se faire passer pour un gars de dix-sept ans, vu que le film qu'ils veulent voir est interdit aux mineurs de moins de dix-sept ans non accompagnés. En fait, c'est moins difficile maintenant d'y arriver; rapport qu'il ne leur manque plus qu'un an pour avoir l'âge qu'il faut, alors qu'avant, c'est-à-dire l'année dernière, lorsqu'ils n'avaient que quatorze et quinze ans, c'était du rail, et ils étaient obligés de forcer sur leur voix pour la faire sonner bien grave, de causer cigarettes et parfois même de refiler un billet de un dollar chacun à un clochard pour que celui-ci fasse semblant d'être leur tuteur et de pouvoir ainsi entrer dans la salle.

La nana qui vend des glaces au cinoche est une véritable beauté portoricaine. Avec ses longs cheveux noirs et ses yeux sombres, elle ressemble comme deux gouttes d'eau à Jennifer Beals, la nana qui joue dans

Flashdance, sauf qu'elle est un peu plus petite, la nana des glaces. Andy dit qu'il va aller lui demander à quelle heure elle finit son boulot, et Donald et Earle répondent en chœur, « Et mon cul, c'est du poulet ? » Puis Earle dit tape là, tu me dois un Coca, et ils se tapent dans les mains. De toute façon, ça fait des siècles qu'Andy jure qu'il va draguer toutes ces filles et il n'a jamais rien fait, sauf une fois en colonie de vacances à Winamac, avec une fille qui était moche comme un pou (qui devait faire ça qu'avec les chevaux tellement elle était à gerber). Alors Andy réplique ouais, c'est ça, elle était pas aussi bien fichue que leurs nanas à eux, hein ? Comme par exemple les deux millions et demi de triple pages centrales de *Playboy* chiffonnés à mort comme une chaussette ou une vieille tomate à force de se taper des branlettes juste au-dessus. Et Donald lui demande, Comment il se fait qu'il connaisse toutes ces façons de se branler s'il n'est pas le champion branleur lui-même. Andy prétend qu'il va aller au cinoche sans personne parce qu'il est le seul à ne pas avoir une gueule de marmot et à pouvoir passer pour quelqu'un de dix-sept ans, et qu'il leur racontera tout demain, juste avant l'exam'.

Andy retire ses lunettes, déboutonne sa chemise jusqu'au nombril et déambule, les yeux mi-clos, en faisant semblant d'être défoncé. Z'auriez pas d'cibiche lan-d'dans ? demande-t-il à la guichetière alors que Earle lui avait bien dit que c'était con de prendre l'accent de Brooklyn. Comme prévu, la bonne femme dit non. Là-dessus Andy demande trois billets, toujours avec l'accent de Brooklyn, et quelques bières en plus. Earle jure que la bonne femme a regardé Andy comme s'il était un vrai blaireau.

La salle de cinéma, on dirait le château de Versailles, avec des rideaux devant l'écran comme au théâtre.

Dedans, tout le monde a le même âge que les Ternaires et la plupart sont rien que des mecs. Il y a même quelques imbéciles du même bahut qui, en voyant Earle, se mettent à gueuler : Tête de nœud! Tête de nœud! Puis ils éclatent de rire, et ils rigolent tellement qu'ils manquent de s'étouffer. Earle, Donald et Andy répliquent en leur faisant un bras d'honneur en plein milieu de la salle. Les lumières s'éteignent progressivement, tandis que le brouhaha des voix s'estompe.

Voix off : VOIX D'HOMME, TON AUTORITAIRE QUOIQUE AGRÉABLE

« Bienvenue dans le monde merveilleux du cinéma. Pour le confort de tous, veuillez vous abstenir de parler durant la projection. Installez-vous confortablement dans votre siège. Nous vous souhaitons de passer un agréable moment dans notre salle! »
Fermeture en fondu.
« Cette bande-annonce est autorisée pour tout public. »

Voix off : VOIX D'HOMME, TON ENJOUÉ.

Elle est la première femme à être président des États-Unis...

Plan séquence :

Gros plan : jolie FEMME *à l'expression sérieuse.*

Voix off : VOIX D'HOMME, TON ENJOUÉ

Lui, il est jeune, arrogant, beau et Premier ministre soviétique...

Plan séquence :

Gros plan : HOMME *virile à l'expression sérieuse.*

Voix off : VOIX D'HOMME, TON ENJOUÉ

Que peut-il bien se passer lorsque ces deux chefs d'État se trouvent face à face pour la première fois lors d'une réunion au sommet ?

Ils tombent amoureux l'un de l'autre.

« *Affaires étrangères. C'est une histoire d'amour terriblement diplomatique.* »

Fermeture en fondu.

« Cette bande-annonce est autorisée pour tout public. »

Ouverture en fondu :

EXTÉRIEUR JOUR — LYCÉE

Voix off : VOIX D'HOMME, TON GRAVE

Bienvenue au lycée Zachary P. Smith, pour ses cours de vacances. C'est un établissement scolaire en tout point comparable aux autres.

Plan séquence :

Cours de maths : quatre JEUNES FILLES *déguisées en gorille entrent dans la salle de classe, bondissant et lançant des tartes à la crème à la figure du professeur.*

Voix off : VOIX D'HOMME, TON GRAVE

Un établissement où les professeurs croient vraiment en leur métier...

Plan séquence :

Une VIEILLE PROF *file un coup de poing dans les testicules d'un* JOUEUR DE FOOTBALL.

Voix off : VOIX D'HOMME, TON GRAVE

Un établissement où les élèves se passionnent pour leurs études...

Plan séquence :

Trois INDIVIDUS *assis autour d'un détonateur s'apprêtent à faire sauter le bâtiment du lycée.*

Voix off : VOIX D'HOMME, TON GRAVE

Un établissement où tout le monde travaille très dur pour se fendre la gueule...

Plan séquence :

Derrière un panneau de verre dépoli une FILLE NUE prend sa douche. Sa nudité est évidente mais l'image reste floue. Un JOUEUR DE FOOTBALL, en tenue, avec ses protège-épaules, ses protège-coudes, ses protège-cuisses et ses protège-genoux, NE SE CONTRÔLE PLUS DU TOUT et se précipite comme un malade contre la vitre.

Voix off : VOIX D'HOMME, TON GRAVE

COURS DE VACANCES. Avec la musique des Cars, AC/DC, Van Halen, Cyndi Lauper, R.E.O. Speedwageon, Rick Springfield, Spandau Ballet, Duran Duran, Mötley Crüe, Eddie & The Tide, les Del Fuegos.

Fermeture en fondu :
« Cette bande-annonce est autorisée pour tout public. »
[J'adore quand ils nous foutent plein de bandes-annonces dit Andy, comme il dit à tous les coups.]

Voix off : VOIX D'HOMME UN PEU RAUQUE

Les maquereaux et les trafiquants de drogue règnent en maîtres sur la ville...
Ouverture en fondu :
La silhouette d'un 357 Magnum se dessine. Lentement, le canon tourne et se dirige, la gueule pointée vers la salle.

Voix off : VOIX D'HOMME UN PEU RAUQUE

Il n'y a plus de temps à perdre. Seul un homme est capable de passer à l'action.
Le canon est braqué sur la salle tandis que le doigt presse sur la gâchette.

Voix off : Voix d'homme un peu rauque

Dirty Harry est de retour et il est plus têtu que jamais...
Le coup de feu éclate.

Voix off : voix d'homme un peu rauque

Poing de feu
Bientôt sur cet écran.
Fermeture en fondu, nouveau coup de feu.

Voix off : voix d'homme, ton autoritaire quoique agréable

« Les cinémas " Lowe " sont heureux de vous présenter en première exclusivité... » [Earle parie que le film va être pas mal du tout, vu que cette fille qui jouait déjà dans *Faisons-le* joue encore dans celui-là. Nouvelle fermeture en fondu, puis crépitement de la bande-son. Le film va commencer.]
Ouverture en fondu :
Les titres sur fond noir :
colonies de vacances informatiques, où les claviers d'ordinateurs ne sont pas les seules choses qu'on tripote.

Donald est incrédule. Qu'on passe des trucs comme ça à l'écran, ça le fige. Il se demande pourquoi aucune organisation morale ou religieuse n'est pas venue protester, mais Andy lui explique que les gars qui ont fait le film répondraient tout simplement, On ne sait pas ce que *tripoter* signifie pour vous, mais nous, nous parlons d'ordinateurs et si vous, vous trouvez cela grossier, alors vous ne tournez pas rond. Earle rappelle que Pour le confort de tous, il faut la boucler.
Le film commence par une fille dans une cabane. C'est la nuit. Elle entend un bruit au-dehors, alors elle

sort pour voir ce que c'est. Pour une raison ou une autre, elle s'affole vachement et se met à courir à travers la forêt, complètement terrifiée. Elle ralentit après avoir fait des kilomètres et, en jetant un coup d'œil pardessus son épaule, elle soupire de soulagement. Lorsqu'elle se retourne, elle découvre juste devant elle un mec totalement gigantesque dont le visage reste dans l'ombre. La caméra fait un gros plan sur l'énorme sécateur que le type tient des deux mains. Puis, l'écran devient tout noir. Après ça ils disent, « Dix ans plus tard », et le générique se déroule maintenant en surimpression sur des tas de gens qui arrivent en bagnole pour déposer leurs gosses à la Colonie de vacances informatiques. La plupart d'entre eux sont de vrais têtes de nœuds, on dirait même qu'ils sont carrément arriérés, mais il y a quelques types normaux qui ressemblent à ce que seront les Ternaires dans un mois, lorsqu'ils se rendront à leur tour en colonie de vacances informatiques, à la fin de l'année scolaire, et naturellement, il y a des nanas super-mignonnes en shorts et chemisiers écossais avec les pans noués au-dessus du nombril, parce qu'il fait rudement chaud. Elles courent vers leurs cabanes avec leurs nichons qui ballotent dans tous les sens. Dans les douches, elles se déshabillent tandis que les mecs regardent par un trou qu'ils viennent de percer dans le mur de la cabane une minute plus tôt. L'une des filles a le corps le mieux foutu qu'Earle ait jamais vu de toute sa vie. On dirait une statue, sauf qu'elle est délicieuse, elle. En plus, elle prend un temps fou pour se doucher et le savon mousse partout sur son corps. Earle s'enfonce dans son siège et ne la quitte plus des yeux parce qu'il vient de se rendre compte que Ola Ayim, miss Septembre, qui jusque-là avait le corps le plus dingue qui ait jamais existé, en fait, par comparaison, a les bras trop maigres et les

pieds vraiment moches si bien que de la mater maintenant ce serait presque comme s'il lorgnait sa grand-
mère tant il est habitué à la voir. Mais *celle-là*, sur
l'écran, elle va lui servir de super-carburant à fantasmes
pendant une semaine au moins! Donald dit tout bas
qu'elle a les nichons de travers. Earle et Andy lui
répondent que c'est seulement parce qu'il est pédé qu'il
dit ça, mais l'instant d'après, Andy admet quand même
que la gonzesse est un peu grassouillette, mais qu'il ne
la virerait pas de son pieu même si elle grignotait des
biscuits en laissant tomber des miettes sur les draps. Ça
n'empêche, il pinerait bien la blonde, juste à côté d'elle,
et jusqu'à plus soif encore.

20.

A la maison ? Tu veux rentrer à la maison *maintenant* ? Earle, mais enfin, il n'est que sept heures et demie. Pourquoi tu veux rentrer à la maison, nom d'un chien ? On peut même se faire une autre toile, si ça te dit. Ou – euh, ouais, je sais – allons chez Donald regarder le film porno de son frère au ralenti sur le magnétoscope...

Allez, viens, Earle, c'est du nouveau, mon frère vient de se payer une nouvelle collection de cassettes porno, la semaine dernière et il les cache dans un sac en plastique, dans ses chiottes. Plus clair, c'est pas possible. Et en plus, mes parents restent dans leur maison de campagne de Long Island jusqu'à demain soir...

Y a que les mauviettes qui préparent l'examen blanc et en plus, c'est juste pour nous entraîner. En vrai, ça compte même pas, d'ailleurs t'es même pas censé te préparer, tu devrais même pas y penser, t'es tout juste censé plonger pour qu'ils puissent te dire combien t'es intelligent sans avoir rien branlé avant.

Tu sais quoi Andy ? Earle veut rentrer chez lui, mais c'est pas pour travailler, ça c'est sûr. Il veut rentrer pour se l'astiquer en pensant à la p'tite cochonne du

film, avant qu'il oublie à quoi elle ressemble. T'as intérêt à t'calmer mon pote, sans quoi un jour, tu vas t'arracher d'un coup le prépuce et t'auras plus que ton gland
à l'air, tout bleu et en sang, et tu seras là, tout con, en
train d'essayer d'expliquer à ta mère comment t'es
tombé pile, la bite en avant, sur un taille-crayon électrique.

21.

Nous voici à présent dans le gymnase. D'ordinaire, ce lieu abrite un terrain de basket mais aujourd'hui, il a été aménagé en salle d'examen. Sur un revêtement de sol en mousse grise sont disposées, dans un alignement parfait, des tables et des chaises, de couleur grise, elles aussi. Les épreuves écrites sont sur le point de commencer. Des pavés de verre incrustés de part et d'autre dans les murs du gymnase laissent filtrer une lumière blanchâtre tandis qu'une dizaine de plafonniers, vastes comme des poubelles municipales, répercutent sur le métal de leur coupe, pareils à des grosses caisses de résonnance, la rumeur anxieuse des candidats.

Gagnez vos places s'il vous plaît, jeunes gens, dit Monsieur Morgan en tapotant à plusieurs reprises sur le tableau noir à roulettes trimbalé jusque dans ce gymnase pour la circonstance. Nous sommes réunis aujourd'hui dans cette salle pour passer les épreuves du Certificat d'aptitude scolaire ou si vous préférez, le CASco. S'il s'en trouve un parmi vous pour croire que nous sommes ici pour fêter le baptème d'une petite cousine, je préfère tout de suite éclairer sa lanterne, lui dire qu'il s'est trompé de salle, et lui souhaiter bon voyage. [Eclat de rire général quoique feutré parmi les candidats. A cause de l'anxiété qui leur noue l'estomac. C'est donc plutôt une sorte de rumeur sourde qui fait à peine vibrer les carreaux des fenêtres.] Aujourd'hui je ne me présente pas à vous en tant que Monsieur Morgan, votre professeur d'art théâtral, ni même en tant que Monsieur Morgan, le baby-sitter habituel de votre salle de classe. Non. Aujourd'hui, je suis Monsieur Morgan, représentant unique de la loi. J'occuperai – tout le temps de ces épreuves – le poste de surveillant général à l'intention de vous autres mécréants, et croyez bien que je compte assumer cette responsabilité jusqu'au bout... Soit dit en passant, si quelques-uns d'entre vous ignorent le sens du terme *mécréant*, ne comptez pas sur moi pour vous le fournir. Je ne peux que souhaiter qu'un tel mot ne figure pas dans les questions de vocabulaire qui vous seront posées tout à l'heure au cours de vos épreuves. [Nouveau tremblement des vitres, quoique plus léger cette fois.] Vos épreuves dureront trois heures. Une pause de dix minutes vous sera accordée à la mi-temps, c'est-à-dire dans une heure et trente minutes. A l'exception de ces dix minutes, toute conversation, le moindre bavardage, seront naturellement interdits et, par conséquent, sévèrement sanctionnés. Vos questionnaires vont vous être distribués dans un instant. N'y touchez pas! Je répète, n'y touchez pas! Sous aucun prétexte! Ni avec vos crayons HB bien taillés, ni avec un quelconque instrument et cela, avant qu'on ne vous y autorise formellement. Lorsque vous aurez rempli le questionnaire, des enveloppes cachetées vous seront remises. Pas avant. Ces enveloppes contiennent le texte de vos épreuves. Si le cachet sur cette enveloppe est endommagé, signalez-le immédiatement au surveillant qui se trouve à proximité de vous. Vous n'aurez que trente secondes pour le faire. Passé ce délai, et si votre enveloppe a déjà été ouverte, vous serez contraint de quitter la salle des examens. [Chuchotements de terreur étouffés. Pas de tremblement de vitres.]

Vous le savez déjà et, pour ma part, j'ai eu l'occasion de vous le signaler à plusieurs reprises, seuls les crayons gras HB sont autorisés pour cette épreuve. Seuls les crayons gras HB peuvent être lus par l'ordinateur du service des examens scolaires et universitaires. A défaut d'un autre crayon que le HB, vous n'obtiendrez aucun résultat. N'inscrivez vos réponses que dans les emplacements prévus à cet effet dans vos questionnaires. L'ordinateur n'est pas capable d'interpréter des signes contradictoires. Le risque, naturellement, c'est de voir votre moyenne chuter. Naturellement aussi, ces signes contradictoires peuvent, à l'occasion, améliorer les résultats de certains. Et c'est aux moins doués d'entre vous que je pense en tout premier lieu, naturellement. Vous pouvez, en outre, écrire sur votre enveloppe si vous le souhaitez, vous en servir comme d'une feuille de brouillon par exemple. Sachez cependant que ce brouillon ne pourra se substituer au formulaire réglementaire sur lequel devront figurer vos réponses. En clair, cela signifie que toute réponse qui ne figurera pas dans l'emplacement réglementaire prévu à cet effet sera considérée comme nulle et non avenue. Par ailleurs, vous pourrez pomper sur la feuille de votre voisin autant qu'il vous plaira, sachez seulement que cela ne vous sera strictement d'aucun secours. En effet, l'agencement des questions sur vos formulaires varie d'un candidat à l'autre, si bien que ce que vous croyez être en train de copier, eh bien, c'est une réponse à une question que l'on ne vous pose pas. Astucieux, hein ? Je voudrais également attirer votre attention sur le fait que certaines questions qui vous seront posées le seront à titre expérimental. En effet, ces questions émanent du Comité de coordination pour l'égalité des chances des minorités ethniques, placé sous la tutelle du Département de la commission spéciale des examens. Ces questions ne jouent en aucune manière un rôle dans l'établissement de votre note générale. Toutefois, je vous recommande d'être particulièrement attentif, attendu que vous n'êtes absolument pas en mesure de déterminer avec certitude si la question à laquelle on vous demande de répondre est posée à titre expérimental ou non. Enfin, je suppose que vous savez tous où se trouvent les toilettes. Pour ceux qui ont la chance de ne pas devoir porter à leur poignet un instrument de mesure du temps – signe évident et naturel d'un emploi du temps particulièrement chargé – pour ces oisifs donc, j'indiquerai l'heure toutes les quinze minutes, là même, sur ce tableau. Lorsque le temps imparti à chaque épreuve sera écoulé, je dirai : terminé! Et il faudra alors lever vos crayons. Si après mon signal vous continuez d'écrire, on vous demandera de quitter la salle sur-le-champ et toutes vos épreuves seront invalidées. Encore un mot. Bien que nous ayons fait mettre un revêtement de mousse sur le plancher du terrain de basket, celui-ci n'en est pas moins particulièrement glissant. Attention donc en vous agitant sur vos chaises à ne pas vous retrouver, comme vous dites, les quatre fers en l'air. Me suis-je bien fait comprendre de tous?

CERTIFICAT D'APTITUDE SCOLAIRE
(CASCO)

Enveloppe n° dE101bR-H
Nota Bene : Vous pouvez utiliser cette enveloppe comme une feuille de brouillon. Cependant, le service des examens scolaires et universitaires vous informe

que seules les réponses inscrites sur les formulaires réglementaires distribués pour l'examen seront prises en compte.

ÉPREUVE NUMÉRO UN (1)

Relations sémantiques

Déterminez les mots pouvant exprimer une relation sémantique en vous conformant au modèle indiqué ci-dessous.

EXEMPLE :

MÉTISSAGE : CRIME
a. noir : beige
b. zèbre : singe
c. Jane Russell : une femme sexy
d. zinzin : grande gueule

La bonne réponse est (c). En effet, si le métissage était autrefois un crime, Jane Russell était autrefois, elle aussi, une femme sexy.

Durée de l'épreuve : 20 minutes
Nombre de questions : 14

1. REMARQUABLEMENT : BEAU
a. cordialement : invité
b. profondément : ému
c. fermement : tenu
d. terriblement : british

2. ADMIRATEUR : DÉVOUÉ
a. journée : éreintante
b. vitesse : excessive
c. lecteur : vorace
d. vertu : petite

3. ANXIEUX : TENDU
a. pâte à chou : farce

b. sinécure : permanent
c. phonétique : phonographe
d. lui : elle

4. ANC : SOS
a. TWA : CIA
b. RATP : SNCF
c. FBI : CGT
d. RG : EDF

5. MITRE : ESCARCELLE
a. dot : protubérance
b. mue : exotérique
c. libérer : filtrer
d. blanchir : débraillé

6. RÉCIPIENT : RAPPORTS SEXUELS
a. éphémère : gaze
b. donquichottesque : Espagne
c. canon à eau : Selma
d. envois en nombre : philatélie

7. RÉCIT : PLATITUDES
(a.) hot dog : shish kébab
b. accuser : corruption
c. nature morte : montage
d. monochromatique : pie

8. MIGNON : MIGNONET
a. boogie : woogie
b. tout : riquiqui
c. p'tit : mini
d. bon chic : bon genre

9. TAILLE : FINE
a. seins : voluptueux
b. genoux : noueux
c. épaules : larges
d. poignets : délicats

10. SOLEIL : TAPE
a. flammes : lèchent
b. vent : hurle
c. nuages : ragent
d. vagues : déferlent

11. MARTIAL : MARITAL
a. sirène : Sirène
ⓑ démon : dément
c. amouraché : ébréché
d. chant : âge

12. GRILL ROOM : RÔTISSERIE
a. buvette : taverne
b. misogynie : féminisme
c. brasserie : wagon-restaurant
d. estaminet : popote

13. BE-BOP : SOUPE
a. veau : mule
b. hérétique : Jésuite
c. amorphe : précaire
ⓓ Coney Island : Disneyland

14. BOUCHE : BÉANTE
a. sourire : malicieux
b. visage : radieux
c. ton : narquois
d. rire : moqueur

TERMINÉ!

Fin de l'épreuve numéro un (1)

Vous pouvez revoir CE questionnaire et UNIQUEMENT CE questionnaire.

NE PASSEZ PAS au questionnaire suivant avant d'avoir été expressément invité à le faire.

ÉPREUVE NUMÉRO DEUX (2)

Questions de syntaxe

Remplissez le(s) blanc(s) par le mot qui répond le mieux à la situation décrite dans les phrases suivantes.

EXEMPLE :

L'homme robuste _____ un invité portant des sandales de cuir noir, style romain (ajourées, retenues par des lanières), et des chaussettes jaunes fluorescentes, qui s'écria : « Mais enfin, chérie, Foucault, c'était l'année dernière. »

a. se tourna brusquement vers
b. siffla de manière stridente à l'attention d'
c. s'offusqua et lança un regard en direction d'
d. s'en prit à

La bonne réponse est (c).
Durée de l'épreuve : 30 minutes
Nombre de questions : 17

1. Le leader du Mouvement des droits civiques était _____ croire le policier quand celui-ci affirma qu'il « aimait bien les gens d' couleur. »
a. naïf de
b. insinué
c. onomatopée
d. payé pour

2. Le jeune noir sait que _____
a. « Les grands titres de notre édition de ce soir : l'usine de haricots Van Camp a explosé peu après le traditionnel téléthon annuel "Haricots-à-volonté" qui s'y déroulait cet après-midi même. Les pompiers dépêchés aussitôt sur place ne se prononcent pas encore sur

l'origine du sinistre mais qualifient cependant de "douteuse" l'hypothèse d'une origine accidentelle. »

b. au fond – bien, *bien* au fond – de nous, nous sommes tous pareils.

c. c'est pas ta saucisse, c'est ton rythme qui excite ta nana.

(d.) oui, ô certes oui! un jour, il rencontrerait l'être d'exception qui l'entraînerait non point dans la tentation et la luxure mais, au contraire, dans la liberté pure, celle du monde merveilleux de l'amour physique des ados, celle qui agite les poignets et fait trembler les carreaux des fenêtres.

3. Bien que ce garçon ait l'air un peu (3) _____, il est persuadé que si seulement les autres savaient combien il était (4) _____ et (5) _____, il serait aimé de tous.

(3) a. exubérant   b. intraveineux   (c.) ordinaire
d. cochon

(4) a. ennuyeux b. fade (c.) complexe d. entrelacé

(5) a. maladroit b. une goutte (c.) intéressant, pour ne pas dire brillant d. conçu et parfumé pour offrir au couple un plaisir maximum et prolongé. Il dure plus longtemps!

6. Il a souvent (6) _____ à cause de ses poussées sexuelles perverses, mais à d'autres moments, il pense qu'il est (7) _____ et seulement en train d'effectuer le rite normal du passage de l'adolescence vers l'âge mûr.

(6) a. le sentiment d'être soluble
(b.) le sentiment d'être différent, sinon malade
c. le désir ardent de gagner le gros lot
d. la diarrhée

(7) a. St Zénobi, le roi du Far West
b. joli comme un cœur

ⓒ pitoyablement normal et éminemment remplaçable
d. bananos fritos

8. Bien qu'il fût un homme de parole, le professeur
d'art théâtral n'était pas tout à fait honnête lorsqu'il
déclarait, « _____. »
a. *Ptou*
b. Doucement, doucement, doucement s'en va le ...
c. Chez Morgan – Chevrolet : voitures neuves et
d'occasion – « fidélité » est notre nom de famille !
d. Janey est enceinte ?

9. En ouvrant la porte de sa chambre à coucher,
_____, il s'étonna de voir un homme blanc et entière-
ment nu, un spécialiste des méthodes de réanimation
yogi, faisant une démonstration de cette technique sur
sa femme.
a. en un éclair
b. avec le vent en poupe et les pieds posés fermement
sur un bon et robuste navire
c. des fleurs et des chocolats pleins les bras, ayant
réservé une table pour deux chez Maxim's, et disant
d'un ton enjoué, « bon anniversaire de mariage, ma
chérie ! »
d. comme s'il avait le diable aux trousses

10. _____, c'est-à-dire, le désenchantement à l'égard
d'un mouvement qui autrefois lui procurait un sentiment d'optimisme si intense et joyeux, voilà à quoi il
attribue son inébranlable cynisme actuel.
a. L'expression d'amour
b. L'odeur des délices cuits au four
c. Les pièces du puzzle
d. Le rêve encore une fois remis à plus tard

11. Il la croise _____ dans un lieu public et la musique de fond devient plus forte. Soudain, la caméra s'immobilise et fait un très gros plan de leurs visages, visages sur lesquels on peut lire l'étonnement tourbillonnant, vertigineux et si particulier que l'on ressent à découvrir pour la première fois, en chair et en os, la personne qui, jusque-là, n'avait hanté que vos rêves et vos fantasmes.
(a.) à sa grande surprise
b. sommairement
c. d'un air entendu
d. toujours

12. Le soldat américain feuillette (12) _____ un exemplaire de *Mein Kampf* à bord d'un train circulant en zone occupée. La France est alors un pays en ruines, déchiré par la guerre.
(13) _____, un homme d'aspect sinistre, vêtu d'un imperméable de cuir noir, un chapeau mou rabattu sur son visage anguleux, de petites lunettes rondes, et le menton bleu d'une barbe de deux jours hurle, « Vos papirrres! Vos papirrres! Rrrrraus! »
(12) a. distraitement
b. sans enthousiasme particulier
c. paisiblement
(d.) tranquillement bien que son estomac soit noué
(13) a. généralement
b. lourdement
(c.) soudain
d. vu à la télé

14. « Allez », grogna le héros particulièrement musclé, en saisissant son Beretta d'une main et sa petite pépée de l'autre. « Tirons-nous! »

Ils (14) _____ le long du passage alors que la forteresse maléfique du Dr Bülow se mit à vibrer de toutes parts et que, de partout, des pierres tombaient des murs. Une fois dehors, ils prirent leurs jambes à leur cou. Il la tenait par le bras et courait si vite que, derrière lui, elle s'envolait presque comme un cerf-volant, lorsque, PATATRAS! une terrible explosion les plaqua à terre. Quelques instants plus tard, ils se relevèrent, (15) _____, pour découvrir qu'un trou carbonisé et encore fumant à l'emplacement exact où le laboratoire du docteur fou se dressait, deux minutes auparavant.

(14) a. se précipitèrent

b. avancèrent

c. s'élancèrent

d. coururent à en perdre le souffle

(15) a. étourdis

b. sonnés

c. avec lassitude

d. en état de choc

16. Le monstre gigantesque marchait _____, et la fille avait gagné la médaille d'argent au cours des épreuves de natation des Jeux olympiques, mais il l'attrapa et se mit à l'étrangler à bout de bras.

a. lentement, les poings sur les hanches

b. lourdement, les bras tendus comme un somnambule

c. comme s'il pétait du feu, comme un vrai gros malin

d. paresseusement, même si chaque pas faisait trembler la terre

TERMINÉ !

Fin de l'épreuve numéro deux (2)

Vous pouvez revoir CE questionnaire et UNIQUEMENT CE questionnaire.

NE PASSEZ PAS au questionnaire suivant avant d'avoir été expressément invité à le faire.

ÉPREUVE NUMÉRO TROIS (3)

Lecture et compréhension du texte

Lisez les extraits suivants, puis répondez aux questions en vous fiant uniquement à votre compréhension du texte.

EXEMPLE :

La plupart des gens ignorent la fascinante histoire de la création du petit gâteau Oreo de Nabisco. C'est pourtant l'un des biscuits les plus connus dans le monde entier. Si les gens savaient qu'il a été inventé par un riche pâtissier afro-américain, leader du mouvement pro-assimilation des années 40, ils hésiteraient peut-être avant de dévisser les deux rondelles de biscuit chocolaté pour lécher d'abord la crème blanche qui s'y trouve étalée à l'intérieur.

De toute évidence, l'auteur croit que...
a. « Le diable, c'est l'blan. »
b. Aujourd'hui même, vous pouvez parfaitement entreprendre le décompte des jours qui vous restent à vivre.
c. La bourgeoisie noire s'est tellement assimilée qu'on peut raisonnablement parler à son sujet d'une espèce en voie d'extinction.
d. Le cheval est la plus noble conquête de l'homme.

La bonne réponse est : « un débat qui suscite bien des passions. »
Durée de l'épreuve : 40 minutes.
Nombre de questions : 12

L'une des plus charmantes et, sans doute, des plus touchantes anecdotes parmi les très nombreuses dont l'époque du Mouvement des droits civiques fut si féconde se rapporte à un certain diacre d'une église de Géorgie, un de ces hommes passionnés et plein de droiture qui allait devenir le symbole même de la lutte menée par le peuple noir, lorsque celui-ci tentait de prendre son essor pour s'envoler enfin vers cette « terre de liberté » à laquelle il aspirait tant.

Selon toute apparence, les cafés comme les restaurants des grands magasins de sa ville natale continuaient à refuser de servir les clients afro-américains, et cela en dépit de certains changements d'attitude quant à la politique de discrimination raciale survenus pourtant en maints endroits dans le sud du pays et cela, à la suite de quelques sévères boycotts et autres fameux « sit-in » passés depuis dans la légende. Eh bien, cet homme de conviction, le diacre, se chargea de rallier les membres industrieux de la communauté afro-américaine pour qu'ils boycottent à leur tour tous les magasins du centre-ville et ce, jusqu'à ce que leurs propriétaires « changent de musique ».

La tension monta d'un cran et fut plus vive que jamais. Le diacre, qui lui-même n'avait pas d'automobile, regroupa, non sans une certaine vaillance empreinte d'une authentique efficacité, tous ceux qui dans la communauté afro-américaine possédaient un véhicule. Il forma donc un convoi qui, régulièrement, parcourait les soixante-quinze kilomètres de sa ville natale à Macon, précisément parce que la ségrégation avait été abolie là-bas, et qu'on pouvait y faire ses emplettes en toute liberté.

Deux semaines de boycott plus tard, le diacre fut sommé de comparaître devant les membres blancs du conseil municipal. Trois heures s'écoulèrent et le diacre réapparut. Il s'adressa à ses agneaux fidèles d'un ton rassurant et naturel et dit, « Mes frères, qui parmi vous tenait vraiment à manger dans leurs gargotes puantes, franchement ? Fichtre non! En tous les cas, pas moi. Je toucherais pas, moi, à leur écœurante mangeaille. Elle pue! Et quand bien même on me proposerait en échange la clef des portes du paradis, je dirais, Oh que non, Oh que non! Rentrons plutôt chez nous et laissons tomber toute cette mascarade de boycotts. Nous lutterons contres les Blancs quand ça en vaudra vraiment la peine. »

La conclusion amusante de l'histoire eut lieu un mois plus tard, lorsque les magasins abrogèrent, effectivement, leur politique ségrégationniste, sans pour autant se plier de manière flagrante aux pressions afro-américaines. Ce preux défenseur de la cause noire, le diacre, gagna une Cadillac décapotable de couleur bleu clair, rutilante neuve, à la loterie. Ce fut la première loterie automobile pour Noirs, entièrement sponsorisée par la Chambre de commerce!

1. Le ton de ce récit est...
a. badin
b. amer et sarcastique
c. caustique
d. neutre

2. Le diacre est décrit comme étant
a. passionné
b. corrompu
c. vaillant
d. a, b et c

3. Un titre approprié pour ce passage serait
ⓐ Alléluia! Un glorieux chapitre de notre histoire
ⓑ Le diacre a touché le gros lot!
c. Impénitents : ils ont corrompu le diacre.
d. Enfin libre : « j'prendrai plus jamais d'bus! »

4. « Ségrégation abolie » signifie
a. qu'aujourd'hui votre fille peut épouser qui bon lui semble
ⓑ que ça va mieux
c. que les Afro-Américains n'ont plus d'excuses
d. a, b et c

5. Dans le quatrième paragraphe, le ton du diacre est
a. artificiel, forcé, comme s'il avait été rédigé par un abolitionniste blanc.
b. pas même légèrement plausible, mais brillamment perspicace néanmoins.
ⓒ tout à fait plausible et efficace, sauf pour cette histoire de « la clef des portes du paradis ».
d. bien bon. Ça m'a même beaucoup plu.

6. L'anecdote elle-même est
a. tout à fait plausible
b. plausible, mais un peu tirée par les cheveux, surtout vers la fin.
ⓓ véridique, croyez-moi, je vous dirai même le nom du diacre, si vous voulez.
d. véridique, mais pas aussi signifiante que l'auteur voudrait nous le faire croire. Après tout, ces gens-là ont obtenu ce qu'ils voulaient, non?

« Nous sommes tous les deux tellement riches et si invraisemblablement beaux, faisons l'amour comme un fougueux étalon et sa fière jument, ou encore comme deux statues grecques qui viennent de renaître à la vie », dit Wayne d'une voix grave en sirotant son Moët

& Chandon à petites gorgées, à bord de son yacht de soixante mètres en route vers Portofino.

« Il n'y a rien de grec dans ce que nous allons faire, mon cher », gloussa Monique en laissant glisser sa robe du soir, émaillée de paillettes de diamant, révélant ainsi deux globes d'amour parfaits et tentateurs. Puis elle s'installa dans le canot de sauvetage rempli de caviar, dissimulant du mieux qu'elle pouvait une délicieuse toison taillée avec le même raffinement que l'est un buisson dans un jardin à la française.

Il dénoua son nœud papillon en soie noire de chez Giorgio Armani et le lança dans le sillage bouillonnant du bateau hors de prix, puis retira son smoking croisé Pierre Cardin et jeta le tout à la mer ; ce qui le laissa nu à l'exception de l'étui en soie pour revolver, attaché en bandoulière et fait sur mesure, qui contenait son Beretta 48C qu'il avait surnommé Simbad.

« Je te défends de jeter ma robe par-dessus bord ! Je n'aurai plus rien d'autre à me mettre ! » s'écria d'une voix troublante la Française nue.

« Wayne ramassa la robe de chez Yves Saint Laurent – les paillettes scintillaient au clair de lune. Il la froissa en boule, sans plus de cérémonie. « Nous n'aurons, ni l'un ni l'autre, besoin de vêtements pendant ce voyage », roucoula-t-il d'une voix grave en lançant la robe chatoyante dans les vagues turbulentes ; geste qui ne manqua pas de lui rappeler sa rude enfance, lorsqu'on le trimbalait de famille d'accueil en maison de correction, lorsqu'il ne pouvait se faire d'amis que parce qu'il s'était hissé jusqu'au rang de meilleur lanceur de base-ball de toute la région ouest de la ville de Philadelphie.

« Bah, ça ne fait rien, c'est la vie. Viens plutôt nager, l'eau est si bonne », dit Monique d'une voix nasillarde et cependant terriblement sensuelle avant de regagner le canot de sauvetage où elle se barbouilla le corps de Beluga russe avant de se lécher les doigts maculés de caviar dont elle venait de piquer quelques grains, parsemés au hasard, sur ses mamelons fermes et dressés comme des gommes de crayon.

« Une minute, la franchouillarde », dit Wayne d'une voix brusque en passant sa combinaison de plongée et ses bouteilles d'oxygène. « J'ai une importante mission à accomplir. J'ai une usine sous-marine de plutonium à faire sauter, moi. »

7. Monique est
a. une allumeuse
b. Mata-Hari
c. une sacrée gonzesse
d. typique

8. Si Monique avait réussi à attirer Wayne dans le bain de caviar,

a. elle aurait furtivement retiré sa prothèse mammaire, puis d'une voix rauque elle aurait dit : « Agent secret, vous êtes cuit. Mes gros mollets ne vous rappellent rien ? Dr Zamboni, par exemple, votre ennemi juré! »

b. elle lui aurait fait l'amour passionnément, puis elle aurait essayé de lui découper la boîte crânienne à l'aide d'une épingle à cheveux au moment même où, réalisant soudain ce qui se passait, il l'aurait saisie par le poignet, le lui aurait tordu jusqu'à la faire pleurer pour qu'ensuite, elle lui avoue tout.

c. Elle lui aurait passé les bras autour du cou et l'aurait embrassé puis, le corps de l'homme tendrement collé contre elle, cambrant alors son dos musclé, lisse et bronzé, elle l'aurait aiguillé délicatement jusqu'à ce qu'il pénètre enfin dans cette vallée d'ombre et d'amour qu'elle lui avait promise.

d. Elle aurait caressé ses bras musculeux tailladés d'éraflures et de cicatrices, lui aurait demandé comment et où il s'était fait cette blessure, et puis celle-là et puis celle-là encore, elle aurait posé ses lèvres sur chacune d'elles, puis sur sa poitrine, son ventre et plus bas, plus bas encore, plus bas toujours, jusqu'à lui en faire oublier le nom qui figurait sur sa propre fiche d'état civil.

9. Combien de fois, dans l'histoire de la littérature, l'expression « globes d'amour » est-elle apparue ?
a. cette fois-ci seulement
b. deux fois
ⓒ dans la revue *Super X*, à elle seule, l'expression est apparue 35.018 fois (jusqu'au numéro de mars 84, du moins)
d. plus souvent que je ne le souhaiterais, merci bien.

10. Comment Wayne a-t-il pu devenir si riche, s'il n'a grandi que dans des familles d'accueil et des maisons de correction ?
a. Un jour, un grand yacht était amarré sur le lac, à proximité de la maison de correction où il était retenu prisonnier. Il s'embarqua clandestinement sur le vaisseu et lorsqu'il fut découvert, le propriétaire du yacht admira tant son culot qu'il l'adopta et en fit son fils spirituel.
ⓑ C'était un arnaqueur, un bon à rien, un va-nu-pied qui faisait de la gratte, qui volait quand il le fallait, trompait les uns et les autres chaque fois qu'il en avait besoin, et par suite amassa une fortune considérable, mais lorsque le fisc, ayant eu vent de ses phénoménales escroqueries, lança ses fins limiers à sa poursuite, ils passèrent avec lui et dans le plus grand secret un accord de collaboration : « Travaillez pour le gouvernement, lui dirent-ils, et en échange, vous n'irez pas en taule. »
c. Etudiant à l'université de Stanford grâce à une bourse accordée par le ministère des Sports et des Loisirs – discipline : basket –, son naturel affable et sa fas-

cinante beauté plastique lui procurèrent bientôt une place de choix dans le réseau des confréries estudiantines de l'université. Grâce à ses nouveaux contacts, il rencontra et épousa Megan Winston, une fille moche comme tout mais dont le père était un type bourré aux as, patron d'un gigantesque abattoir, qui devait mourir tragiquement, victime d'un règlement de comptes entre gangs rivaux.

d. Un beau garçon de quatorze ans, il tondait le gazon des grandes maisons dans les beaux quartiers. Un jour, une riche divorcée lui donna 100 dollars en disant, « j'ai aussi une pelouse à l'intérieur dont il faudrait peut-être voir à s'occuper » (Refrain).

Les braves gens du comté de Lowndes, dans leur magnifique simplicité d'âme, n'en crurent pas leurs yeux lorsqu'ils virent la petite Eehssi Robinson, fille cadette de Pernice, filant à toute vitesse sur la route 69, au volant d'une bagnole de marque étrangère, flambant neuve, rouge et scintillante. Elle se dirigeait vers eux à folle allure, bien plus folle en tous les cas qu'à l'époque où elle avait fui le hameau natal, ce pittoresquefiernoblesimpleetsympathique hameau, dix ans auparavant, pour aller faire ses études à l'université. Ils savaient tous qu'elle habitait à présent en Californie, sans doute dans une de ces grandes maisons luxueuses perchées à flanc de collines, comme ils en avaient vues au cinéma, le dimanche, et qu'elle était devenue bien célèbre, que son travail avait été récompensé par plein de prix et qu'on pouvait même trouver ses livres à la bibliothèque et tout et tout mais personne, pas même ce pochard de pasteur ne s'attendait à voir une voiture de sport rouge pétant le feu comme celle-là.

Et donc, les voilà tous rassemblés là, sous leur véranda propre et fraîche, regardant ce trait de rouge vif rayer l'horizon, suivi d'un panache de poussière qui s'élevait dans le ciel comme un fantôme bienveillant. Ce trait de rouge et ce fantôme – ce nuage brun de la mémoire – ralentirent enfin pour emprunter le chemin de terre menant à la maison où l'écrivaine avait vu le jour.

« Bon-jour ma-man », dit l'écrivaine d'une haute et intelligible voix. « Je suis positivement exténuée après un si long périple... Oh, et, maman, " exténuée " signifie crevée, flagada, sur les genoux, nase, quoi. »

Les fières narines de maman frissonnaient, pareilles à celles d'une jument tirant le char sacré d'un dieu. Sa généreuse et joyeuse poitrine gonflait à chaque mouvement de sa respiration. L'air si doux de Géorgie pénétrait dans ses poumons et semblait lui faire un bien fou. Se redressant sur ses jambes solides comme les pins robustes de Géorgie, elle souleva avec une incomparable autorité, bien au-dessus de sa tête recouverte d'un mouchoir, cette lourde poêle en fonte, celle-là même dans laquelle elle avait fait frire les œufs, le bacon, le jambon, les pommes de terre et la pâte de maïs, où elle avait également fait cuire le gruau, les choux frisés, les pois chiches, les tripes et le gombo pour ses trente vigoureux enfants, avant de la rabattre d'un mouvement si rapide que ses soixante-dix ans en furent abolis. Pan! Sur la chevelure défrisée de sa fille cadette, Eehssi, tuant l'enfant sur le coup : *Bong!* « " Exténuée ", mon cul. » dit-elle.

11. Comment qualifieriez-vous le style de ce passage?
a. néoclassique
b. post-moderne
©. afro-baroque
d. une parodie de l'afro-baroque

12. Si Eehssi n'avait pas dit, « Exténuée signifie crevée, flagada, sur les genoux, nase, quoi » (ligne 30),
comment, d'après vous, l'histoire se serait-elle termi-
née?

a. Rien n'avait changé ou si peu encore dans son
petit hameau natal paisiblement ensommeillé. Plutôt
que d'y retrouver la jalousie et l'obscurantisme aux-
quels elle s'attendait, elle y découvrit au contraire
une spiritualité à l'état brut qui avait cruellement
manqué à sa vie depuis qu'elle était partie. Ce fut à
ce moment précis qu'elle décida de revenir – non pas
une fois tous les dix ans, comme elle faisait auparavant – mais chaque été; non point pour les habitants,
ni même pour maman, mais pour son âme, son âme
qui s'épanouissait.

b. Le soleil était plus chaud ici, l'air plus doux et les
sourires plus ouverts, et ce fut à ce moment-là, seulement à ce moment-là, que Eesshi se rendit compte
qu'elle ne savait plus pourquoi elle était partie.

c. « Bienvenue à la maison, mon enfant », dit maman
d'une voix pleine de tendresse. Eesshi eut un sourire
radieux. Quelque part, au loin, des chiens vigilants
aboyaient. Eux aussi, à leur manière, ils lui souhai-
taient la bienvenue.

d. Un vieux vautour tournoyait sans but dans le ciel
infiniment bleu tandis que l'odeur de mélasse cuite –
l'odeur la plus suave qui soit au monde, se dit-elle – lui
chatouillait les narines, la renvoyant à de tendres souvenirs d'enfant : une petite fille à la chevelure tressée à
l'africaine, avec des genoux couleur de miel et des
coudes écorchés, qui avait dit une fois, quoiqu'en ne
s'adressant à personne en particulier, « un jour ou
l'autre, je serai écrivaine. »

Platitudes

TERMINÉ!

Fin de l'épreuve numéro trois (3)

Vous pouvez revoir CE questionnaire et UNIQUEMENT CE questionnaire.

NE PASSEZ PAS au questionnaire suivant avant d'avoir été expressément invité à le faire.

22.

Allez, bande de couillons, on met les voiles, direction les Castagnettes d'or, et je vous filerai toutes les réponses où vous vous êtes plantés, dit Andy, mais Donald l'attrape par le bras et Earle en profite pour lui flanquer un méchant coup de poing dessus. Il paraît que si on frappe à un endroit précis sur le bras, tout de suite après c'est la crampe et puis après encore, c'est le bras entier qui est carrément paralysé pour un bon moment. En vrai, ça marche jamais, ce truc-là. Earle dit qu'il connaît un endroit génial à l'angle de la 125ᵉ Avenue et de Lenox Avenue où la patronne ne leur fera rien payer, vu qu'elle adore Earle un max. Il lui a réparé son grille-pain – une vis à resserrer. Mais Andy déclare, Même pas en rêve, qu'à tous les coups, à Harlem, il se fera sûrement poignarder avant même de descendre du métro. Donald, il dit la même chose, sauf que lui, il a des chances de pas se faire repérer, vu que sa mère est black et tout le tralala. Bon, faut encore que Donald, il se mette pas à rouler des mécaniques comme un rital. Finalement Earle déclare : c'est quand même une super aventure d'aller là-bas, en plein cœur d'Harlem, et qu'il y va de toutes les manières, avec ou sans ses dégonflés de copains.

Lundi
Se réveiller à 7 heures au plus tard!!!
Casco!!!
Aventure à Harlem? (avec la fille de la patronne)
Magnétoscope – programmer enregistrement de JFF [1] de 2 à 4 heures du matin.
Il avait fait sa liste hier soir en écrivant au revers de la fiche du pressing. Il en fait à présent une boule de manière à éviter les regards indiscrets.

De tous les voyageurs, Earle est le premier à descendre du wagon du métro. Il se dirige vers la sortie nord-ouest et grimpe les escaliers. Parvenu sur le trottoir, il aperçoit les nombreuses petites ampoules jaunes de la façade du restaurant : « Chez Darcelle », que ça dit, en clignotant. Dans les oreilles d'Earle, il y a comme un bourdonnement.

Doux Jésus! Non, mais regarde-moi qui vient de franchir ma porte. C'est mon réparateur de grille-pain adoré. Assieds-toi, mon p'tit loup. Où tu veux. Tu te poses. Earle baisse les yeux, puis s'installe sur le premier tabouret venu.

Comme d'habitude, s'il vous plaît, dit-il en passant sa commande. Darcelle le regarde attentivement, les paupières plissées. Elle se gratte la tête, lève les yeux au plafond, puis sourit avant de s'écrier :

ABATS, PAINS, SAUCE GRASSE.

Earle sourit à son tour en découvrant, accrochée au mur, une toile de velours noir sur laquelle est peinte le portrait de Martin Luther King, de John et de Robert

---

1. *Jeunes Filles en feu*, film érotique suédois en couleurs.

Kennedy. Il y a aussi un calendrier de Chez Cosmétos, le Cosmos des Cosmétiques. Un vieillard est assis au comptoir, courbé au-dessus de sa tasse à café comme un vautour au-dessus d'une carcasse. *En choisissant de venir jusqu'ici, dans ce trou bizarre, perdu et dangereux, je fais voir assez à quel point ma personnalité est peu ordinaire.* Les foies de volaille, les petits pains, la bouillie de maïs et la sauce (grasse) arrivent, tout fumant, avec un soda géant – le tout à l'œil puisque c'est la patronne qui régale.

Darcelle, penchée à l'équerre sur la table de Formica, passe un coup de chiffon. A chaque mouvement du bras, son gros derrière balance en cadence. Dorothy tripote l'horloge murale pour afficher treize heures pile. Nerveusement, elle tapote du bout de l'ongle la paroi de Plexiglas de la cabine au moment même où sa mère tente d'ouvrir la porte. Dorothy se lève enfin, pousse la porte devant elle, repousse Darcelle, et heurte de plein fouet

Excuse-m/Eh, fais atten/Quoi ? Je suis désol/Quoi ?/ Je te demande par/Il y a de qu/Je suis déso/Bon, ça va, simplement ne/Att/Attends, vas-y d'abo/Non/Non/ Non, je vous en pr/Je n'en ferai ri/Désol/Arrête de dire/Désolé/C'est ridi/Je vais me tai/Quoi ?/Rien/ C'est idi/Ouais, recommençons/depuis le début. Bon. Comment tu t'appelles ?/Earle/Dorothy Dorothy ? Non, j'ai dit Earle/*Moi*, je m'app/Ah ! Je com/Dorothy/prends. Et moi, je m'appelle Earle./Tu l'as déjà dit, tu t'appelles Earle. Eh bien, au revoir, Earle, je suis en retard. Pour l'addition, il faudra voir avec la dame qui me remplace.

23.

Vache! C'qu'elle est sexy, c'te gonze! C'est la plus jolie Black que j'ai jamais vue et la dernière fois quand j'étais là, il n'y en avait même pas une seule à reluquer. Elle se tient tellement droite que je parie qu'elle fait de la danse, et c'est pas non plus une andouille ni une droguée ni rien, ça se voit à sa façon de parler, sa mère avait raison, elle fait la fofolle en ce moment, mais c'est comme ça que je les aime (hé, hé). Rien qu'à l'entendre causer, tu comprends qu'elle est bath. T'es vraiment le roi des cons, t'es carrément débile de lui causer comme un perroquet et en plus de lui rentrer dedans, on aurait dit Ray Charles, vraiment, maintenant elle doit te détester à cause de ça, mais si elle ne te détestait pas? Arrête ton char, Earle, commence pas à rêver, il y a toujours quelque chose qui foire au dernier moment, tu t'rappelles de l'histoire avec Janey (Oh ouais, je suis sûr cent pour cent qu'elle a vachement envie de moi, les gars, parce qu'une fois pendant le conseil de classe, elle a enlevé sa chaussure et elle a croisé les jambes et son pied a appuyé contre mon pantalon et elle l'a même pas retiré pendant une minute au moins) et tu avais peur de décharger comme un geyser juste là, pendant que Monsieur Blanchard était en train de présenter le célèbre ensemble d'instruments à vent de mes deux mais ça suffit avec ça, parce que si Dorothy – si elle avait envie de toi ? Qui sait pourquoi mais après tout, l'amour n'est-il pas aveugle ? Je l'espère parce que comme ça j'ai au moins une chance, putain de merde, il y a si longtemps que j'ai pas vu une jolie fille que j'avais envie de piner illico-presto, et bon sang, cette Dorothy, je donnerais n'importe quoi juste pour l'embrasser et je ne pénétrerais même pas, non, même pas si elle me payait, même pas si elle me suppliait comme ces putes dans Playboy, mais elle ne ferait jamais ça, elle, ça c'est sûr. Et en plus, même si elle fait un peu supercarburant à fantasmes, je vais quand même pas me taper une pignole en regardant sa photo. D'ailleurs, ça porte malheur. Janey en est la preuve vivante, et pour être tout à fait honnête, j'ai même pas remarqué comment ses seins étaient fichus, ni son cul, ni rien du tout. Même sous la torture, je pourrais pas dire comment elle est balancée. Mais je parie quand même qu'elle est super-extra-canon-un-max. Voici donc comment se présente Opération Dorothy. Je vais me pointer tout le temps au restau, je vais me saper grande classe et je ne la tirerai pas jusqu'après notre premier rendez-vous au moins, ou pendant tout le mois à venir, ça dépend naturellement de ce qui se passera d'abord. Merde, connard ! T'as raté ta station, tête de nœud, putain...

Le 30 novembre 1984

A qui de droit :

Etes-vous donc à ce point omnubilé (et ce, jusqu'à l'aveuglement) par ce postmodernisme – sophisme sémiologique auquel, par ailleurs, plus *personne* je crois n'adhère, que les mots de « récit » et de « continuité » ne signifient rien pour vous ? N'avez-vous donc jamais lu Baldwin, James (ne serait-ce qu'un tout petit peu) ?

Votre jalousie – au reste, si flagrante – à l'égard de mes succès littéraires (unanimement loués) est véritablement pitoyable. Je reçois d'innombrables lettres particulièrement venimeuses émanant « d'artistes » mâles noirs post-adolescents et qui ne connaissent qu'un succès relatif pour ne pas dire tout à fait confidentiel, mais qui n'en vivent pas moins fort mal le fait de voir une sœur en négritude préférer recevoir le « Grand Prix du livre américain » plutôt que vos piteuses gifles et, pareillement, donner des cours à l'université de Princeton plutôt que de subir vos assauts sexuels d'ivrogne. Oui, je vous plains, monsieur, mais juste ce qu'il faut pour vous supplier une dernière fois

de suivre mes conseils : Pour l'amour de Dieu... FAITES
DONC AUTRE CHOSE, APPRENEZ UN VRAI MÉTIER!!!!!!

Ethelle Jeussuy

P.S. Rassurez-vous. J'ai bien relevé l'allusion dis-
grâcieuse concernant l'écrivain de San Francisco,
celle-là même qui fut récompensée par de nombreux
prix littéraires et dont la poêle en fonte de sa mère tient
une grande place dans son œuvre. Un peu de tenue,
que diable!

Chapitre cinq

L'affrontement

Mademoiselle Johnson tendit à Earle un recueil de poèmes de Paul Lawrence Dunbar [1], et à Dorothy, celui de Phillis Wheatley [2], puis elle demanda à l'enfant si prometteuse qu'était cette dernière de bien vouloir effacer le grand tableau d'ardoise, plus noire encore que le visage de « Afro-Joe », un homme dont on disait qu'il avait le même âge que la Terre, et qui avait vu le jour sur ce continent mystique qu'était l'Afrique, dans un petit village qui répond aujourd'hui encore au doux nom de Jorouba.

Lorsqu'Earle sortit en sautillant d'allégresse de cette merveilleuse petite école, il se sentit plus heureux, plus gratifié que jamais. Il dévala le long chemin poussiéreux creusé à force de larmes et de sueur, sifflant comme un pinson. Il avait encore en mémoire ce sentiment impétueux de joie qu'il avait éprouvé en lisant d'un trait ce passage du livre qui, il y a peu encore, était pour lui strictement indéchiffrable. Un tel élan d'enthousiasme lui avait été jusqu'à ce jour parfaite-

---

1. Poète noir américain, (1872-1906).
2. Esclave, poétesse (1753-1786), née en Afrique et qui fut considérée comme la première grande femme écrivain noire américaine.

ment inconnu. Pourtant, il fut rapidement éclipsé par une autre montée d'enthousiasme, plus vive, plus puissante encore, peut-être parce qu'il s'y mêlait plus d'émotions, plus de pensées et plus de prières exaucées – peut-être aussi parce que ce délicieux tourbillon était directement inspiré par la présence de Dorothy. Les sifflements d'Earle se firent alors plus joyeux, se fondant dans la ligne mélodique offerte par le vent qui passe et chante entre les branches des admirables chênes de Géorgie. Dans une parfaite harmonie, il retrouvait les tendres accents du remous du ruisseau du pêcheur, celui qui longeait le chemin de terre battue, un peu comme si ce ruisseau et ce chemin étaient d'inséparables amants, si proches et cependant si différents tout à la fois.

Debout, au bord du ruisseau, Epi d'maïs et Face de crabe attendaient de pied ferme l'arrivée d'Earle.

« Eh bein, eh bein, eh bein! Vise-moi c'qui s'pointe dans les parages », s'exclama Face de crabe d'un ton sarcastique. « Un crâneur qui s'donne des airs et qui veut péter plus haut qu'son cul. »

« Ouais, M'sieur l'premier d'la classe, fayot d'mes deux », grogna Epi d'maïs. « T'aurais pas dû t'payer notre fiole comme tu l'as fait tout à l'heure. »

Les yeux d'Earle, à peine dessillés sur le monde, purifiés et rafraîchis par la culture, ne dévisageaient pas ses anciens amis sexistes. Il les survola plutôt du regard pour aller se perdre au loin, très loin, vers un point sur l'horizon, un point encore immatériel mais qui préfigurait un avenir radieux et flamboyant. Earle, à cet instant précis, éprouva une fierté que les deux autres ne connaîtraient jamais, quand bien même ils auraient été fusillés par les nazis.

Face de crabe courut vers cet Earle nouveau, l'empoigna par les épaules et jeta l'érudit renaissant à terre. Earle laissa échapper un gémissement de douleur, serra fortement les poings de rage, jusqu'à ce que ses phalanges se vident de sang et en deviennent blanches (ou presque). Une force nouvelle et mystérieuse gronda en lui, le calmant aussitôt. Earle se releva. Face de crabe en profita pour le jeter de nouveau à terre. Notre valeureux ami en eut alors la bouche ensanglantée. Il recracha de la boue, quelques graviers et du sang – du sang noble – coulait à présent de sa bouche – de cette bouche qui, quelques instants auparavant, avait accueilli une si ravissante fontaine de mots précieux et de phrases admirables. Une fois encore, Earle trouva la force de se redresser.

« Laisse donc, Face de crabe, laissons ce vieux Earle puant dans sa propre misère », grogna Epi d'maïs en essayant d'entraîner Face de crabe. Ce dernier le repoussa d'une chiquenaude.

« Tu nous as ridiculisés », aboya-t-il en flanquant un violent coup de poing dans la poitrine pourtant robuste d'Earle. « Ça t'apprendra à faire passer tes amis pour des singes, tout ça pour impressionner une chienne de mulâtre. » Face de crabe le roua de coups, contraignant notre fier et jeune intellectuel à se rouler en boule pour se protéger.

« Arrête, espèce de brute sauvage dénaturée ! » hurla Dorothy avant d'envoyer un méchant coup de genou bien placé dans les parties de Face de crabe. Celui-ci, vaincu par la douleur, s'effondra à terre, les deux mains jointes, protégeant ce qui lui restait de virilité.

Dorothy souleva Earle, prit son bras, le passa par-dessus ses épaules et le soutint ainsi dans sa marche, tout le long du chemin, pareille à une béquille providentielle.

© 1984, Ethelle Jeussuy

Chapitre six

Une femme extraordinaire

« Tes amis ont une bien curieuse manière de te prouver leur affection », dit Darcelle, la mère de Dorothy, en esquissant un tendre sourire tandis qu'elle appliquait des compresses faites de bouts de torchon humectés d'eau fraîche sur les blessures d'Earle. Dorothy, les mains tremblantes, lui tendait un bol d'eau claire.

« Merci, m'dame, murmura Earle avec difficulté, de panser mes blessures. Je crois que je vais rentrer chez moi à présent. » Il toussa, grimaça de douleur tout en essayant de relever son visage tuméfié. En vain. La tête, trop meurtrie, retomba sur l'oreiller. Du bout de la langue, Earle passa en revue l'alignement de ses dents, découvrit un trou béant dans les gencives et recracha aussitôt une molaire ensanglantée.

« Tu vas rester au lit », commanda Darcelle, quoiqu'en mettant une certaine douceur dans le ton de sa voix. « J'ai déjà envoyé un petit gars prévenir ta mère. Il faut que tu sois raisonnable et que tu te reposes à présent. Tu comprends ça ? »

« Une chose encore, m'dame », dit Earle dans un ultime effort pour garder les yeux ouverts et ne pas sombrer dans l'inconscience. « Comment ça se fait que

146

vous avez appris à si bon – j'veux dire bien – parler si vous venez d'la campagne comme nous autres ? » Earle s'écroula l'instant d'après et ne put donc entendre la réponse signifiante fournie par Darcelle. Il ronflait déjà.

Au cours du printemps de 1919, une intelligente et jolie jeune fille de dix-sept ans était déjà la fierté du comté de Macon. Cette vibrante et chaleureuse communauté de métayers qui peuplait la ville ne fut donc pas surprise outre mesure lorsque Darcelle Lamont décrocha une bourse d'études pour rentrer à l'université Spelman [1] d'Atlanta. Le curé astiqua sa carriole branlante, pomponna ses chevaux lui-même et ceci à seule fin d'être celui qui conduirait la jeune prodige à l'université. Le brave Big Jake, simultanément charpentier et forgeron de son état, lui fabriqua une solide malle en bois de chêne qu'il chargea lui-même à l'arrière de la carriole. Tous les Afro-Américains du comté se pressèrent le long de la rue principale de la petite ville pour voir « leur fille à eux » prendre la route pour Atlanta, ce « Paris du Sud » comme ils aimaient à le dire – vers le savoir, vers la culture et surtout, vers l'espoir.

Une fois à l'université, elle fut particulièrement studieuse à la différence de bien d'autres étudiantes et gagna ainsi une réputation des plus honorables. Tout le monde s'attendait à ce qu'elle devienne une excellente institutrice, quand bien même elle souhaiterait, une fois ses études terminées, quitter le Sud pour aller enseigner dans une des grandes villes du Nord.

Et puis ce qui devait arriver arriva. Comme bien des jeunes étudiantes (toutes générations confondues), Darcelle éprouva une sorte de fascination pour l'un de ses

---

1. L'une des premières universités pour femmes noires aux États-Unis.

professeurs. Certes, il n'était pas dépourvu d'humour, ni de charme, ni même d'intelligence. Et puis, il avait l'air si fort. En outre, il était blanc. La plupart des professeurs de cette université de jeunes femmes afro-américaines étaient des Quakers blancs. Toutefois, d'entre tous ses collègues, le professeur A. était l'un des rares à ne pas afficher ostensiblement un sentiment de mépris ou de condescendance à l'égard de la race de ses étudiantes. D'ailleurs, il mettait un tel empressement à communiquer sa chaleur et à multiplier ses petites attentions qu'il est en effet compréhensible qu'il ait pu inspirer à une jolie, influençable, intelligente et naïve jeune fille venant de la campagne, un amour éperdu.

Jusqu'à son dernier souffle, Darcelle se souviendra du jour où elle entra dans le bureau du professeur. Aux murs étaient accrochées des reproductions de Blake et, dans un coin de la pièce, se trouvait un grand divan de cuir qui avait l'air particulièrement confortable. A chacun de ses pas, ses tresses s'agitaient d'autant, de part et d'autre de sa tête, pareils à de longs et flexibles ressorts. Une de ses chaussettes montantes glissait irrémédiablement vers la cheville, laissant à nu un jeune mollet admirablement galbé.

N'importe. Elle avait une question cruciale à poser à son professeur, et elle comptait bien obtenir une réponse satisfaisante avant de ressortir de ce bureau. Que voulait dire Marvelle lorsqu'il écrivait, « Eûmes-nous assez dans ce monde, assez de temps,/cette coquetterie, madame, ne serait pas un crime. » Mais au plus profond d'elle-même, ne connaissait-elle pas déjà la réponse ?

« Entrez donc, s'il vous plaît, euh, vous êtes Mademoiselle Lamont, n'est-ce pas ? » hésita quelque peu le professeur, tandis que le mouvement de ses mâchoires faisait légèrement onduler ses belles tempes grises.

Oui. Elle entra dans ce bureau qu'elle allait bientôt connaître par cœur. La discussion s'engagea sur des questions de poésie galante, puis de poésie, puis de galanterie tout court. Tout le temps que dura cet échange, ils s'explorèrent l'un l'autre, sans pudeur aucune, s'interrogeant mutuellement sur le désir – le besoin, peut-être – de l'autre et si celui-ci était, en face, d'une ardeur réciproque. Mais tous deux savaient également à quoi s'en tenir quant à la futilité du désir en soi. De retour à la porte, Darcelle, sur le point de partir, comprit en un éclair que si jamais elle revenait sur ses pas, elle se perdrait à tout jamais. Si, en revanche, elle regardait droit devant elle, si elle franchissait le seuil de cette porte, assurément, elle serait alors hors de danger, mais insatisfaite, vide. Terriblement vide. Alors, brusquement, elle fit volte-face et se précipita dans les bras de l'homme grands ouverts depuis un petit moment déjà.

Il verrouilla aussitôt la porte et l'accompagna sur le divan. Et *quel* divan! Ils se déshabillèrent lentement, tendrement. Jamais encore elle n'avait vu un Blanc tout nu; le seul mâle afro-américain qu'elle avait aperçu sans vêtements était son petit frère. C'est tout. Elle faisait toutes sortes d'efforts pour respirer le moins bruyamment possible, pour calmer les tremblements de peur qui lui secouaient le corps mais, à vrai dire, si le plafond de la pièce s'était à ce moment-là écroulé, ou si le Tout-Puissant lui-même avait décidé de faire une apparition surprise dans ce bureau, elle n'aurait quand même pas éprouvé d'émotions plus vives que celles qui l'habitaient à présent, là, sur ce divan.

La première fois qu'il la pénétra, ce ne fut que douleur, sang et effroi; la cinquantième fois, les baisers et les caresses durèrent des heures et ce ne fut plus qu'une suite en cascade de coups de langue, de succions bruyantes, des parfums corporels amples et musqués, mélangés à la sueur abondante qu'exhalait leur corps. Gémissements, halètements, morsures, coups de griffes, supplications, larmes, *wouaouh!*, petits cris et spasmes en tout genre – si bien qu'aujourd'hui encore, rien que d'y penser, Darcelle s'en éponge le front.

De cinquante et unième fois, cependant, il n'y en eut point. Lorsqu'elle lui annonça qu'elle était enceinte de lui, il répliqua, « Mais je suis déjà marié ».

Renvoyée de l'université, elle erra dans les villes du Sud, sa petite fille dans les bras. Fort heureusement pour elle, l'enfant était assez sombre de peau pour que les questions sur l'origine raciale du péché ne fussent pas trop nombreuses. Pour subvenir aux besoins de la petite Dorothy, Darcelle fit des ménages pour les riches Blancs de la ville. L'hiver approchait et l'innocente enfant n'avait toujours pas de souliers. Alors Darcelle fondait en larmes, réallumait la lanterne rouge qui pendait au-dessus de sa fenêtre et travaillait, travaillait, travaillait, du moins jusqu'à ce que les autres femmes de la ville s'en viennent jeter des cailloux sur sa cabane ou encore tentent de cracher sur l'enfant qui n'avait pourtant rien fait. Bien avant cette sinistre période, Darcelle avait adressé un télégramme à la population afro-américaine de Macon, les informant que « leur » jeune et brillante Darcelle était définitivement décédée.

Le lendemain matin, il faisait un temps clair; on aurait dit que l'air lui-même était joyeux. En ouvrant les paupières encore engourdies de sommeil, Earle aperçut Dorothy. Elle était radieuse. Il sentit la chaleur d'une main posée sur la sienne, une chaleur humaine et bienfaisante. C'était celle de la main de Dorothy.

« As-tu bien dormi ? », demanda cette diligente personne en décollant rapidement sa peau de celle d'Earle.

« Pas trop bien, mais je m'y suis quand même appliqué, au moins pour vous faire plaisir à vous autres braves gens », répondit-il d'un ton plein de gaieté. « A ce propos, merci d'avoir flanqué un coup de genou à cette vieille crapule de Face de crabe. Jamais, je le jure, je n'aurais cru possible d'avoir eu la vie sauve grâce à une fille. »

« Nous autres femmes sommes capables de bien des choses, Monsieur le Mâle chauvin, et je ne te dis que ça », répliqua-t-elle, un peu froissée. « A présent, habille-toi. Nous avons classe ce matin. »

« C'est drôle, je ne me rappelle pas avoir retiré mes vêtements hier soir... »

Dorothy sortit de la pièce, refermant avec précipitation la porte derrière elle – cette bonne et solide porte de chêne, qui produisit un fort claquement au moment même où le sang lui montait aux joues, brûlant.

24

Earle! Pourquoi avoir autant tardé à rentrer? Ça fait maintenant un bail que l'examen est terminé. Julie, la mère de Donald, et Madame Williams m'ont dit que leurs enfants étaient à la maison depuis belle lurette. J'étais si inquiète que j'ai failli avoir une crise cardiaque. Tu ne te rends pas compte de l'état dans lequel ça me met de ne pas savoir où tu es.

Je vais chez le coiffeur, et puis de là je partirai directement. J'ai une soirée. Le poulet est dans le four. A six heures, c'est bon, il sera cuit. Il y a aussi un sachet de riz pilaf dans le placard et, si tu veux, des petits pois et du maïs en boîte. Ah, j'y pense, j'ai trouvé au fond du congélateur de la vieille glace aux pépites de chocolat. On devrait la manger vite avant que ça ne se gâte. Mais sens-la d'abord, juste pour t'en assurer...

Comment tu me trouves? Pas mes cheveux, évidemment, je veux dire le reste... Je t'appellerai vers dix heures ce soir pour m'assurer que tout va bien. Mais si jamais il y a une urgence ou quoi que ce soit, n'oublie pas que tu peux appeler la mère de Donald. Tu ne te coucheras pas trop tard, mon beau Bruno, tu promets, hein?

25.

En attendant que son dîner soit prêt, Earle se plonge dans la lecture d'un article paru dans *Marchand de mort* : *le magazine du mercenaire*, traitant de questions militaires et notamment de conflits qui se déroulent en milieu découvert, plus particulièrement de guerre dans le désert. Puis, après avoir été chercher son poulet dans la cuisine, il revient dans le salon et il s'installe dans le fauteuil multifonction (relaxe, balancement et lit), place son assiette sur ses genoux, tandis que la télécommande repose en équilibre instable sur le bras du fauteuil. A ses pieds, un grand verre de soda. Il allume le poste de télévision. *Vzooouuummmm*. Crépitement électrostatique, puis explosion sonore. Le volume était trop fort. Il s'empare de la télécommande, dirige le rayon à infrarouge sur le récepteur 70MXC-68L à écran plat, coins carrés, son stéréo, à effet « suround » et spatial, équipé du système O.S.D. et P.I.P., jusqu'à ramener la tempête sonore à un silence quasi parfait, ou du moins, raisonnable. A l'aide de la touche Spéciale-Auto-Scanner-Plus, il fait défiler sur l'écran tous les programmes de la soirée. Toutes les dix secondes, le système Spéciale-Auto-Scanner-Plus change automatiquement de chaîne :

Voix off : *Nom de Dieu, c'est vraiment la plus belle femme que j'ai jamais vue : sexy, douce, spirituelle et intelligente avec ça. Mais qu'est-ce que c'est que ce truc ? Oh, non, elle se gratte la tête. Je rêve. C'est quand même pas des pellicules, ça ? Navré, je ne pourrai pas me libérer, en effet, je suis déjà pris pour déjeuner...*

Si Lucy ne s'est pas aperçue que ce qu'elle a pris pour du poivre est en fait de la poudre de pétard (confisqué par papa Ricky à son môme petit Ricky), alors le dîner de ce soir – son fameux bœuf flambé – va être un sacré feu d'artifices-

Pour votre voiture, une seule solution : notre huile moteur au Polyaminide 80 ! Elle est si performante, si en avance sur toutes les autres marques, qu'il serait beaucoup trop long et trop compliqué de vous expliquer pourquoi à la Té-

« Visionnaire », oui, voilà comment je me définirais, mon cher Merv [1]. Je sais que ça peut paraître un peu prétentieux de dire les choses comme ça, mais que voulez-vous ? Je suis fier, oui, assez fier, je dois dire, d'être la première vedette du show-business à avoir créé toute une ligne de meubles en Plexiglas-

> Refrain : « Ça y est, on déménage
> On s'taille dans le chicos East Side
> Dans un super-hyper-de-luxe appart'
> Quelque chose comme un trentième étage
> Carrément dans les nuages rien qu'ça

---

1. Célèbre « talk-show » animé par Merv Griffin.

Ouais, ouais, ça y est, on s'taille cette fois
Dans le chicos East Side
Salut le ghetto, bonjour la civilisation
On y aura mis l'temps mais ça y est,
Maintenant on l'a, notre part du gâteau... [1] »

Oooooouuuuuu! Ce soir à huit heures précises, vous avez rendez-vous avec l'effroi. Le réalisateur du désormais classique *Bain de sang* et *Un poignard dans l'œil* nous propose-

La jeune mariée s'appelle Coco. Lui, l'heureux élu, se prénomme Oriculaire [rires]. Non, ce ne sont ni des hippies, ni même des membres d'une secte religieuse quelconque, ce sont deux gorilles des montagnes du Rwanda. L'administration du zoo espère bien qu'ils

Les suspects sont tous les deux des jeunes hommes noirs, entre 20 et 35 ans. L'un d'eux est d'une carrure impressionnante et porte une chaîne en or sur laquelle est gravé « Mec Classieux »-

... du dernier album... Une nouvelle qui fera sans doute plaisir à tous les admirateurs de Bill DePopulaire... Et puis, son tout dernier clip. Ça s'appelle « Love! » C'est ici! C'est dans un instant, tout de suite après une page de-

Non, si Chrissy ne s'est pas encore rendu compte qu'elle a confondu sa propre mallette de voyage avec celle d'un représentant en contraceptifs, alors sans aucun doute, dès qu'elle arrivera au monastère pour les

---

1. Tiré de la chanson du générique d'un feuilleton télévisé, *Les Jeffersons* qui met en scène une famille noire enrichie.

quelques jours de sa retraite, avec tous ces prêtres et toutes ces bonnes sœurs, ça va-

M. Maplewood! [exclamation de surprise des filles et des garçons, tout de suite après lui avoir arraché son masque de fantôme] Oui, c'est moi. Et j'aurais réussi dans mes méfaits si vous autres mômes n'étiez pas venu vous fourrer dans mes pattes-

... voilà, notre émission se termine à présent, mais nous avons rendez-vous demain, à la même heure, et nous aurons pour invités sur ce plateau Charles Nelson Reilly, Brett et Elke Sommers, Henry Gibson [1]-

Emissions de télévision du passé ou qui n'ont jamais existé. *Bing!* [applaudissements] Une croisière à bord d'un yacht, un séjour d'une semaine de sports d'hiver à Saint-Moritz, un justaucorps en fourrure pour les séances d'aérobic, une limousine avec chauffeur, un bain de caviar, du Moët & Chandon, une somptueuse villa dans les îles, les 500 plus riches Américains-

... températures prévues pour le mois de mai. Pour demain, voyons tout de suite l'animation satellite. Des averses intermittentes ici et là, on les voit très bien qui arrivent, là, au cours donc de la journée. De demain. Naturellement, nous vous informerons minute par minute de l'évolution de la situation et, au cours de notre prochain flash, nous vous donnerons toutes les prévisions pour la semaine à venir. On se retrouve à vingt-trois heu-

Non! Si Bitsy ne s'est encore rendu compte que ce qu'elle a pris pour de la tisane c'est en fait du hachish

---

1. Personnalités locales.

– Jim l'avait caché là, pour que Muffin ne remette pas la main dessus – alors j'ai bien peur que le thé qu'elle donne à cinq heures avec sa belle-mère ne tourne à

... n'attendez pas une minute de plus pour passer votre commande! Appelez-nous maintenant! Un système d'alarme à neuf dollars et 95 cents et qui est aussi un détecteur de fumée et d'odeurs nauséabondes, équipé d'un puissant girophare, ça ne court pas les rues! Et puis surtout n'oubliez pas : une catastrophe est si vite-

... Calme plat sur ce terrain de base-ball ce soir, où les deux équipes qui s'affrontent ne parviennent pas à se démarquer. 0 – 0 depuis le début de la partie, il reste quatre minutes à jouer. Robinson, capitaine de l'équipe de New York, qu'on a surnommé le Grincheux, a toutes les raisons de l'être-

Du fromage, du vrai, lait, du vrai, des pommes de terre, des vraies, des herbes et des épices, des vraies, mmmmm, voilà pourquoi le gratin de pommes de terre Véritas est le meilleur. Pas étonnant, donc, que toute l'Amérique en raffole-

... invitée ce soir, la porte-parole de toute la communauté noire américaine, Madame la révérende mère Swoosy Ayomie. Et naturellement, l'adorable et pétillante Tata viendra nous rejoindre dans quelques-

... lieu de naissance de l'ovule, magie de l'organe reproductif féminin, mais aussi le plus délicat, le plus beau, le plus-

... synthétiseur Moog, Art Blakey à la batterie, Wynton Marsalis à la trompette, Branford Marsalis au saxophone ténor, à la guitare, Joe Pass, Milt Jackson au vibraphone. Ils interprètent un standard « My Favorite Things » dans la version de Coltrane-

... les jouets et les lampes de poche ont besoin de piles longue durée. *Vraiment* longue durée. Vous croyez qu'elles sont toutes pareilles, mais si ces petits appareils pouvaient parler, ils vous diraient-

Je parle! DOCTEUR, JE PARLE! Oh, *merci* docteur, pour tout ce que vous avez fait pour moi. En m'obligeant à revenir sur les lieux mêmes où ma famille toute entière avait été sauvagement massacrée, en me giflant de toutes vos forces au moment où les violons se sont mis à jouer, j'ai cligné des yeux et, en ouvrant la bouche, je suis redevenue, grâce à vous, une personne normale, oui, une jeune femme désira-

Putain, si Slide avait pigé qu'Smurf avait planqué le concentré d'laxatif dans la bouteille d'lait, rien qu'pou'qu'ses vieux sachent pas qu'il traînait un peu le soir et qu'il a bouffé mexicain, ça serait pas arrivé comme ça, d'un coup, *vlan*, sur le parquet, en plein match de championnat de basket-

Du pétrole dans *vos* tankers? Vous perdez la raison, mon cher prince Fa'had. Jamais les Karrington ne traiteront avec vous, à moins de me passer sur le corps-

... haleine fétide? Si vous importunez tout le monde autour de vous à cause de votre mauvaise haleine, une seule solution : les bonbons Splash! Nouvelle formule à l'actizol. Croquez, c'est gagné!

Nous avons dissimulé des caméras dans ce salon d'essayage pour dames d'un grand magasin. Écoutons plutôt ce qu'elles pensent de-

Particulièrement doux, extraordinairement résistant, ce papier toilette fait merveille dans toutes les situations. Alors, si vous ne voulez pas voir un jour une assistante sociale arriver chez vous, encadrée par les forces de police, vous retirer vos enfants pour les placer dans un foyer d'accueil, n'hésitez plus à dépenser quelques centimes de plus... Leurs petits derrières vous remercient par av-

Allons, les gars, debout. Il faut nous tirer d'ici. D'ailleurs, nous n'avons plus d'eau. Rizzuto, Razcinsky, Ryan, Robinson, vous venez avec moi. Nous allons essayer de prendre cette colline là-bas. Nous finirons sans doute en chair à pâté, sous les coups de baïonnette des Chintoques Cocos. Mais allons-y quand même-

Terminé! C'est fini! Quel merveilleux spectacle auquel nous avons eu droit! Ah, mes enfants, je n'en reviens pas! Revoyons au ralenti cette dernière action! Pas de doute, c'est superbe, absolument superbe! Je vous laisse sur ces magnifiques images et je vous dis, au nom de toute l'équipe qui a réalisé ce journal, Bonne nuit. Vous avez rendez-vous dans quelques instants avec Nat King Cole – une rediffusion du spectacle de Noël qu'il a enregistré en mille neuf cent soixante-deux, mais qui reste indémodable. Alors encore une fois, Joyeux Noël.

26.

Quelle merde, se dit Earle. Il éteint le récepteur et l'écran se vide en un éclair comme un liquide qui disparaît à une vitesse supersonique dans le fond d'un entonnoir.

L'appartement est plongé dans l'obscurité à présent. Le silence est presque total. Dehors, naturellement, les réacteurs des avions rugissent là-haut, dans le ciel, les sirènes des ambulances, hurlent, en bas, dans la rue, mais dans l'appartement même, on n'entend plus à vrai dire, que les craquements légers du parquet et le murmur intermittent du frigo. Earle n'allume pas. Il s'entraîne à être aveugle. Du bout de ses orteils, il tâte le parquet devant lui tandis que ses mains brassent l'air dans tous les sens. Devrait y avoir la table de la salle à manger pas loin, une petite table roulante juste à côté et enfin, la porte de la chambre de sa mère. Mauvais calcul. Croyant la table plus proche qu'elle ne l'est, son pied reste en suspens tandis que sa main gifle le coin de la table.

Déséquilibre, un coup de pied dans la petite table roulante, les bouteilles s'entrechoquent sans pour autant faire de dégâts. Le faible reflet que réfléchit un sous-verre protégeant la reproduction d'un tableau impressionniste l'induit en erreur. Il croit deviner la porte de la chambre. *Pan!* En plein sur le nez. Dans le tableau.

Dans la chambre à présent, Earle tend la main vers la gauche et fait toutes sortes de moulinets à la recherche de l'interrupteur. Sans résultat. Il pénètre alors plus avant à l'intérieur. Encore un effort, il sait que l'interrupteur n'est pas loin. Enfin il le trouve. S'assure qu'il s'agit bien de cela et, d'un mouvement très appliqué soulève le bouton sans faire le moindre bruit. Claquement de l'interrupteur parfaitement amorti, excellent. Espion, il est à la recherche de documents nazis secrets dans le très chic appartement de la petite amie d'un général SS. A son âge!

Soulevant un coin du matelas, il passe la main sur le sommier à ressorts. Rien. Il abandonne le matelas, défroisse les couvertures. Pas trop, cependant, car elles étaient déjà un peu en désordre. Dans le tiroir de la table de chevet, rien d'intéressant non plus : colifichets, bagatelles, bric-à-brac. S'échappe du tiroir de la commode une odeur âcre de culottes. L'odeur du sperme lui fait exactement le même effet. Au fond du tiroir, voilà, c'est ça. Un petit étui en plastique. Dedans, un diaphragme géant formé d'un dôme de caoutchouc gigantesque. A côté, un tube de mousse à décoder.

Pourquoi n'a-t-elle pas pris ces saloperies avec elle si elle sortait avec quelqu'un? Elle doit avoir un étui de rechange et elle laisse celui-ci à la maison pour me faire croire qu'elle ne fait pas de cochonnerie dehors.

Earle cherche autre chose lorsqu'il aperçoit les disques de son père rangés sur des étagères. Chaque fois qu'elle entend ces vieux airs, sa mère sourit et prend son fils dans ses bras.

Il pince le coin d'une pochette pour extraire le

disque. C'est *Atlantic Years*. Bascule la pochette. L'enveloppe est sortie. Puis, de l'enveloppe, il retire le vinyle sans mettre les doigts dessus, comme son père lui avait appris à le faire, entre l'index et le pouce, l'index sur le bord et le pouce sur l'étiquette, au centre. Il ne lui reste plus qu'à soulever le capot protecteur de la platine en s'aidant du coude et à placer le disque sur le plateau caoutchouté.

« My Favorite Things », ça commence dans le même tempo que celui de la comédie musicale : le saxophone et le piano se bercent l'un l'autre tendrement. C'est comme une jolie chansonnette qui se laisse couler en une berceuse – puis, d'un seul coup ça décolle – entraîné par le rythme, l'improvisation file en s'élevant à des hauteurs insoupçonnées, comme si les notes se mettaient à faire de la voltige. Cris – sifflements – fragments de douleur – explosion d'amour – éclats de rire – et tout ça malaxé cosmiquement hors de toute logique prévisible. Les sssssssons percutent, attaquent, caressent, blessent, chatouillent, embrassent, mordillent, partout, sans se soucier de quoi que ce soit, en guerre contre le rendement semble-t-il, l'efficacité. Faire la peau à la banalité et puis ça saute, ça clique, ça change, ça devient capricieux comme un électron parce que hEiseNberg dit : on sait jamais où ça se trouve car rien que de le chercher, hop, ça le transforme, ça le déplace. Ailleurs. Mais comment savoir sans chercher ? Seulement voilà, moi avec Coltrane c'est encore plus dingo parce que mon pote Heisenberg devine qu'électron est dans le nuage P2 mais *personne* devine où seront les notes avant qu'elles soient déjà là. Puis elles atterrissent à nouveau, c'est-à-dire saines et sauves, en sécurité, parfaites et déjà connues. La fameuse mélodie est un schéma dans le cerveau de chacun, et nous regardons simplement pour voir de quelles nouvelles couleurs (s'il y en aura) ces mecs-là vont la saper pour secouer notre mémoire confortablement installée dans ses propres souvenirs. Un coup de frais. Oooouuuups! Voilà qu'elles recommencent, cris et fracas – Mach II multiplié par 10 à la puissance 8. On est ravi, on s'accroche, on plane. Volupté. Battre le beurre. Du sang fouetté. Douceur, totalité. Si le disque t'explosait à la gueule tu n'ouvrirais même pas les yeux, si le toit s'écroulait, ça swinguerait pas davantage – le saint clodo nouvelle ère langages inconnus tac tac boum tac tac boum tac tac boum tac tac boum booooouuuuuuummmmmmmm.

Putain, tu dois être un malade mental de première puisque c'est exactement comme ça que tu te sens.

27.

Chaque lundi après-midi, Dorothy, en compagnie de trois de ses amies de Sainte-Rita, se pavanne en franchissant l'imposant portail de style gothique de l'école. Elle porte encore son uniforme, jupette comprise. Les quatre bavardent, recrachent de façon désinvolte la fumée de leurs cigarettes sans prêter la moindre attention aux hommes qui les dévorent des yeux.

Au coin de la rue, là où elles disparaissent habituellement, on peut encore les imaginer grimpant les marches d'un grand escalier.

Tout en haut, une porte. Et au centre de cette porte, un carreau en verre dépoli sur lequel on peut lire ACCADEMIA AMERICANA DELLA FRANCESCA MONTOVANI. Dorothy est habituée au spectacle. Des adultes alignés sur quatre rangs suivent un cours d'«Aérobic – Spécial kilos en trop.» Ils se plient, ils pivotent, ils tendent leurs bras, et recommencent.

Dorothy, l'index pointé vers eux comme un canon de pistolet, les vise de son arme imaginaire avant de tirer : pan, pan, pan, fait-elle en remuant à peine les lèvres.

Excellent, *ciccioni* [tapant des mains], mais *basta* pour aujourd'hui. Maintenant j'enseigne les jolies *ragazze*... *Forza*, mes toutes petites filles, trrrrrop de trrrravail pour cé jour.

Adossée au mur, Signora Montovani surveille le vestiaire où les filles se déshabillent.

Ragazze! [tapant les mains à nouveau] Rrrrrestez loin dé la fénêtrrré si vous voulez pas qué les condouctors d'autobus voient votré *poppotino*.

Seins nus multipliés à l'infini par le jeu des miroirs muraux, ces demoiselles attachent leurs cheveux, enfilent leurs justaucorps, les déroulent en suivant les formes de leur silhouette, tirent sur une manche, puis sur le poignet, enfin sur le coude, ajustent la toile élastique à l'endroit de l'épaule, puis relâchent le tout (clac clac clac clac). Même chose pour l'autre épaule. *Pronto, signora!*

Elles étirent leurs jambes (*ed uno e due*) à la barre (*e tre e quattro*), ces jambes si belles, si agiles, ces orteils mignons comme des grappes de raisins, tandis que les bras se lèvent, se baissent, tout ça à travers la lentille rayée d'un objectif d'appareil photo/Fesses aperçues grâce au superzoom, qui gigotent, qui se tortillent/Visages qui ne sourient plus mais qui semblent maintenant préoccupés par des soucis de jeunes filles...

Le cours terminé, les collants se redéroulent, en sens inverse cette fois, le long des corps luisants de sueur. Elles enfilent leurs jambes dans des jeans, puis chaussent des pompes de couleurs vives tandis que leurs chemises sortent encore du pantalon, trop longues, trop larges, complètement adorables. Encore un coup de spray déodorant pour le corps, et voilà, elles s'en vont.

Dorothy et ses trois amies quittent le cours de danse et descendent dans la rue, bras-dessus bras-dessous, tandis qu'un bracelet de fils noirs tressés virevolte autour de la cheville gauche de chacune. En formation par quatre, elles occupent toute la largeur du trottoir, si bien que les passants qui viennent au-devant d'elles s'écartent au dernier moment pour les laisser passer. Nous y sommes : colonnes de marbre rose, plantes vertes suspendues sur la façade, spots lumineux accrochés dans tous les sens. Au milieu, le nom de l'établissement écrit au néon, façon grande classe : *Picaresque*. Olivia pousse avec cérémonie la lourde porte d'acajou pour laisser entrer Julie, Dorothy et Sheena.

28.

En grande pompe, c'est comme ça qu'elles font leur entrée au Picaresque. En survolant la salle du regard, elles cherchent, sans en avoir l'air, le coin où il y a un maximum de beaux mecs. Chez Picaresque, c'est rarement la déception parce que tu te rends compte que c'est toujours bourré de spécimens mâles complètement craquants et que c'est pas des petits BCBG des écoles privées du coin, du genre lycée de Friends ou Collegiate ou Trinity ou encore Carver, c'est plutôt des étudiants d'université superchouettes en vacances et des étudiants de la fac de business ou de médecine de l'université de Columbia et même des acteurs et des mannequins, mais évidemment il y a toujours ce genre de vieux cochons d'hommes d'affaires qui est tout le temps en train d'essayer de déconner dans le dos de sa femme qui reste en banlieue, avec une fille assez jeune pour être la sienne, ce qui serait considéré selon la loi de l'état de New York comme *presque* un détournement de mineure, et selon celle du New Jersey et du Connectitut, *carrément* un crime sexuel ! Bref, Yassir, il est libanais mais sympa, c'est le propriétaire du club, pas mal fichu, basané et viril et un obsédé de première,

167

mais Dorothy et ses copines ne payent pas leurs verres parce que Yassir aime bien avoir de jolies filles dans sa boîte. Alors il s'approche d'elles, leur fait des *oh-la-la*, plein, en disant qu'elles sont les quatre plus belles princesses de toute la ville de Manhattan, et il les serre comme ça chacune dans ses bras, et il leur fait la bise sur les deux joues, comme les Européens, et il les installe près de la fenêtre. Ce qu'il sent bon, dit Olivia, et Dorothy réplique, Tu devrais bien le savoir, quand même, parce qu'Olivia couche avec lui de temps à autre. Ils ne sortent pas ensemble, c'est pas ça, c'est du désir purement charnel, rien que du physique. Olivia sourit et jette un coup d'œil autour d'elle pour être sûre que personne ne la regarde, puis elle exhibe son avant-bras et, de l'autre main posée dessus, désigne un beau morceau de trente centimètres pour donner une idée de la chose avant de dire qu'il est ravissant *et* énorme. Alors les autres filles éclatent de rire et lorgnent aussitôt du côté de son pantalon. Sheena dit, Elle a raison, sinon, c'est qu'il doit se promener avec un poivrier dans son slip. Julie fait semblant de se lever en disant, Je vais me renseigner, mais Olivia la saisit par le poignet en disant que ce mec-là, c'est pas touche, propriété privée, et elle ne plaisante qu'à moitié. Julie est très gentille mais elle est aussi super jolie, elle a les cheveux blonds, elle est moitié française, moitié israélienne et en plus, elle a la vilaine habitude de coucher avec les petits amis de ses meilleures copines.

Le serveur arrive et leur demande si c'est pour dîner. Alors Dorothy dit avec aplomb, Non, c'est pour boire seulement, un peu comme si elle le défiait avant qu'il ne leur demande leurs cartes d'identité, histoire de voir qu'elles ont bien l'âge légal pour consommer de l'alcool. Si jamais on leur demandait ça, ce serait fini, parce que Yassir ficherait le gars tout de suite à la porte *comme ça* [claquement des doigts]. Evidemment elles commandent toutes un Piña Colada, et évidemment, Sheena prononce *Piña* comme une Mexicaine, histoire de leur rappeler qu'elle est allée à Mazatlán pour les vacances de Pâques et que, d'ailleurs, elle a encore les marques de son bronzage pour le prouver. Elle est noire mais son teint est très clair, et elle est très jolie, même si ses cuisses sont un peu épaisses. Mais les mecs, ils s'en fichent de ça, ils bourdonnent autour d'elle comme des tas d'insectes. Son père est le plus grand promoteur immobilier de Long Island et il y a eu un article sur sa famille dans *Ebony* [1], et leur maison à Sag Harbor est absolument ravissante, mais Sheena vit plus ou moins seule la plupart du temps, dans le chicos appartement que ses parents possèdent sur la 86ᵉ Rue, East Side, à cause de l'école et tout, alors c'est là que les filles vont pioncer après une nuit passée en boîte. En général, elles veillent jusqu'à la fermeture de Spazio, vers quatre ou cinq heures, puis elles prennent le petit déjeuner à l'Empire et après ça, elles se pieutent.

Bon. Dans un coin du restau il y a quatre types et bien entendu, ils les regardent, et bien entendu, les filles font semblant de rien remarquer. Elles restent super cool et tout le bataclan, tandis qu'elles se disent à tour de rôle, Ne vous retournez pas! Trois d'entre eux sont pas mal du tout, le quatrième, il est passable. Le blond est pour moi, *ce* qu'il est mignon! Je connais celui en kaki, il était à l'école avec mon frangin, mais maintenant, je crois qu'il est mannequin pour l'agence Ford, il est *tellement* craquant, peut-être qu'ils nous emmeneront chez Chic?

Puis le mec en kaki se lève et s'approche des filles. Il dit, Puis-je interrompre votre conversation, mesdemoiselles? Alors Dorothy lui lance un regard plein

---

1. Magazine noir américain de référence.

d'ennui et hausse les épaules. Je m'appelle Richard Manilow et mes amis et moi, nous n'avons pu nous empêcher de remarquer, euh, pardon, vous vous appelez...? demande-t-il à Dorothy et Dorothy répond d'un ton monocorde Dorothy. Lui, aussitôt, il lui prend la main et il dépose un baiser très léger dessus, tandis que son regard remonte lentement tout le long du bras pour lui arriver jusque droit dans les yeux. Ensuite, c'est lui qui ouvre grands ses ravissants yeux verts. Il fait le même coup à Olivia, puis à Sheena et enfin à Julie, et les quatre filles jouent les blasées, comme si un mannequin de l'agence Ford leur baisait la main tous les jours. Voulez-vous vous joindre à nous? dit-il en désignant ses amis du doigt. Les filles s'interrogent du regard. On dirait qu'elles sont sur le point de bâiller tant elles jouent bien leur rôle, et Dorothy hausse les épaules en disant, Ben pourquoi pas, et Richard la conduit à sa table où ses amis se lèvent tous en même temps et font des baisemains en veux-tu en voilà. Puis ils s'arrangent pour que ça fasse fille-garçon-fille-garçon-fille-garçon-fille-garçon autour de la table, seulement Julie se retrouve coincée avec celui qui est pratiquement chauve tellement il perd ses cheveux, et ça se voit comme le nez au milieu de la figure qu'Olivia et Sheena redoutent qu'elle n'essaie de leur piquer leurs mecs. Mais même Julie n'oserait pas draguer celui de Dorothy, parce qu'il est évident que Richard n'a d'yeux que pour elle et ça depuis le tout début. En plus, Dorothy l'étranglerait des deux mains si jamais elle osait faire un truc pareil.

Eh bien, mesdemoiselles, que faites-vous dans la vie? demande le garçon en chemise Kenzo, qui a dû lui coûter une fortune.

Nous sommes étudiantes à Smith, dans le Massachusetts, mais l'année prochaine, nous irons à Stanford parce que Smith, c'est totalement ringard, tu vois, dit Dorothy – comme celle-là, elle l'a déjà sortie plusieurs fois déjà, les autres filles sont pas vraiment prises au dépourvu. D'ailleurs, Julie surenchérit : ouais, à Northampton il n'y a que des étudiants de Smith, de l'université du Massachusetts, de Holyoke (*beurk!*) et de Amherst (elle connaît la chanson vu que son frère fait ses études là-bas).

Richard dit que la côte Ouest, c'est épatant. Stanford, elles aimeront. Quand il a posé pour le catalogue Automne/Hiver de Saks Fifth Avenue, l'année dernière, ils l'ont envoyé là-bas en avion. Et le type de Sheena dit qu'il a plein d'amis là-bas, qui disent tous qu'ils adorent. Sheena demande à son type où il fait ses études, lui. Il est à la fac de médecine de Colombia, mais il n'est qu'en première année, après avoir fait quatre ans de Yale, ouf! [rire]. Yale ? demande Julie en se levant quasiment de table. Tu connais pas Winslow Pepper ? Et bien entendu, l'autre répond, Winnie ? Je ne connais que lui! Nous étions ensemble à Saybrook! C'est un gars hors pair, très au-dessus du panier. Alors Julie explique que Winnie est sorti avec une amie à elle, et ça continue et ça continue, jusqu'à ce qu'elle s'aperçoive que Sheena la fixe, l'air mauvais.

Richard demande si quelqu'un a faim. Lui, il faut qu'il grossisse. C'est pour une photo de pub d'un club sportif. Les filles se regardent furtivement, parce que personne ne veut être la première à dire : Invite-moi et je prendrais ce qu'il y a de plus cher à manger, mais il est vrai qu'après un éreintant cours de danse elles ont toutes une faim de loup, alors elles font, l'une après l'autre, un peu oui de la tête, comme pour dire que ça leur est complètement égal mais qu'en effet, pourquoi pas, ça ne serait pas une si mauvaise idée que ça, finalement.

Alors c'est décidé. Ici, la bouffe est immonde, allons plutôt chez Chic?, ça vous dirait? L'étudiant en médecine de Sheena vient de lire dans leurs pensées mais, cette fois encore, elles la jouent très cool jusqu'à ce que Julie rencontre son regard et s'écrie, Ouais, super!

Les gars insistent pour régler les boissons et bien entendu, elles peuvent pas leur dire qu'elles ne paient jamais les leurs. Quand elles sortent, Yassir dit, Bonsoir Mesdemoiselles, et ça se voit que les gars sont vachement impressionnés parce que ça doit être la première fois qu'ils viennent chez Picaresque, ils ont dû entendre dire que c'était un restau branché à mort et qu'on y servait du cappucino dans des vieux verres à Coca, style Brooklyn, 1910.

Une fois sur le trottoir, le chauve, celui de Julie, il sort ses clefs de voiture et fonce directement vers une Buick Electra rose décapotable. Les filles sont sciées. Le petit bonhomme rigole. Il est tout content de lui, cet enfoiré, euh, excusez mon langage. Si ça avait été une Cadillac – sauf évidemment une limousine rallongée avec bar et magnétoscope comme celle du père de Sheena – franchement ça, ça aurait été de très mauvais goût. Mais celle-*là*, on dirait un vrai vieux bateau, elle est totalement dingue, exactement comme ces bagnoles qu'on voit dans le feuilleton *Deux flics à Miami*.

Bon. Ils s'entassent tous dedans et maintenant, bien entendu, Julie colle sa cuisse contre celle du mec et il est prêt à transpercer son pantalon où à faire une embarbée sur le trottoir tellement il sent que ça lui cuit de partout. Qui sait pourquoi il faut que Julie fasse toujours des trucs pareils. Elle est déjà totalement canon, elle a une coupe de cheveux super-mignonne, elle doit se dire que ce type a forcément un grand lit avec un matelas à eau, tellement il est friqué, et puis surtout parce qu'elle jouit à tous les coups comme une folle dès qu'elle est sur un matelas à eau, quel que soit le type qui est sur elle, même François, par exemple, le péteux-gommeux-graisseux, fils d'un diplomate français à l'O.N.U.

Arrivé à Greenwich Village, les filles se rendent compte que le mec de Julie est encore plus branché qu'elles ne le croyaient, vu qu'il a l'air de connaître le quartier comme sa poche. Donc pas de problème, et ils déboulent chez Chic? Là, le portier le reconnaît tout de suite, mais lui, genre grande classe, il lui file très discrètement un gros billet. Bon, on a compris, il est bourré aux as mais il ne la ramène pas trop. Classe.

Chic? est une boîte vachement branchée, la totale, d'abord parce que c'est très jeune et puis c'est pas donné. Donc, les clodos et autres traîne-savates, c'est pas là qu'ils croustillent. Toutes les tables sont en Formica, genre cuisine de ta grand-mère, très mauvais goût, à chier. Sur les tables, il y a des petites nappes en toile cirée avec des trucs écrits dessus comme *Bienvenue à Gaberville, Californie* ou *Visitez les Arbres Mystérieux. Vous Ne Le Regretterez Pas!* ou encore *Tout est Plus Grand au Texas!* Sous le slogan, il y a une photo d'un cochon plus gros qu'un camion, des fois un chapeau de cow-boy plus large qu'un frigo, bref, des trucs comme ça. A chier, ringard complètement. Sur tous les murs, il y a des parties entières carrément démontées d'une salle de bowling, et en plus, des postes de télé sont suspendus au plafond, mais ça ne diffuse que des feuilletons ringards ou du catch. Jamais une seule pub. C'est génial.

Olivia dit qu'elle *meurt* de faim, et elle n'en peut plus d'attendre, et les autres filles la dévisagent parce qu'elles lui ont maintes fois répété de ne jamais dire qu'elle *meurt* de faim devant des mecs. Mais après le cours de danse, c'est sûr qu'elles ont toutes les crocs. Et en plus si leur déodorant les lâche, elles vont bientôt se mettre à puer comme des chevaux. Les mecs, du coup, les laisseront tomber sur-le-champ. C'est sûr.

La serveuse arrive et les filles éclatent de rire, comme d'hab, parce que toutes les serveuses chez Chic ? portent des lunettes genre vieille instit' de campagne, avec de faux diamants incrustés dans la monture et les branches rattachées à une longue chaîne dorée. Et plus, elles ont des bigoudis dans les cheveux, et sur le dos, une espèce de peignoir fleuri ultra-moche qui ressemble quasiment à un imperméable, mais en plus léger, boutonné depuis le cou jusqu'aux genoux et avec aux pieds, des pantoufles genre charentaises sauf qu'il y a de la fourrure synthétique dessus et qu'il n'y a que votre grand-mère qui sait où ça s'achète, ces machins-là. Quant aux types qui servent au bar, ils portent des souliers noirs et des pantalons crasseux à fuseau, des tee-shirts sous des chemises de bowling avec *Marcel* brodé dessus.

Alors, vous voulez quoi, espèces d'ados pourris-gâtés ? demande la serveuse comme à son habitude, le chewing-gum dans la bouche, le poing fermé sur une hanche, comme si elle était vraiment fâchée.

Richard le mannequin et ses amis commandent des Texas Ranger Slabslinger, qui ne sont en réalité que des doubles hamburgers avec des fèves cuites au four, mais c'est bon, et puis des bières bon marché. Et Dorothy commande un Oklahoma Onion Bunion – un hamburger avec du corned beef et des oignons – et une Margarita, et Julie et Olivia font pareil, mais Sheena prend le Junior Slabslinger et une Margarita parce qu'elle a peur d'avoir mauvaise haleine après. Or, elle devrait savoir que tu peux manger tous les oignons que tu veux, avec une Margarita par-dessus, tu ne refoules plus du claquos. Garanti.

Le mec d'Olivia se rappelle que la dernière fois qu'ils sont venus chez Chic?, ils s'étaient saoulés la gueule à mort. Et l'étudiant en médecine de Sheena ajoute, Ouais, il était tellement bourré qu'il a bouffé six ou sept assiettes de frites. Les gars rigolent tous en parlant de la défonce mais les filles, surtout Julie, dressent les oreilles. Si jamais quelqu'un a de la cocaïne, Julie va lui sauter dessus *comme ça* [claquement des doigts].

Le dîner arrive servi sur des espèces de plateaux-repas qu'en général on trouve seulement dans les congélateurs. Seulement chez Chic?, ils ne sont pas en papier alu, les plateaux, mais en argent ou dans le genre. Ça en jette, ça. En plus, les hamburgers sont bons et les frites sont délicieuses parce qu'elles sont vraiment salées et gorgées d'huile, et qu'elles sont ser-vies dans un cornet géant avec des dessins de frites des-sus comme on en voit dans les fêtes foraines, sauf que chez Chic?, le cornet de papier, c'est pas du papier, c'est de la porcelaine. Ça aussi, ça en jette.

Ils traînent là un bon moment et puis, ils décident d'aller chez Spazio parce que Richard est copain avec le videur et donc il pourra tous les faire entrer à l'œil. Là-dessus Julie dit, Et si on se faisait une ou deux lignes de coke.

Ils s'entassent dans la voiture et le mec de Julie actionne la capote pour la refermer. Ça prend long-temps mais c'est vraiment marrant. Après ils seront à l'abri des regards et ils pourront déconner un max sans faire de parano. Il démarre, direction Spazio. C'est pas très loin de chez Chic? Le mec de Sheena ouvre la boîte à gants pour en sortir la coke. La balade en bagnole est *tellement* feutrée que le mec de Sheena peut faire autant de rails de coke qu'il veut sur le petit miroir posé sur ses genoux. Et la voiture pendant ce temps-là, elle continue à rouler. Cool. Ils se garent en double file juste en face du club. Il y a toute une foule de frimeurs qui gémissent pour qu'on les laisse entrer. Le mec de Julie, lui, sort un billet de cent dollars – là il en fait peut-être un peu trop – qu'il roule jusqu'à en faire une paille, se le colle dans le nez et hop, il aspire son rail (*ppphhh*). Comme les filles n'avaient jamais fait ça avant, naturellement elles trouvent ça excitant et hop, elles aspirent à leur tour (*ppphhh*). Julie a déjà posé sa main sur le genou de son mec, qui sourit aux anges, et Richard tient la main de Dorothy. Olivia et Sheena et leurs mecs sont un peu plus calmes pour l'instant. Richard les fait entrer dans la boîte gratuitement, tous les huit, ce qui est impressionnant, parce que, à vingt dollars par tête de pipe, vous voyez combien ça aurait fait.

Spazio est bourré à craquer. Pour un lundi, c'est quand même étonnant. La musique est extra, des girophares, des sirènes, ça crépite de partout comme si tout l'espace de la boîte était sous tension. Dorothy et Richard gagnent la piste de danse et se mettent à tourner et à gigoter comme des malades. Ces deux-là forment un couple formidable parce que, disons-le, elle, elle est totalement ravissante, et lui, il est vachement beau mec. En plus, ils sont déchaînés parce qu'ils s'en fichent des gens qui les regardent, et même s'ils ne se connaissent pas depuis longtemps, ils se frottent déjà pas mal l'un contre l'autre. Julie entraîne son mec sur la piste sauf qu'il est nul, incapable de se remuer, il n'empêche qu'elle l'astique tellement qu'il est à deux doigts de tout décharger dans son caleçon. Il y a pas trente-six solutions, ils retournent donc vers la voiture et on peut deviner ce qu'ils sont en train de faire une fois dedans, parce que la coke, ça la rend complètement dingue, la Julie. Les autres filles planent aussi mais vu que Yassir court toujours après, Olivia n'a pas vraiment besoin d'un mec juste pour la gratter là où ça la démange, et quant à Sheena, elle est glaciale comme d'hab, et Dorothy sort avec LeVon, du lycée Carver, mais c'est de Richard qu'elle est complètement toquée. Elle lui passe les mains dans les cheveux et lui, il fait pareil sur sa tête. Si jamais il a un appart' à lui, la suite est pas difficile à deviner. Personne ne veut prendre le métro pour rentrer à Harlem, en tout cas, pas Dorothy, pas toute seule et pas si tard, ça c'est sûr. Les mains de Richard sont posées sur ses hanches et à coups de bassin, il la tamponne de temps à autre. Son membre est moins flatteur qu'elle ne l'avait pronostiqué, mais ne dit-on pas toujours et avec raison, c'est pas la taille de ta saucisse qui compte, c'est ton rythme qui fait vraiment vibrer ta nana, d'ailleurs, il faut pas que ça fasse trop mal, mais en tout cas, la première fois, pas question. Vas-y mollo, fais-le patienter autant que tu pourras, même si toi tu en meurs d'envie, eh oui, je sais, c'est pas juste, mais c'est la vie qui est comme ça, pas juste, et puis c'est pas toi qui a fait le monde, alors tu essaies seulement de faire de ton mieux même si c'est de la crotte des fois et après tout, on n'a que ça, hein ? Conclusion : qu'est-ce qu'une fille peut bien faire d'autre, sinon s'accrocher et se laisser porter par le courant ? Je veux dire se laisser aller un peu, et même avec ces quatre types dans la bagnole. D'ailleurs, celui de Julie a un cul sensas ce qui est vraiment rare chez les mecs et c'est important aussi, parce que ça en dit long sur son talent au pieu – talent qui est bien plus important que beaucoup de femmes ne le prétendent, comme sa mère par exemple. Les femmes de la génération de Darcelle seraient capables de se mettre sur le dos et de se laisser scier en deux par un type sans attendre de lui un petit merci, un mot gentil, une formule consacrée histoire de dire, J'ai passé une excellente soirée. C'est vraiment dingue ça. Parce que ce truc du Point G, si jamais le mec le trouve, il n'y a plus qu'à appuyer dessus et BOUM! Feux d'artifices, quatorze juillet, et y a plus qu'à s'en mettre jusque-là! Mais pour l'heure, vaut mieux se retenir, se retenir, se retenir, peu importe la quantité de coke qu'ils nous fichent dans les narines, à nous autres femelles, ou même d'herbe qu'il nous font fumer, sauf qu'avec l'herbe, c'est plus dur encore, vu que ça te lubrifie le machin à mort et qu'après ça tu pourrais presque t'accoupler avec des bêtes tellement t'en peux plus, ou encore comme si quelqu'un avait poussé le chauffage à fond et que t'en deviens dingue parce qu'il faut que tu te RAFRAÎCHISSES, quitte à sauter sur le premier type venu et à baiser sauvagement et prendre ton pied comme jamais, avec les genoux qui font les castagnettes et les pieds en l'air en criant tout ce que tu peux et en te bouffant les cheveux exactement comme au cinoche.

Elle est vraiment bonne, cette coke, tu trouves pas? demande Richard.

Ouais, répond Dorothy, genre blasée, c'était pas mal, ton truc. En fait, dedans elle rigole. Et ses copines aussi, parce qu'elles n'ont jamais rien pris d'aussi fort de leur vie, jamais, et elles se marrent parce que Julie est déjà fourrée dans la voiture et il est même pas minuit.

Richard conduit Dorothy au salon du premier étage de la boîte et ils s'installent côte à côte sur le divan face à un mur d'images où des dizaines de récepteurs de télé sont entassés les uns sur les autres, et qui jouent tous le même vidéo-clip, celui où on voit une blonde avec de gros nichons qui se reluque dans une glace avant de la briser en mille morceaux et un jeune mec avec des lunettes noires conduisant une vieille bagnole. Richard lui passe le bras autour des épaules comme s'il l'avait fait déjà des milliers de fois, puis se penche pour l'embrasser. Il embrasse bien, sans que leurs dents ne se cognent, ni rien, et elle, elle aussi est super-douée. Du moins, c'est ce qu'elle prétend – elle dit même que les Noirs sont les champions du patin, mais Sheena la reprend chaque fois parce que, selon elle, il faut pas enfermer les Blacks dans des stéréotypes. En tous les cas, là-haut, au premier étage, ça se roule des pelles à qui mieux mieux, mais Dorothy ne le laisse pas faire ce qu'il veut avec ses mains. Pas ici du moins. S'ils étaient au Dancéteria ou au Palladium, là oui, pas de problème, parce qu'elle ne connaît personne là-bas, mais ici, non, pas question, vu qu'elle vient souvent. Richard dit, Allons dans la voiture, parce qu'il pense que quelque chose d'extraordinaire est en train de se passer entre eux, mais Dorothy sourit et secoue la tête. Puis il dit, Tiens, pourquoi pas chez toi, vu que chez lui c'est pas vraiment possible parce qu'il y a des travaux, en clair, ça revient à dire que ses parents sont à la maison en train de pioncer.

Une autre fois, dit-elle, en déposant une petite bise sonore sur ses lèvres.

Tu pars vraiment, il n'est que minuit, et elle répond qu'il faut qu'elle prenne le métro pour rentrer, qu'elle fasse ensuite ses valises, et qu'après ça, elle prenne le train de nuit pour rentrer à la fac, à Springfield, dans le Massachusetts. Elle a déjà raté les cours d'aujourd'hui, alors elle veut quand même être présente pour passer les épreuves de l'examen d'histoire de l'art. Dorothy est une remarquable menteuse. Ils se disent enfin qu'ils se reverront dans deux semaines, dès son retour de Floride où il tourne dans un film publicitaire. Il lui demande plusieurs fois son numéro de téléphone et, à la fin, elle le lui donne. Le vrai. Elle l'embrasse à nouveau, longtemps cette fois et avec beaucoup de langue,

juste assez pour le regonfler encore un peu, puis, Ciao.
Elle descend au rez-de-chaussée, fait la bise à Sheena et
à Olivia. Quelques pas plus loin, sur le trottoir, elle
aperçoit la voiture du mec de Julie. Dedans, l'obscurité
est totale. Elle distingue quand même la main de Julie
qui, par intermittence, vient s'écraser contre le carreau,
en cadence.

29.

Allez ma grande, retire-moi ces escarpins de verre, et arrête de jouer ta Cendrillon, c'est terminé. Ça me fait chier un max de prendre le métro, faut que je fourre tous mes bijoux dans mon sac et puis que je prenne cet air moche et méchant, menton en pointe, mais à cette heure-ci aucun taxi au monde ne me ramenerait jusqu'à Harlem. C'est un beau gosse, Rich, il est bien foutu aussi mais alors, il est con comme un balai, ceci dit, si Julie et moi on sortait toutes les deux, chacune avec son mec, on pourrait se les faire directement dans sa bagnole qui est un véritable paquebot. J'ai jamais fait ça dans une caisse, ça doit être exactement comme dans un film. C'est drôle comme cette Buick, ça fait chic, branché et tout, alors que Rich, lui est tellement BCBG. Même avec une caisse pareille, il fait pas genre maquereau, ni même roi de la sandale en caoutchouc. Ouais, cette histoire de cours, ça n'a aucun sens, mais après la fac et l'école de business, j'aurai plus à me faire de soucis parce que ça va être Morgan Stanley Investment Banking et cinquante mille dollars par an minimum, ouais, ma grande. Je serai plus obligée de coucher par terre chez Julie ou Olivia seulement parce que je ne veux pas prendre le métro après une heure du mat'.

Ouais, j'aurai mon penthouse à moi et tout et tout. Je serai plus bourge que Sheena, sauf que je serai quand même branchée et au courant de ce qui se passe, pas seulement snob, riche et noire... Pourvu que maman me donne jour de congé demain. Quelle barbe. Ceci dit, c'est pas mal quand ces fils à papa te parlent de leur papa-le-producteur-de-télé ou leur papa-le-microchirugien-célèbre-dans-le-journal et puis qu'ils te demandent, qu'est-ce qu'il fait ton père – ou ta mère, ne va pas croire je suis sexiste, hé hé – et que du tac au tac, toi tu réponds, ma mère tient un café-restaurant à Harlem et mon père est quelque part au Texas. Et juste une fois, j'aimerais tellement qu'un de ces mecs qui ont toujours des prénoms tellement blancs, genre Graham, Brett ou Ethan me dise, Non mais, tu plaisantes, n'est-ce pas ? Mais ils ne disent jamais ça parce qu'ils ont trop peur que je leur arrache les couilles. Merde, prends l'air méchante, prends l'air méchante et ce con de clodo de malade mental s'arrêtera pas, voilà un flic dans la voiture tout près, alors ne te fais pas suer, bien, va embêter cette pute là-bas, elle fait une pause. « Las cucarachas pueden entrar, pero no pueden salir. » *« Les cafards peuvent entrer, mais ils ne peuvent plus sortir. » C'est chouette d'apprendre l'espagnol grâce aux pubs dans le métro, même si je suis déjà bilingue sauf que c'est de plus en plus dur de parler avec la fille qui tapine en bas de chez nous. Qu'est-ce que c'était déjà, ce mot qu'elle m'a sorti hier pour dire tailler une pipe ? Destop ? Dis donc, Richard, tu veux que je te fasse un Destop ? Je te demande pardon, Dorothy ? Un Destop, mon pote, tu veux un Destop ou pas ? Eh, ne t'offusque pas, c'est pour toi que je dis ça. Moi, ça m'est égal. Ça serait trop marrant. Ça aurait fait marrer Bobby. Pour un gosse de millionnaire juif, il est plutôt cool. J'aimerais bien qu'il m'écrive mais je suppose qu'à l'université de Southern California, c'est la nouba vingt-quatre heures sur vingt-quatre. Los Angeles, quel pied. L'année dernière, toute la bande ne faisait rien qu'à partouzer, et on s'est toutes bien fait casser le pot chacune avec son mec en classe de terminale, sauf que cette année, c'est le désert, à part LeVon et quelques footballeurs de l'équipe de Princeton qui sont quand même bien craquants. Des fois, c'est vrai, on est un peu cochonnes et fofolles comme gonzesses, mais dans le fond, nous ne sommes pas si mauvaises que ça, même si je suis sûre que Sheena se croit meilleure que moi mais ça c'est son problème de p'tite bourgeoise noire, pas le mien parce que moi, je ne suis pas une princesse afro-américaine... Merde, j'espère que maman me laissera quand même ma journée de congé demain. Quand on est pauvre, on est pauvre, soit mais l'idée de me laisser baver dessus par des poivrots toute l'après-midi, ça ne m'enchante pas des masses. Et je ne supporte pas qu'on m'enferme dans cette cage en Plexiglas comme une esclave. Ça finira par me tuer, ce truc-là. J'aimerais bien trouver un boulot près de l'école, vendre des glaces chez Haägen-Daz ou dans une de ces papeteries New-Wave ou évidemment dans une boutique de fringues ultra-branchée. Le problème, c'est que j'ai besoin de mucho fricos pour sortir avec les filles. J'ai déjà hâte de prendre ma retraite à quarante-cinq ans et de ne jamais avoir de patron et de ne rien faire sauf siroter des cocktails sous la véranda de ma somptueuse villa des îles Vierges. Et à tous je dirai, Bonjour chez vous!*

30.

Dorothy descend à la station de la 125ᵉ Rue et regarde de l'autre côté de la voie, vers le guichet. Elle aperçoit son parrain. FAIS DE BEAUX RÊVES, MA PETITE CHÉRIE, dit-il en collant la bouche contre le microphone, mais l'installation est si défectueuse que tout ce qu'elle entend c'est CHAISDEDAXKES SELIE. Elle lui lance un baiser et, une fois dehors, le port de tête rigide comme une ballerine, elle traverse rapidement Lenox Avenue – désert – pour gagner la 5ᵉ Avenue où se trouve son immeuble. Lorsque sa mère l'avait inscrite dans une école privée – elle devait avoir environ dix ans à cette époque-là – Dorothy n'osait pas dire à ses camarades qu'elle habitait Harlem, mais plutôt sur la 5ᵉ Avenue, un peu plus vers le nord, là-haut. Avant d'ouvrir la porte de l'immeuble, elle s'assure que la lumière est bien allumée dans le hall. Si ce n'est pas le cas, elle attend qu'un autre locataire arrive, ou qu'une voiture de police passe à proximité. Arrivée à l'ascenseur, elle patiente jusqu'à ce que la porte coulissante coulisse avec ce bruit familier de ferraille, appuie sur le bouton 3 de toutes ses forces pour que le ronronnement électrique du moteur reparte et imprime à la cabine une secousse sonore. Une fois dans l'appartement, elle referme la porte derrière elle. A clef. Le divan de velours est toujours là, sous l'épais revêtement protecteur de plastique transparent. Sur le manteau de la cheminée, on aperçoit une photo de sa sœur prise lors de la cérémonie de remise des diplômes à l'université de Yale. Dans l'âtre, des bûches de plastique rouge qui s'allument et donnent l'illusion d'un feu éternel. Sur la photo, Shawniqua penche la tête de côté, comme si sa coiffe est trop lourde à supporter. A côté du cadre doré, sa mère a scotché un petit mot sur lequel elle a écrit, Tante Nadine est encore malade, je suis partie m'occuper d'elle. J'y passerai probablement la nuit. L'inspection continue : du plat de la main, elle tâte le nouveau téléviseur couleur. Il est encore tout chaud.

Je sais très bien que vous dormez pas, alors c'est même pas la peine d'essayer d'faire semblant, dit-elle en pénétrant dans la chambre de ses frères. Branle-bas de combat, tout le monde aux abris!

Don et Vaughn sont couchés dans leur lit, mais ils ferment leurs paupières avec une telle intensité que leur visage n'est plus qu'une grimace. A tous les deux, elle fait une bise sur la joue. Elle tourne le dos et immédiatement après, ils s'essuyent la joue en la frottant à l'endroit du baiser d'un revers de la main.

Bonne nuit, les petits bidons, et mangez pas toutes les céréales demain matin.

Triomphante, elle referme la porte (*clic*). Des éclats de rire retentissent dans la joyeuse chambrée.

Une fois la porte de sa propre chambre refermée, elle descend de ses chaussures rouges à talons aiguilles et les balance dans le placard d'un coup de pied désinvolte. La fermeture Éclair glisse au bas de son pantalon fuseau, la ceinture se dénoue, elle retient son souffle afin de pouvoir glisser les pouces entre la toile du jeans et son ventre, défait le premier bouton, les quatre autres suivent. Une jambe repliée, puis l'autre, elle fait pivoter son derrière et le dégage du fond de son pantalon. Puis, c'est le coup de grâce : une poussée ferme pour l'arracher de ses cuisses, et le jeans s'affale à terre, mort.

En face de la glace, elle déboutonne son chemisier. Et puis, elle se retourne, intriguée par les jeux d'ombre et de lumière sur la soie de son soutien-gorge. Les pics sombres de ses mamelons ne cessent de se dresser sous la toile. Maintenant, carrément de dos, elle vérifie que l'élastique de sa culotte épouse bien la ligne de ses hanches puis, en se hissant sur la pointe des pieds et en serrant bien les fesses d'un coup sec, il faut que chacune d'elles se raffermisse aussitôt et ne forme plus qu'une solide et jolie petite boule. Au même instant, d'un doigt, elle atteint l'interrupteur. Nuit.

Le 26 décembre 1984

Cher Monsieur,

Votre œuvre, il me faut vous l'avouer, est à mes yeux un véritable défi. Certes, vous n'avez pas renoncé une seule seconde à ce désastreux penchant qui est le vôtre pour la pornographie (penchant ô, combien néfaste et, selon moi, impardonnable) et malgré cela, je suis bien obligée de reconnaître que votre dernier texte sur Dorothy n'est pas tout à fait dénué d'intérêt. Ce tableau de la lutte des classes et de l'assimilation culturelle comme raciale, l'angoisse nichée au cœur même du processus d'ascension sociale (????!) de cette famille de la petite bourgeoisie de Harlem – tout ça pour gagner les sphères de l'élite-blanche-riche-gourmande-de-drogues-douces-à-usage-de-divertissement, typiquement new-yorkaise, eh bien, je crois que tout cela n'est pas si mal rendu. Naturellement, vous n'avez pas votre pareil pour tout gâcher au dernier moment : misogynie omniprésente dans cette peinture des correspondances socio-érotiques, où vous ne pouvez vous empêcher d'éprouver de la compassion pour les mâles, créatures à

187

vos yeux chaque fois manipulées, toujours victimes de la gente féminine. Or c'est précisément cette opinion naïve, outrageusement erronée et, pourquoi ne pas le dire, arriérée, qui ne manquera pas de freiner vos hautes ambitions littéraires.

Quant à la pique de la « joyeuse chambrée », c'est cyniquement s'en prendre à ma prose (reconnue et célébrée par ailleurs), sans toutefois y avois mis – je vous le concède – la haine farouche que j'avais cru déceler lorsque dans votre précédent récit vous me faisiez assassiner à coups de poêle à frire sur la tête et par ma propre mère de surcroît. Evitez à l'avenir de tels procédés. Ce ne sont que coups bas, bien inutiles. Car enfin, il me semble que vous commencez à suivre le conseil tout cordial que je vous avais donné. Croyez-moi, en poursuivant sur cette bonne voie, votre style péniblement schizophrénique y gagnera quelque chose.

Un mot encore quant à ma contribution à ce roman qui est le vôtre. Il est vrai qu'au début de notre correspondance, je n'envisageais pas que les conseils que je vous donnais puissent faire un jour l'objet d'une publication. Or, je manquerais à la plus élémentaire des courtoisies si je ne vous signalais pas que mon éditeur avait exprimé un véritable intérêt pour ce dernier travail. Rassurez-vous, vous serez rémunéré chaque fois que les noms de vos personnages seront utilisés. Par ailleurs, mon avocat est en train de vous établir un contrat au moment même où je vous parle.

Une de mes amies est la directrice d'une agence publicitaire noire, là-bas, à New York. Vos talents pourraient être utilisés de manière plus lucrative si vous tentiez votre chance en rédigeant des slogans ou des textes publicitaires. A cette fin, je lui ai d'ores et déjà communiqué votre adresse. Je suis persuadée que Gloria ne manquera pas de vous appeler dès le début de l'année prochaine.

Avec mes sentiments les meilleurs,

Ethelle Jeussuy

P.S. A vous et aux vôtres, je souhaite un très joyeux Kwanzaa [1] et une bonne année.

P.P.S. Votre attitude, cher Monsieur, à l'égard de la négritude, me plonge dans la plus grande perplexité. Par exemple, j'aimerais savoir – et les forces de police aussi, probablement – si par le plus grand des hasards, une des fenêtres de votre appartement ne donne pas directement sur les vestiaires d'un cours de danse italien.

---

1. Fête afro-américaine qui commémore les ancêtres et l'unité de la famille. Tradition issue de l'ancienne fête africaine du même nom qui célébrait la première moisson de l'année. (Kwanzaa signifie « premiers fruits » en swahili).

31/12/84

Chère Mme Jeussuy,

En règle générale, j'évite toute correspondance personnelle lorsque je travaille au premier jet d'un nouveau roman. Toutefois, votre lettre en date du vingt-six de ce mois m'a incité à déroger à cette règle et à vous répondre sur-le-champ.

Vous avez mille fois raison. Mon écriture et ma réflexion ont changé, se sont affinées et – si j'ose le dire – approfondies. Ethelle – me permettez-vous de vous appeler ainsi – puisque, ayant lu (et apprécié) tout récemment vos ouvrages *le Pa'adis et les Mômes du Seigneur, l'Bon Goût des bajoues d'porc d'maman,* et *Mes grands vieux pieds y vont écraser c'mal-là,* je ressens désormais une authentique complicité entre nous et cela, même si mon œuvre principale, *Rabattu,* n'est à ce jour disponible que dans quelques petites librairies intellos et encore, sous la forme de manuscrit photocopié.

Revenons à *Platitudes.* J'éprouve le besoin de m'expliquer et vous me pardonnerez si je m'ouvre davantage à vous, davantage en tous les cas que ne le permettait notre relation quelque peu conflictuelle de ces derniers mois. L'année dernière, à la suite d'un épisode bien trop laid, bien trop compliqué et finalement trop sordide, et qui ne mérite pas d'être rapporté ici dans le détail, ma femme m'a quitté. J'en fus bouleversé. Naturellement, de par ses origines sociales et jouissant d'une position confortable dans la bourgeoisie noire new-yorkaise, elle s'est ingéniée, en faisant jouer à fond ses relations, à me mettre des bâtons dans les roues chaque fois qu'une position avantageuse – au moins, financièrement – s'offrait à moi dans cette ville. Inutile de vous dire que les temps furent plutôt rudes. De fait, je crains que le stress émanant de ma « vie au quotidien », surtout au cours de cette période de fête que je passe seul pour la première fois, n'ait quelque peu entaché le déroulement de mon récit. Une erreur impardonnable, professionnellement parlant, je vous l'accorde, et cependant humaine, tellement humaine, ne trouvez-vous pas ? Si je trébuche à nouveau, je compte sur vous pour faire preuve de compréhension.

Je suis certain que vous n'ignorez pas que le 20, 21 et 22 février, à l'hôtel Wellesley, ici à New York, aura lieu la Conférence annuelle des auteurs noirs américains. J'ai toujours évité soigneusement de participer à tout ce qui, de près ou de loin, touchait aux « auteurs noirs », ne serait-ce que parce que je considère que de telles cérémonies ne sont que supercherie, événements pompeux, le plus souvent organisés par des écrivaillons et des poseurs, comme cet imposteur expatrié afroflorentin qu'est Richard Johnson (qui, soit-dit en passant, est l'homonyme du petit ami mannequin de Dorothy). En revanche, si vous aviez l'intention d'y assister, je me ferais alors un plaisir de m'y rendre ne serait-ce que pour faire votre connaissance.

Tant que j'y pense, merci de votre intervention auprès de votre amie dans la pub; cependant, je crains malheureusement de ne pouvoir accepter une telle faveur. Voyez-vous, je me suis fait la promesse de vivre quelque temps une vraie vie d'artiste sans le moindre sou vaillant. Toutefois, si *Platitudes* ne trouvait pas de maison d'édition pour l'accueillir, il se pourrait bien que je téléphone à votre amie.

A New York, on peut me joindre au (212) 719-9800. Si pour une raison ou une autre, un message enregistré vous informe que ce numéro n'est plus attribué, n'en tenez pas compte. Je suis en ce moment en pleine guerre avec la compagnie de téléphone et je pense, sous peu, pouvoir régler ce différend à mon avantage.

Votre confrère et admirateur,

Dewayne

P.S. A propos de l'éventuelle publication de votre version de *Platitudes*, de grâce, ne faites rien de précipité. L'état dans lequel je me trouve aujourd'hui ne me permet pas de m'élever avec véhémence contre quoi que ce soit, naturellement. Toutefois, je reste persuadé que nous parviendrons à trouver le meilleur arrangement possible.

P.P.S. Je me suis souvent demandé pourquoi vous n'autorisiez pas votre éditeur à publier votre photographie sur la jaquette de vos livres, si bien que j'ai toujours été particulièrement intrigué de ne pouvoir associer un visage à votre émouvante prose. Il y a peu de temps de cela, je suis tombé sur une interview de vous – splendide, au demeurant – parue dans le magazine *Newsweek* et j'ai été très agréablement surpris de découvrir aussi des photographies en couleur de votre personne, chez vous mais aussi au cours de séances d'aérobic d'autodéfense. Loin de moi l'idée d'être un tant soi peu obséquieux, mais permettez-moi de vous dire qu'à la lumière de ces photos, vous n'avez à rougir de rien. Vraiment de rien du tout.

Et pour donner le change à l'injuste et unique avantage que j'ai sur vous, veuillez trouver ci-incluse une toute récente photographie de moi – « au naturel ».

31.

Au cours de la nuit de lundi, Earle a fait un rêve. Un rêve particulièrement signifiant.

L'endroit : quelque part, indéfinissable. En tous les cas, parfaitement inconnu de lui. Probablement Manhattan, au bord d'une piscine couverte. Ça c'est sûr. Mais il y a des arbres, quelques buissons épars et un canard. Difficile de savoir pourquoi. En gros, ça ressemble au lac Wanawanabe – celui de la colonie de vacances de Winamac où Earle se rend chaque été depuis maintenant cinq ans. Dans l'eau, il y a du monde. C'est même bourré. Earle est en tenue de ville – pantalon, chaussures. Il aperçoit Dorothy. Aussitôt, elle se met à nager dans sa direction puis, arrivée au bord du bassin, se hisse en dégageant lentement ses épaules de l'eau. Elle lui sourit. Il est à plat ventre sur le bord de la piscine. Toutefois, il ne se mouille pas. Il dépose un baiser sur les lèvres de Dorothy et ça ne lui fait même pas peur. Elle le regarde droit dans les yeux et son sourire n'en est que plus large encore.

C'est donc de fort bonne humeur qu'Earle se réveille ce mardi matin. Ce rêve est un signe du destin, se dit-il, une prémonition. Il se redresse dans son lit avant de repousser d'un coup de pied ses couvertures. Puis cette conviction fulgurante s'installe en lui et, d'un claquement de doigts il s'exclame, prémonition, mais c'est bien sûr! Les draps sont tellement chiffonnés qu'il faut les retendre un peu. Il passe la tête dans le couloir et s'aperçoit que la porte de la chambre de sa mère est ouverte. A cette heure de la journée, il est vrai qu'elle est presque toujours partie de son travail.

Maman?

Il enfile sa robe de chambre, pareil à un aigle déployant ses ailes et, nouant machinalement la ceinture autour de la taille, passe le bout du nez dans la chambre de sa mère. La salle de bains est pareillement grande ouverte.

Maman?

Dans la salle de bains, personne non plus. Dans le salon, pas davantage. La cuisine, elle aussi, est déserte. En un éclair, Earle s'empare du rouleau des sacs poubelle, le dévide et en arrache un (*vvvvvvvrrrrrpppp*), retourne précipitamment vers sa chambre, reclaque la porte derrière lui et, l'instant d'après, soulève un coin de son matelas. Etalés bien à plat les uns à côté des autres, à même le sommier, sa collection de magazines cochons. Dix couvertures, dix femmes blanches. Neuf d'entre elles posent en prenant une mine sérieuse, la bouche presque sévère, tandis que leurs longs cheveux volent au vent d'un ventilateur de studio. La dixième, celle qu'Earle préfère, a l'air surprise, la bouche en cœur, les lèvres rouges et humides, les yeux écarquillés. Elle tient à la main une très grosse sucette, en forme de microphone. Earle entasse tous les magazines, sauf miss Décembre qu'il met de côté, et les jette dans le grand sac poubelle. Le numéro de Décembre retombe sur le lit et s'ouvre de lui-même à la page spécial maillot de bain. Miss Décembre a déroulé son maillot jusqu'à la taille, exhibant une somptueuse poitrine, tandis qu'elle se passe les mains dans les cheveux et que ses yeux pétillent.

Adieu, ma chérie, dit Earle en écartant les pans de sa robe de chambre.

Un claquement sec de la porte d'entrée et tout de suite après, une voix : Earle ? T'es debout ? J'ai oublié mon parapluie et il pleut. Earle balance miss Décembre dans le sac et, brutalement, il referme sa robe de chambre en nouant la ceinture à s'en couper le souffle.

Bonjour, mon chéri, dépêche-toi, tu as classe aujourd'hui, tu sais. Oh, tiens, pendant que j'y pense, nous dînons ce soir dehors. Avec Pat. Alors s'il te plaît, ne traîne pas trop longtemps après tes cours et rentre directement à la maison. Bisous, salut.

Ça aussi, c'est un signe, la prémonition se confirme, se dit Earle. Il s'assure d'abord que la voie est libre, jette un regard dans la salle à manger – personne – et se précipite vers la porte d'entrée pour la verrouiller cette fois à double tour. Pourquoi, nom de Dieu, m'as-tu fermé la porte d'entrée à double tour ? croit-il déjà entendre. Mais maman, c'est toi qui dis toujours qu'on n'est jamais trop prudent. [grand sourire] De retour dans sa chambre, il s'empare du sac poubelle et, plaçant les bras sous le fond du sac, il le transporte ainsi vers la cuisine. On ne sait jamais. Il peut y avoir des trous dans ces sacs ou un défaut de fabrication et d'un seul coup, patatras! tout le contenu est par terre, au grand jour, au vu et au su de tout le monde.

Il retire le sac à moitié plein qui se trouve déjà dans la grande poubelle de la cuisine. Avant de le refermer, il ajoute son propre sac aux épluchures d'orange, aux cartons vides de briques de lait, aux emballages divers de fast-food en papier carton, aux boîtes de glaces vides, aux bocaux de pesto vides, aux plateaux en polystyrène expansé blancs maculés de sang de steak. Les *Playboy* et les *Penthouse* désormais enfouis, Earle sort sur le palier et, face à l'ascenseur de service, il dépose le sac d'ordures plus près de la porte du voisin que de la sienne.

32.

Le Dr Blanchard proclame les résultats du dernier match de hockey sur gazon opposant le lycée de Friends à celui de Carver. Friends : 0, Carver : 10. Sa voix parvient, étouffée par l'entassement de fournitures scolaires diverses laissées juste en face du haut-parleur. Aujourd'hui, poursuit-il, le premier cours aura lieu avec une heure et demie de retard, donc à 9 h 30. Ceci afin de vous permettre de répondre aux questionnaires d'une enquête de comportement organisée par le département de sociologie que dirige Madame McRae. Cette éminente sociologue m'assure que toutes vos réponses resteront strictement confidentielles et vous prie de faire preuve d'une grande maturité en participant à cette expérience. La totale franchise de vos réponses, bref, votre profonde honnêteté, sont les éléments essentiels de la réussite de cette expérience.

Chers élèves, j'espère que vous tiendrez compte des remarques de notre cher directeur, surenchérit le professeur Morgan. J'ai moi-même parcouru la liste des questions et je dois avouer, en toute bonne foi, que quelques-unes d'entre elles sont particulièrement délicates. Toutefois, je reste persuadé que les énergumènes que vous êtes se dispenseront, cette fois au moins, d'une curiosité malsaine en essayant de regarder par-dessus l'épaule de vos camarades les réponses qu'en toute honnêteté ils souhaitent fournir. En outre, l'auteur du moindre ricanement, du plus petit rire ou même d'un imperceptible gloussement sera immédiatement pendu jusqu'à ce que mort s'en suive. [Les élèves rigolent] Mademoiselle Rosebloom, auriez-vous la gentillesse de distribuer les questionnaires à vos camarades.

Dans le creux du bras gauche, elle tient les feuilles du questionnaire. De la main droite, elle les distribue. Ça sent très fort l'alcool à polycopier. Lorsqu'elle arrive à la hauteur de la table d'Earle, il ne relève pas les yeux. Alors, elle s'immobilise et attend, tremblante jusqu'à ce qu'il fasse un mouvement de la tête. Elle est toujours furieuse contre lui. Puis, d'un pas chancelant, elle se détourne et poursuit la distribution.

QUESTIONNAIRE SUR LE COMPORTEMENT
SEXUEL DES ADOLESCENTS
Lycée de Friends

Le 8 mai 19---
Mme. McRae/Comp. Sex. Ad.
Nota bene : Toutes les réponses que vous fournirez demeureront STRICTEMENT confidentielles. Votre candeur, votre honnêteté, votre sincérité et votre esprit de coopération nous seront d'une aide appréciable.

Veuillez cocher les bonnes réponses.

1. Classe : Term./Prem./Sec./Trois.

2. Sexe : M/F

3. Age : 19/18/17/16/15/14/autre _____

4. Comment vous décririez-vous ?
a. Studieux
b. Sportif
c. Artistique
d. Marginal

5. Avez-vous déjà eu des rapports sexuels ? Oui/Non

6. Si non, pourquoi pas ?
a. L'occasion ne s'est pas encore présentée
b. J'attends d'être amoureux/se
c. J'attends d'être marié(e)
d. Je ne veux pas

7. Avez-vous déjà pratiqué la fellation ou le cunnilingus ? Oui/Non

8. Si non, pourquoi pas ?
a. C'est pervers
b. L'occasion ne s'est pas encore présentée
c. J'attends d'être amoureux/se
d. Elle (il) me l'interdit

9. L'a-t-on déjà pratiqué(e) sur vous ? Oui/Non

10. Si non, pourquoi pas ?
a. C'est dégoûtant
b. L'occasion ne s'est pas encore présentée
c. J'attends d'être amoureux/se
d. Elle (il) trouve ça dégoûtant

11. Vous êtes-vous jamais masturbé(e) ? Oui/Non

12. Avec quelle fréquence ?
Nota Bene :
Fréquence masculine moyenne – une fois par mois.
Fréquence féminine moyenne : une fois tous les deux mois.
a. Une fois par jour, minimum
b. Une fois par semaine exactement

c. Une fois par mois
(d.) Moins d'une fois par mois

13. Les détails suivants jouent-ils un rôle dans vos fantasmes?
(Cochez toutes les réponses qui s'appliquent à votre cas.)
(a.) Age
b. Race
(c.) Lingerie
d. Technologie
e. Volume des organes

14. Décrivez votre première expérience sexuelle (qu'il s'agisse du simple baiser ou de l'acte lui-même dans sa totalité).
Sur les montagnes russes, avec la fille des amis de mes parents, qui habitent en Géorgie. J'ai passé mon bras autour de ses épaules mais j'aurais pu faire beaucoup plus, et très facilement encore.

15. Si vous n'avez toujours pas eu de rapports sexuels, quand pensez-vous que cela risque d'arriver?
Écoutez, je me réveille tous les jours en espérant que ça va m'arriver, tous les jours de ma vie, j'espère qu'une fille de ma classe ou une star ou n'importe qui s'arrêtera dans la rue pour me dire « Hé, toi, t'es vraiment mignon, tu sais? Je me fiche pas mal de ce que disent tous les autres, je me fiche de ton acné, je suis en train de tomber amoureuse de toi, là, maintenant. C'est un vrai coup de foudre. » C'est rare, bien sûr, et ça n'arrivera peut-être jamais, mais après tout, qui sait, pas vrai? Si ça m'arrivait, je serais le

16. Quelle méthode contraceptive utilisez-vous?
mec le plus heureux de la Terre et ma vie serait parfaite, alors évidemment je prie tous les jours pour que ça m'arrive. Que feriez-vous à ma place? Vous réveilleriez-

vous en disant, non, j'espère que je serai déprimé et
dingue toute la journée et que je resterai comme ça toute
ma vie ? Non, je veux être

17. Si vous ou votre partenaire était enceinte, que
feriez-vous ?

comme dans tous ces films où le type un peu fou mais ado-
rable voit la fille qui est hyper canon et gentille et sexy en
plus, et il l'embête et il fait des folies tout le temps, rien
que pour ses beaux yeux, pendant presque tout le film, et
d'abord elle trouve que c'est un vrai con, et puis quelque
chose se passe et elle se rend compte combien il est super-
génial et ils s'embrassent pendant des heures et des heures
et

18. Et si elle ne souhaitait pas recourir à une interruption de grossesse ?

ils se tiennent par la tête en faisant l'amour, mais c'est
pas comme dans du porno ou dans Playboy, rien dans ce
genre-là, vu qu'ils s'aiment vraiment, alors c'est bien, et
c'est beau et je parle sincèrement.

19. Avez-vous déjà été amoureux(se) ? Oui/Non

20. Si oui, décrivez votre expérience.

Je vais la décrire quand même, tant que j'y suis, parce
que vous devriez poser ces questions à nous autres qui
n'avons jamais été amoureux vu que c'est nous qui avons
besoin d'aide, plutôt que les sportifs, les pompom girls, les
mannequins, et les artistes de mes deux qui sortent avec
des filles depuis la classe de sixième. Ils sont normaux,
eux, alors pourquoi leur poser des questions, à eux ? Moi
par exemple, j'ai rencontré une fille à Harlem, je veux
dire, c'est pas la porte à côté, vraiment à Harlem, et je ne
l'ai vue qu'une minute, en tout et pour tout, mais je
l'épouserais tout de suite et je laisserais tout tomber mes
études et je m'en ficherais

21. Votre relation a-t-elle bénéficié ou souffert du rapport sexuel?

d'aller à l'université et je deviendrais veilleur de nuit ou gardien de musée rien que pour pouvoir lui acheter des trucs, tellement j'en suis toqué. L'Amour, il n'y a que ça qui compte. Tout le monde le dit, dans les films, dans les chansons, dans les livres, alors franchement, qu'est-ce qu'on en a à secouer des machins de doctorat et des bonnes écoles et que moi-même je suis presque en classe de première et que je suis censé m'y intéresser beaucoup et tout ça – et je le fais quand même, croyez-moi – seulement si vous pouviez exaucer un seul de mes souhaits, ce serait que cette fille tombe amoureuse de moi, pas que je reçoive une bourse pour aller faire des études à M.I.T., et pour un élève de Seconde, c'est pas rien de dire ça, si je peux me permettre, parce que

22. Abordez-vous facilement les questions d'ordre sexuel avec vos parents?

je connais plein d'élèves en Terminale qui ne pensent qu'à leurs études et qui s'en fichent pas mal de l'amour, mais quand ils seront riches et à moitié dans la tombe ils découvriront ce qu'ils ont raté. Vous comprenez ma façon de penser? Je pense que quelqu'un comme moi mérite de trouver l'amour puisque je le désire tellement. Mais tout le monde dit que l'amour vous brisera le cœur, ou que la vie est injuste, mais si la vie est injuste, alors à quoi bon, et si on a le cœur brisé, eh bien ça aussi, c'est une expérience en soi et c'est mieux que d'être comme un ordinateur qui ne fait que recracher toujours la même chose

Merci de votre coopération. Nous espérons être en mesure de vous communiquer les résultats de cette enquête dans le courant de la semaine prochaine.

toutes les 1×10^9 secondes comme si on vivait en pilotage automatique.

Eh bien, mes petites canailles, tout le monde a terminé? Bien. Rosebloom, permettez-moi de faire appel une fois encore à votre aide, de bien vouloir ramasser les questionnaires dûment remplis. Par avance, merci.

Janey prend appui sur sa table et se lève. Ses doigts s'agrippent avec une telle force au bois de la table, que les phalanges se vident de sang.

Eh bien, mademoiselle, un peu plus d'ardeur, voulez-vous?

Janey relâche son emprise, plie les genoux et s'écroule à terre. Aussitôt, M. Morgan se précipite. Comme Earle, Andy et Donald sont dans l'immédiate proximité, ils s'agenouillent autour d'elle. Les yeux de Janey sont grands ouverts et fixent le plafond. Sur ses lèvres se dessine un affreux rictus.

Mes enfants, je dois aller m'occuper de ma classe de théâtre, nous sommes en pleine répétition, écartez-vous s'il vous plaît, laissez-lui un peu d'air... Vous trois, rendez-moi un service, voulez-vous? Je ne peux pas me permettre d'arriver en retard pour la grande répétition. Vous comprenez ça. Alors, soyez gentils d'accompagner à ma place Mlle Rosebloom à l'infirmerie, j'expliquerai toutes les raisons de votre retard au commandant Considine. D'avance, merci.

Mais Monsieur Morgan, ça va aller. Je peux aller toute seule à l'infirmerie, dit-elle en se redressant péniblement, le cou plié, la tête lourde.

Ne soyez pas ridicule, vous avez besoin d'aide. Quant à moi, il faut que je m'en aille, je vous l'ai dit... Les garçons, je vous fais confiance. N'abusez pas bêtement de la situation.

Je vais parfaitement bien, les gars, maintenant. Vraiment. Mais c'est quand même sympa à vous de m'accompagner.

Tu plaisantes, Janey, dit Earle. Evanouis-toi autant que tu veux, si ça nous permet de sécher un cours, c'est tout bénéf'.

Elle le regarde, éclate de rire, tandis que ses joues reprennent un peu de couleur. Earle, lui aussi rit de bon cœur. Arrivée à l'infirmerie, elle dit, Merci, merci bien.

33.

Shawn, le garçon de restaurant qui s'occupe de leur table ce soir, vient de leur énumérer un choix de plusieurs sauces vinaigrettes tandis qu'il promène devant leurs yeux une petite ardoise sur laquelle les plats du jour sont indiqués.

Laissez tomber tout ça, je prendrai l'entrecôte, cuite à point, avec des pommes au four, de la crème fraîche dessus *et* de la ciboulette. Et puis des courgettes frites. Quant à la vinaigrette, vous me donnerez la maison – celle qui est crémeuse à l'ail et aux fines herbes, dit Pat Moy, commissaire de police du vingt-troisième secteur de la ville de New York. Sa voix est grave, pareille au grondement d'une lourde machinerie.

Pour moi, ce sera les crabes à la Picaresque, les pommes dauphines au lard fumé et au cheddar, et puis des broccoli frits, et je crois que je vais essayer, moi aussi, la vinaigrette maison. Remettez-moi un kir, dit la maman d'Earle.

Puis-je avoir le steak hâché, s'il vous plaît...

Mais certainement. Et la cuisson, ça sera... ?

A point, oui, et la macédoine de légumes avec de la sauce aigre-douce, et les pommes dauphines au lard fumé mais pas de fromage, et puis la vinaigrette, je prendrai celle qui est à la moutarde, s'il vous plaît.

Un autre thé glacé?

Earle jette un regard en direction du commissaire Moy.

Bien sûr qu'il va reprendre un autre thé glacé.

Pat, as-tu remarqué qu'Earle a perdu quelques kilos depuis la dernière fois? C'est qu'il fait du jogging dans Central Park toutes les semaines.

Bravo, fiston... Et c'est vrai, tu as les joues un peu moins pleines.

Eh, oh, ah, Earle, aujourd'hui aux infos de la mi-journée à la télé, ils ont fait un reportage sur Pat parce qu'il est l'un des rares commissaires de police noirs de New York.

Oh, trois fois rien. Je leur ai ressorti la même rengaine. Comme d'hab, quoi. Je leur ai dit qu'on avait besoin de plus de jeunes hommes et de jeunes femmes noirs intelligents, comme toi tu le seras, Earle, dans quelques années, pour occuper des postes de responsabilité dans la police. Mais c'est vrai que nous avons aussi besoin de plus de Noirs pour être des agents de police de base. Je leur ai rappelé que ça me paraissait totalement absurde d'être en grande majorité dans les entreprises de gardiennage de cette ville, d'être le plus grand nombre aussi parmi les agents de circulation, et que dans la police proprement dite, les Noirs ne soient qu'une poignée. Alors que nous représentons plus de vingt-cinq pour cent de la population de cette ville.

J'ai enregistré l'émission sur le magnétoscope, Earle, si tu veux la regarder tout à l'heure. Oh, et Pat, j'ai une excellente nouvelle à t'annoncer. Comment ai-je pu oublier? Earle, je quitte cette satanée et raciste compagnie aérienne Air Afrique du Sud, pour occuper le poste de porte-parole de la commission de Santé et des Services sociaux de la ville!

Ouaouh, c'est formidable, maman.

Tu trouves aussi, hein ? Et en plus, la CéEssEssEss est entièrement dirigée par des Noirs. Le directeur, Myron Washington, a fait ses études avec ton père à l'université. Alors terminées, toutes ces histoires de bombes qui explosent dans les avions, terminés les piquets de grève devant le bureau. C'était franchement très embarrassant de devoir passer devant tous ces manifestants chaque matin pour aller au travail.

Shawn, le garçon qui s'occupe de leur table ce soir, arrive avec des salades et dit, Vos salades. Il pose l'assiette du commissaire Moy devant le commissaire Moy et dit, Vinaigrette maison. Il pose l'assiette de la mère d'Earle devant elle et dit, Vinaigrette maison. Il pose la salade d'Earle devant lui et dit, Vinaigrette à la moutarde... Puis, les mains libres, il s'empare de son énorme moulin à poivre, le brandit en l'air puis le braque sur la table et dit, Souhaitez-vous un peu de poivre frais ?

Oui, s'il vous plaît/vous plaît, s'exclament simultanément le commissaire Moy et la mère d'Earle. Non merci, dit Earle. D'une main très sûre, Shawn, le garçon qui s'occupe de leur table ce soir, broie les grains de poivre (*grrrrchgrrrrch/grrrrchgrrrrch*) au-dessus des salades. Puis, il se retire.

Maylene, je suis vraiment heureux pour toi et ton nouveau job. C'est un domaine plein d'avenir. Et si tu t'en souviens bien, je t'ai toujours dit que si tu mènes bien ta barque et si un certain ami que nous avons en commun remporte les élections en novembre prochain, tu peux être assurée, à cent pour cent ou presque, que le poste de directrice du service de presse de la mairie, ce sera pour toi. Le commissaire Moy harponne les cœurs de laitue et les fourre dans la bouche.

Oh, s'il te plaît, ne va pas me donner de faux espoirs,

Nat. J'ai horreur d'espérer, d'être sûre que ça va arriver et puis boum, patatras, ça n'arrive pas. Je me rappelle très bien qu'une fois, j'étais petite fille et c'était l'époque de Noël. Je savais que mes parents avaient caché mes petits cadeaux un peu partout dans la maison, mais que pour mon grand cadeau, celui que je réclamais tout le temps, celui que je désirais de toutes mes forces depuis l'été, il devait être caché ailleurs. C'était un grand vélo rouge, flambant neuf que j'avais vu dans la vitrine de la quincaillerie de Monsieur Mason en ville! Eh bien, une semaine avant Noël, comme je le disais, j'étais avec mes sœurs et nous sommes passées devant le magasin de Monsieur Mason et la bicyclette rouge n'y était plus. J'ai demandé alors à Monsieur Mason (un vieux monsieur blanc très gentil qui, avant que ce ne soit permis, laissait quand même entrer les Noirs dans son magasin), je lui ai demandé où était passée la bicyclette et il a simplement souri comme un vieux chat en disant que «quelqu'un» l'avait achetée. J'ai eu peur une seconde, et puis j'ai cru tout comprendre, et je me suis mise à sautiller et à chanter tellement j'étais heureuse toute la semaine durant. Le matin de Noël, il y avait un orage et des grêlons qui tombaient comme jamais. La porte de l'abri de jardin claquait au vent *(clac clac)*, et je me rappelle que j'étais sûre que tout allait s'envoler pour aller s'écraser ailleurs tellement le vent soufflait fort. Mon père a enfilé son manteau par-dessus son pyjama, il a mis ses bottes, et il s'est dirigé vers l'abri de jardin. Moi, j'étais tellement excitée, et je me souviens même que maman lui a dit à ce moment-là de bien faire attention à lui parce que des prisonniers s'étaient évadés et qu'ils rôdaient peut-être encore dans les parages. Eh bien, il est entré dans l'abri de jardin et puis il est revenu avec – eh bien, devinez un peu avec quoi il est revenu! C'était rien qu'un vieux vélo, tellement vieux, et pas du tout la jolie bicyclette que j'avais vue chez Monsieur Mason. Et vous savez ce qui est arrivé à ma jolie bicyclette ? Eh ben, c'est Shreena Gomorrhe, cette fille que tout le monde détestait et qui vivait un peu plus loin sur la route, c'est *elle* qui l'a eue, *ma* bicyclette neuve, pour *son* Noël ! Mais c'est pas fini ! Les prisonniers en fuite lui ont volé son vélo tout neuf pour aller plus vite, mais l'orage était si violent qu'ils n'ont pas été loin, parce qu'ils sont tombés dans un fossé et que la bicyclette, après ça, elle était complètement cassée. Voilà pourquoi maintenant je ne veux plus entendre parler de faux espoirs.

Le steak haché ? C'est pour ? dit Shawn, le garçon qui s'occupe de leur table ce soir, en disposant à côté de la table un tréteau sur lequel il dépose un grand plateau en métal contenant les trois plats et les deux boissons.

L'assiette d'Earle devant Earle, voilà.

L'entrecôte ? Voilà... Le garçon qui s'occupe de leur table ce soir sert la mère d'Earle. Elle s'incline alors vers l'arrière en faisant des gestes de sémaphore.

Oh ! Désolé, madame. Le crabe à la Picaresque, c'est vous. Permettez,... Ballet aérien ininterrompu des assiettes au-dessus de la table... Excusez... Voici... Voilà... Autre chose ?... Alors, bon appétit !

Il est comment, ton hamburger, Earle. Il a l'air fameux, dit sa mère.

Très bien, maman. Et ton crabe à toi ?

Délicieux. Qui veut goûter avec moi ?

Non merci/Non merci.

Le commissaire Moy laisse tomber quelques gouttes de sauce « grillade » sur un coin de son assiette et demande à Earle s'il aimerait faire un petit boulot l'après-midi, après ses cours.

Earle relève les yeux de son assiette, avale sans mastiquer une grosse bouchée de viande, essuie le ketchup au coin de sa bouche. Quel genre de boulot, monsieur ? Parce que j'ai beaucoup de devoirs à faire.

Eh bien, tu le sais sans doute, je suis le responsable du groupe démocrate dans la seizième circonscription électorale de la ville de New York. Nous sommes en train de mettre sur pieds, en ce moment même, une campagne d'information pour inciter les électeurs à venir s'inscrire sur les listes électorales. Tu le sais aussi, il ne reste plus qu'un mois avant les élections primaires pour désigner le candidat démocrate. Je n'ai certainement pas besoin de te dire qu'Al Robinson, l'un des nôtres, a la ferme ambition de déloger Feld de la mairie de New York. Alors, si nous voulons qu'il ait ne serait-ce qu'une petite chance de l'emporter, il faut ratisser large et faire inscrire sur les listes tous ceux qui seraient susceptibles de voter pour lui. Pour toi, il n'y a pas d'argent à la clef, mais la cause est bonne. En plus, cela te fournira une excellente occasion de connaître un peu Harlem.

Je tiens en tous les cas à ce que Earle soit rentré à la maison avant la tombée de la nuit, dit sa mère.

Naturellement... Alors, fiston, qu'est-ce que tu en dis ?

Je commence quand ?

J'aime ça. Bravo fiston, je suis fier de toi. Demain après-midi, c'est parfait.

Oh, tu feras bien attention à toi, mon chéri, même si je suis sûre que rien ne peut t'arriver. Sois prudent quand même. Prends toujours le bus, jamais le métro.

Ça va comme vous voulez ? demande en passant Shawn, le garçon qui s'occupe de leur table ce soir.

Délicieux, dit la mère d'Earle. Miam-miam, ajoutent simultanément le commissaire Moy et Earle, comme pour faire bonne mesure.

Désirez-vous à présent un dessert ? Ce soir, nous avons une tourte chocolat, c'est un gâteau au chocolat particulièrement crémeux – la croûte est faite maison, ici même, et c'est garni d'un chocolat au lait qui ressemble à une mousse de truffe au chocolat, avec des noisettes finement pilées dedans, le tout nappé d'une crème Chantilly et de pépites de chocolat amer de Bulgarie. Ce soir, nous vous proposons aussi une forêt-noire, c'est un gâteau que vous connaissez déjà, sauf que le nôtre est bavarois, avec une crème chocolatée très épaisse sur plusieurs couches, l'ensemble étant surmonté de crème Chantilly, avec des pépites de chocolat amer de Bulgarie et une cerise marasque sans colorant artificiel. Egalement, ce soir, le beignet-à-la-glace, c'est-à-dire une cuillerée de glace du Vermont faite maison, ici même, enrobée dans une pâte française, très fine comme de la pâte à crêpe, et jetée un instant dans une friture d'huile d'arachide fraîche, ce qui fait que l'intérieur reste glacé tandis que la pâte est croustillante. Nous avons aussi des glaces : les parfums du jour sont : Kahlua, une liqueur mexicaine à base de café ; Amaretto, la célèbre liqueur italienne aux amandes ; Cappuccino, à base de grains de café expresso fraîchement moulus, maison, le jour même, ici, sur place. Une spécialité de la maison aussi : un parfum aux céréales, à base de germe de blé, pour ceux qui surveillent leur ligne. Egalement du Chutney à la mangue, du cassis, une liqueur typiquement française, du Bacci, avec de vrais bonbons italiens au chocolat et aux noisettes ; du Nutella, une crème au chocolat et à la noisette faite par Rochet ; et Fraise, à base de grosses fraises exclusivement cueillies à la main dans le New Jersey et bouillies sur un feu de bois de pécanier importé quotidiennement par avion de la paroisse de la Fourche en Louisiane. Et encore, une mousse à la fraise ou alors au chocolat, elles aussi strictement préparées à partir d'ingrédients frais; des tartes à peine sorties du four, aux pommes du New Hampshire, au fromage de montagne de Californie, aux myrtilles du Vermont, à la fraise, à la double-rhubarbe, à la française, toutes pouvant être servies, au choix, avec ou sans glace. Le traditionnel gâteau que nous appelons Mississippi-Gadoue est ici préparé de manière un peu différente. En effet, pour notre croûte, nous utilisons une pâte sablée à base de biscuits au miel et de chocolat amer de Bulgarie accompagné de petits champignons Porcini. Du gâteau au fromage à base de fromage blanc frais de Pennsylvanie, mais cette fois encore avec notre pâte maison, faite ici même, que nous garnissons de pommes, de cassis ou de rhubarbe. Une macédoine, c'est une salade de fruits exotiques, et enfin de la gelée.

Ce sera un café pour moi, dit la mère d'Earle.

Un café pour moi aussi, dit le commissaire. Mais toi Earle, qu'est-ce que tu vas prendre? Faut bien que tu prennes quelque chose.

Il est comment votre Mississippi-Gadoue? demande Earle.

Correct, répond Shawn, le garçon qui s'occupe de leur table ce soir.

34

Le commissaire Moy raccompagne Maylene et Earle chez eux à bord de sa vieille Oldsmobile, modèle Cutlass, de couleur grise. Comme il fait particulièrement doux ce soir, Earle attend sa mère sur le trottoir. Il les aperçoit, encore dans la voiture, en train de se prendre l'un l'autre par les mains pour se dire au revoir une fois de plus.

Maman, t'aurais pu l'embrasser, tu sais, ça ne m'embête pas du tout.

C'est pas tes oignons, ça, mon p'tit curieux adoré, et puis, de toutes les façons, ça ne m'aurait pas plu de faire ça sous les yeux de mon tout petit garçon... Mais parlons plutôt de toi? As-tu une petite amie?

J'en sais rien.

Comment, t'en sais rien? A moi, tu peux tout dire, tu sais, mon ange. Et puis, j'aimerais bien être au courant.

Disons, peut-être bien.

Ohhhh! [elle sourit] Mon chéri, mais c'est formidable. Et comment s'appelle-t-elle?

Dorothy.

C'est une camarade de classe?

Euh, ouais, enfin, si on veut, plus ou moins. C'est difficile à expliquer.

Bon, eh bien, mon ange, je n'ai qu'une hâte, c'est de faire sa connaissance. Je suis prête à parier que ta petite amie est très jolie. Elle est noire ? Navrée de te poser des questions de ce genre, mais...

Oui.

Mais pourquoi ne pas me l'avoir dit plus tôt ? Ça me fait tellement plaisir. A ton père aussi, ça lui aurait fait plaisir. Dieu sait pourtant s'il n'était pas un homme à femmes, lui non plus. Bel homme, soit, mais alors d'une timidité... C'est moi qui ai dû prendre l'initiative de sortir avec lui la première fois, enfin c'était tout comme. Je suis sûre que tu as entendu cette histoire mille fois déjà. Il m'avait invitée à dîner dans un restaurant très chic qui s'appelait le Vieux Chapeau, à Georgetown. A la fin du repas, il s'est mis à fouiller dans toutes ses poches. Il avait oublié son portefeuille ! Par chance, ce jour-là, j'avais touché mon salaire au café-restaurant où je travaillais après les cours. Ce qu'il était gêné...

Quand commences-tu ton nouveau travail, maman ?

Lundi prochain, mais cette semaine, il faut que j'aille quand même au bureau pour reprendre mes affaires. Oh, tiens, au fait, pendant que j'y pense, j'aurais besoin que tu passes à l'épicerie demain soir après l'école, je veux dire après ton boulot. J'ai besoin de quelques cartons. Ça va être une corvée, une vraie corvée de déménager toutes mes affaires de là-bas. Ceci dit, ce sera vraiment formidable de commencer à travailler *pour* les Noirs et non plus contre eux. Mais enfin, tu t'en doutes, il fallait bien régler les factures en attendant.

35.

Faudrait voir à me pieuter rapidos, vu que demain j'ai – comme qui dirait – un rencard avec elle et que ça me ferait mal de me pointer là-bas avec des valoches sous les yeux. Ce serait vraiment la honte si elle disait, ah ouais, le petit nabot grassouillet qu'est dans le genre assez mignon, sauf qu'il a des yeux de chien battu, avec des tonnes sur ses paupières que ça lui donne un air totalement nase ou qu'il est mort ou tout comme. Elle doit habiter quelque part là-bas, peut-être à l'étage au-dessus du restau, si c'est là que vit sa mère aussi. Bon alors, voilà, je me pointerai l'air de rien Chez Darcelle et je ferai celui qui est vachement étonné de la voir. Après ça, je lui sortirai quelque chose de poilant, du style, je ne te rentrerai pas dedans cette fois-ci. Et puis j'éclate de rire, ça c'est cool. Peut-être aussi que j'en profiterai un peu pour lui toucher le bras. Mais non, arrête, espèce d'obsédé, tu vas quand même pas essayer de la tripoter la minute même où tu la revois. Bon, peut-être qu'à la place, je lui lâcherai un truc dans le genre, tu me remets ? Je suis le type qui t'est rentré dedans dimanche dernier, qui t'a tamponnée dimanche dernier, j'espère qu'il y a pas eu trop de bobos. Alors, elle froncera les

sourcils en cherchant à se rappeler et au bout d'un
moment ça lui reviendra. *D'accord. Et maintenant,
qu'est-ce que je dis, vu que la balle est dans mon camp ?
Faudrait que je lui balance quelque chose dans le genre,
A quelle heure termines-tu ton travail ? Mais je vais pas
sortir une connerie pareille vu que tout le monde pose la
même question chaque fois qu'il parle à une serveuse.
T'as qu'à commencer par dire, A quelle heure est-ce... Et
elles pigent tout de suite le topo et te voilà définitivement
fiché à la rubrique imbécile moyen. Bon, alors qu'est-ce
que je vais bien pouvoir lui dire ? A quelle heure Darcelle ferme-t-il ? Voilà ce que je lui demanderai, et elle
me répondra blablabla, et là-dessus je lui glisse, Oh ben,
tu travailles jusqu'à point d'heure, c'est la barbe, ça. Et
après, tu fais quoi ? Autre solution : au fait, es-tu inscrite
sur les listes électorales ? Parce que sinon, je pourrais très
bien passer après la fermeture pour t'aider à remplir le
formulaire/Oui, je bosse à Harlem, moi aussi. Pat Moy,
tu connais ? C'est le commissaire de police et le responsable du groupe démocrate blablabla ? Eh bien, son assistant, c'est moi, alors si jamais tu avais besoin de quoi
que ce soit, hein, tu n'hésites pas, tu me fais signe/
Naturellement, le Cotton Club, je ne connais que ça. On
pourrait y aller pour écouter du jazz et boire des cocktails. On pourrait aller aussi dans une petite boîte que
j'aime bien qui s'appelle le Picaresque... Si c'est oui, il
faudra que j'aille là-bas et que je refile cinquante dollars
à l'Arabe pour qu'il fasse semblant de me reconnaître et
que je puisse lui dire « Comme d'habitude » et alors là,
c'est sûr, elle sera soufflée. Eh, dis donc, si toi et moi, on
dînait en tête-à-tête dans un restau genre grande classe ?
Un dîner aux chandelles et tout le tralala ? Ne va pas
croire que je dis ça à toutes les femmes, mais toi, t'es
vraiment et de très loin la plus belle de toutes, non, vrai
de vrai, je te le jure...* Y a des gars, c'est vrai, qui bara-

tinent les filles à mort, mais moi, c'est sincère ce que je dis./Tu sors avec moi ce soir, ordonnerai-je en la regardant droit dans les yeux. Mais comment ça, tu as un autre rendez-vous? Ben, tu l'annules, tout simplement... Je passe te prendre à huit heures. Ça marche comme ça, super./Voici pour l'addition, mademoiselle... Eh bien oui, en effet, il y a un petit mot d'écrit au revers de la fiche... Vous êtes encore plus charmante lorsque le rouge vous monte aux joues. Alors, huit heures ce soir, c'est entendu?/Oh-là, ma p'tite dame, t'as l'habitude de me rentrer dedans. Oh, mais que non, ça ne me déplaît pas du tout, bien au contraire. Et si on allait quelque part manger un morceau? Tu sais ce qu'on dit sur le coup de foudre. Eh bien, une seconde avant de t'avoir vue, je n'y croyais pas du tout. L'instant d'après, j'ai capitulé./ Lève-moi un peu ce menton, encore, un peu plus sur la droite, voilà, très bien, oui! Tu serais parfaite pour le rôle principal dans mon nouveau spectacle à Broadway... Bon, d'accord, je ne suis pas producteur, pas même acteur, ni rien du tout. Je suis moi, c'est tout, rien que moi, quelqu'un d'ordinaire en somme, mais tout ce que j'ai dit avant, à quel point tu étais merveilleuse, etc., ça, ça continue à être vrai à cent pour cent./Bon, je le savais bien qu'une nana aussi super que toi ne voudrait jamais d'un type dans mon genre... Je le savais. Pardon? Pas un instant tu n'y as cru? Et tu m'aimes bien quand même? Mais c'est extraordinaire!/Bon, c'est vrai, mon père n'est pas milliardaire et c'est pas non plus le type qui possède toutes les marques de cosmétique spécial black... Mais tu m'aimes bien quand même? Toujours? A ça non plus, tu n'y as pas cru? Youpie!/Je ne suis pas la vedette du film le Garçon qui s'est hissé jusqu'au sommet en faisant des claquettes, *mais vu que tout le monde dit que je lui ressemble... Tu le savais aussi mais je t'ai plu tout de suite? Ouais!/Tu savais que lorsque j'ai prétendu être l'auteur de best-sellers policiers pour ados, eh bien, je... Incroyable! Tu le savais au moment même où tu m'as rencontré? C'est dément, ça!/ Mais enfin, qu'est-ce qu'une nana aussi sexy que toi peut bien faire dans un trou pareil?*

36.

Mes enfants, mes enfants! Ne me compliquez pas la tâche, c'est déjà bien assez difficile comme ça. Taisez-vous plutôt. Le commandant Considine ne plaisante pas. J'ai un rendez-vous très important avec le représentant de la société Digital, Binaire & Cie au sujet de notre nouvelle imprimante ultra-rapide H.D. cinquante et un. Je ne suis donc pas en mesure de boucler la leçon avec vous aujourd'hui. Alors, de grâce, soyez raisonnables. Terminez votre travail et mettez vos copies sur mon bureau avant de quitter la salle. D'avance merci et à demain.

Earle, Andy et Donald avaient terminé leur travail avant même que le commandant Considine ait fini de parler. Cette fois, Donald a battu Earle et Andy d'une courte tête. Donald aurait bien aimé en profiter pour expédier le message suivant :

BISQUE, BISQUE, RAGE!

sur leur écran d'ordinateur, mais voilà, depuis le fameux incident survenu en classe d'informatique, le commandant Considine, ayant compris que ces trois-là communiquaient entre eux et dans le plus grand secret, il a mis au point des verrouillages indéfaisables par ses élèves. Andy et Donald s'affrontent à présent dans une partie de « Donjons et Dragons ». Le père d'Andy l'a abonné au magazine *ComputerWorld* et grâce à ça, il sait maintenant comment on fait pour pirater tous les jeux qu'on veut et les installer sur son ordinateur, même si ça occupe beaucoup de mémoire. Earle, quant à lui, tente de s'introduire dans un programme militaire de défense civile supposé informer la population de tous les lits disponibles dans l'abri atomique le plus proche de chez soi. Il le fait pour s'amuser, c'est vrai, mais surtout pour fayoter auprès du commandant, surtout à la suite de l'histoire que vous savez. Distrait par le bruit d'une respiration saccadée, Earle quitte son écran des yeux. C'est Janey qui aspire à fond, qui soupire en sifflant, qui s'attrape des mèches de cheveux pour les tordre dans tous les sens. C'est pas qu'elle soit carrément nulle, vu qu'elle vient de remporter un prix de poésie, mais question ordinateur, elle est vraiment zéro. Alors Earle se décale légèrement vers elle et lui demande ce qui ne va pas.

Je n'arrive absolument pas à comprendre cette fonction ENVOI/SUITE ni même celle qui dit SI/ALORS, dit-elle. Earle se lève de son siège et lui demande ce qu'elle ne comprend pas au juste, et elle répond, Mais *tout*. Tandis qu'il se penche au-dessus de son épaule pour mieux examiner son écran, tout en expliquant ce qui logiquement devrait se passer, le parfum de Janey monte vers lui et lui chatouille les narines. C'est ça, l'odeur d'un rayon de soleil. Quant à sa robe d'été, l'échancrure laisse voir les deux demi-globes de ses seins qui gonflent chaque fois qu'elle respire. Ce décolleté, naturellement, il en perçoit toute la profondeur, mais son cœur désormais appartient à une autre...

Tu veux dire que la fonction SI me donne toutes les

données et que la fonction ALORS me prend les données pour en faire quelque chose, c'est tout ? demande-t-elle.

Par-dessus son écran, Andy jette un regard en direction d'Earle et lui adresse un clin d'œil. Puis, formant un cercle de sa main gauche, l'index arrondi rejoignant le pouce, il y introduit l'index tendu de sa main droite et mime un mouvement de va-et-vient. Tout ça dans le dos de Janey. Naturellement, Donald, qui a tout vu, rigole.

Ecoute, dit-elle. Je donne une petite soirée vendredi chez moi. Toi, Andy et Donald, vous êtes les bienvenus. Ça commencera à dix heures du soir. C'est au 1040, 5e Avenue, appartement 17 B. Vous avez été rudement sympa hier, les gars, de m'avoir accompagnée tous les trois à l'infirmerie.

Jamais encore une aussi jolie fille ne s'est adressée à Earle de cette manière-là. Alors forcément, sous sa peau brune, il se met à rougir. De retour à son ordinateur, il l'éteint et, au même moment, la cloche de l'école se met à retentir, un peu comme si c'était lui qui venait de déclencher la sonnerie.

37.

Les cours de la journée terminés, Earle se sépare de ses camarades de classe et s'engouffre dans le métro, direction Harlem où l'attend son nouveau boulot. Or, connaissant Earle comme nous le connaissons, nul doute qu'il est, en ce moment même, passablement anxieux. Espérons toutefois que cette anxiété est moins intense qu'elle ne l'aurait été s'il avait dû se lancer dans une telle aventure au tout début de ce récit.

Passée la station de la 116e Rue, aussitôt Earle ramasse le cartable qu'il avait jusque-là laissé à terre, entre ses genoux et, sans se lever, en quelques mouvements de fessier discrets, il se laisse glisser tout le long de la banquette de plastique gris vers la porte de sortie du compartiment. Lorsque le train s'arrête à la 125e Rue, il bondit sur le quai et grimpe les escaliers de la station, quatre à quatre, pour être le premier arrivé dans la rue. Earle a oublié de se munir d'un plan du quartier, pas étonnant donc qu'il soit un peu déboussolé. Un homme coiffé d'un bonnet de laine rouge, noir et vert, et vêtu d'une longue et ample tunique blanche, cherche à lui vendre des bâtons d'encens mais Earle refuse poliment et lui demande où se trouve le

Club démocrate Jean Toomer. L'homme répond : c'est par là, frère, et pointe le doigt dans une direction. La longue manche blanche de sa tunique pend, béante, pareille à une gigantesque bouche qui bâille à s'en décrocher la mâchoire.

Immeuble du Club : une moitié du perron seulement est repeinte. Celle de droite. Au sommet des marches, un vieillard examine, non sans une certaine fierté, cette nouvelle peinture verte qu'il vient tout juste d'appliquer et qui scintille encore d'humidité. Il redescend, du côté qui est sec, en marquant un petit arrêt pour retoucher du bout de son pinceau les cinquième, sixième et neuvième marches.

Je parie que tu n'aurais jamais pensé à ça, pas vrai, Earle, dit le vieillard, en lui tendant aussitôt la boîte de peinture par l'anse de métal et la brosse par le manche de bois.

Comment savez-vous mon nom ?

T'occupe donc pas de ça, dit-il en se retournant un instant pour remonter les marches. Earle lui emboîte aussitôt le pas mais l'homme l'arrête d'un geste. La main gauche du vieil homme bat l'air comme s'il continuait à peindre dans le vide.

Deuxième couche, mon p'tit.

La deuxième couche passée, Earle abandonne enfin le perron pour pénétrer dans l'immeuble. Une voix résonne :

Bon, ben, alors, si t'as fini ça, pose-moi donc le pot de peinture là-bas, près de la porte et ramène-toi par ici pour que je sois pas obligé de te gueuler dessus.

Pardon, monsieur, je n'ai pas retenu votre nom.

Ben, forcément, fiston, vu que j't'l'ai pas encore dit, réplique Stevie en prenant une balle de base-ball sur une étagère en équilibre instable pour la lancer aussitôt en direction de la figure du jeune garçon. Earle l'esquive en un éclair. La balle rebondit à terre pour frapper la vitrine du magasin, faisant tomber sous le choc trois grandes affiches cartonnées à l'effigie d'Al Robinson, Votre nouveau maire.

Si ça s'était pété, devine un peu qui qu'aurait raqué pour le carlingue? Pas le Stevie, ça c'est sûr.

Stevie?

Ben de quoi, de quoi? Stevie, tu trouves que ça fait un peu trop jeune et moderne pour une vieille cloche comme moi, c'est ça? Ben, sache que, quand j'suis né, on m'appelait déjà Stevie et que quand j'mourrai, on m'appellera encore probablement Stevie et puis bon, assez bavardé, au boulot maintenant!

Earle est mécontent. Il demande, Pourquoi êtes-vous donc si grincheux?

Ben, tu t'attendais à quoi d'autre de la part d'un pauv'vieux concierge qu'a plus qu'la peau sur les os?

Tiens, tiens, bonjour, Earle, dit le vieil homme. Le commissaire Moy m'a prévenu de ton arrivée. C'est avec plaisir que je te serrerais la main, mais je ne voudrais pas mettre de la peinture sur tes vêtements d'école tout propres. Le perron te plaît comme ça? Vois-tu, j'ai été obligé de peindre une seule moitié à la fois, sinon on n'aurait pu ni entrer, ni sortir avant que ça ne sèche impeccablement... Oh, toutes mes excuses, quelle impolitesse de ma part, mais tu sais comment nous devenons, nous autres les vieux. Je m'appelle Stevie, Stephan Freeman, mais les gens d'ici m'appellent Stevie d'après le personnage du feuilleton télé Jump Street que tu connais sûrement, alors fais comme tout le monde et appelle-moi... Pardon? Je suis un peu dur d'oreille, tu sais comment nous sommes, nous autres du troisième âge, alors il faudra que tu parles un peu plus fort que d'habitude, mais tu n'es pas obligé de crier, non plus, je ne suis pas tout à fait sourd, pas encore du moins, Dieu merci. T'as faim ? Parce qu'il y a des bei-gnets là-bas que les dames de la boulangerie d'en face nous ont offerts, et du café, du thé et puis une espèce de chocolat instantané. Fais comme chez toi, prends ce que tu veux.

Non merci, monsieur. J'ai déjeuné à l'école. Puis-je cependant vous poser une question ?

Vas-y, fiston.

Qui est ce Al Robinson dont le commissaire Moy m'a parlé hier soir ?

Bonne question, fiston, c'est même la seule qu'on puisse raisonnablement se poser et qui pourrait donner un sens à notre présence ici. Voilà, Al Robinson est Noir et il veut être maire de la ville de New York. Les élections primaires qui l'opposeront à Wesely Feld le maire sortant auront lieu le 20 juin. Après quoi, bien entendu, le vainqueur de ces primaires se présentera en novembre contre le candidat Républicain. Le truc, c'est que nous devons faire inscrire tous les nôtres avant le 3 juin, date limite de participation à ces primaires. Voilà l'histoire et toute l'histoire. D'ailleurs, tu n'as pas besoin d'en savoir davantage. A présent, il faut que je mette un peu d'ordre par ici avant que les autres recrues n'arrivent. Mets-toi donc à ton aise.

La porte du Club démocrate Jean Toomer est recou-verte d'une affiche d'Al Robinson. L'expression de son visage est empreinte d'une certaine gravité, mais aussi d'une authentique bonté. Le vieux parquet de la salle grince. Il est propre et fort bien entretenu. Accrochés aux murs fiers de leur Histoire, une suite de portraits familiers : Malcolm X, Frederick Douglass, Sojourner Truth, Harriet Tubman, Martin Luther King Jr., Sto-kely Carmichael, Amiri Baraka, Angela Davis, Huey Newton, Bobby Seale, John Carlos, Marcus Garvey,

Sekou Touré, Jomo Kenyatta, Patrice Lumumba, Albert Luthuli, Nelson Mendela, Paul Robeson, Jean Toomer, Jesse Jackson, James Baldwin, Ralph Ellison, Richard Johnson, LeRoi Jones, Richard Wright, Toni Morrison, Alice Walker, Stevie Wonder, la famille Jackson, et tout musicien de jazz important ayant jamais existé.

Au fond de la pièce, sur les étagères d'une petite bibliothèque, il y a une collection plutôt écornée de livres de poche d'auteurs afro-américains. Earle parcourt du doigt un premier titre, puis un second et ainsi de suite jusqu'à tomber sur un épais volume de couleur marron. L'index en forme d'hameçon, il dégage le volume de la rangée, le libérant de la compression qu'il subissait entre les autres exemplaires. Sur la photo, une femme de couleur, les narines frémissantes, un chapeau de paille en lambeaux sur la tête, un long brin d'herbe sèche entre les dents, les yeux brûlants de mille feux. Au-dessus de sa tête, ceci : *l'Bon Goût des bajoues d'porc d'maman* d'Ethelle Jeussuy auteur du best-seller *le Pa'adis et les Mômes du Seigneur.* Sous le portrait de couverture, ceci encore : *Collection Uhuru de fiction afro-américaine contemporaine* et *Bientôt sur les écrans!* Et au dos de la jaquette, enfin : « *La prose de Mme Jeussuy... brûle de tous les feux de la probité, scintille de tous les éclats d'une imagination fertile, et chatoie de la lumière d'une technique d'écriture époustouflante et pleine d'innovations* » – supplément littéraire du New York Times. Un peu plus bas : *Jewelle Wilcox, une jeune fille noire, intelligente et passionnée, se sent prisonnière d'une petite ville du Sud qui ne comprend pas sa soif insatiable de célébrité, de connaissance et de perfection. Mais quand Slyde Slim, bel homme, beau parleur, paré d'un costume zazou, débarque sur Main Street au volant de sa rutilante Hudson rouge, Jewelle croit enfin ses prières exaucées.* [nouveau paragraphe] *Tout au long de cet été 1938 dans le Mississippi, si magnifiquement rendu tout au long de ces pages, cette jeune fille, si naïve et cependant si douce, apprend les dures leçons de la vie, de l'amour, de l'échec. Les larmes et les éclats de rire, les incertitudes et les gémissements rencontrés au cours de sa sexualité naissante sont rendus ici de manière exquise, pareille à une vérité nue, aussi nue que possible, familière à tous ceux qui auront été amoureux jusqu'à l'aveuglement.* Un peu plus bas encore : « *Un bijou de roman... Un rare délice... Un triomphe... Si vous ne deviez lire qu'un seul livre cette année... Un de ces romans qu'on dévore plus qu'on ne le lit et qui, une fois refermé, laisse le lecteur dans un état d'éblouissement parfait... Une seule envie subsiste, celle de lire le prochain chef-d'œuvre de cet auteur* » – Richard Johnson, supplément littéraire du New York Times. Sur le rabat intérieur de la jaquette, Earle lit : *Ethelle Jeussuy est née à Tallulah, en Géorgie, en 1948. Elle a fait ses études de littérature à Spelman College, à Atlanta. Après avoir commencé ses études en vue d'une maîtrise, à l'université de Yale, elle a brusquement changé de cap, préférant se consacrer à l'écriture romanesque plutôt qu'à leur critique littéraire. Son premier ouvrage,* Doux Jésus, filez-moi un homme qui en vaille la peine! *fut publié en 1973 et fut récompensé par le prix si convoité – Saltonstall Fellowship de l'université de Mount Holyoke. Ethelle Jeussuy a également obtenu le Prix du livre Rockefeller pour* Mes grands vieux pieds vont écraser c'mal-là. Enfin, au dos du livre, tout en bas, en forme de liseret, on peut lire les indications suivantes : Illustration – Gravure de Eva May Jones/ Fiction/ISBN : 5-085-9866-7/US $4.95/Can $5.20/GB 2L50p.

Stevie, monsieur, est-ce que je peux emprunter celui-là pour chez moi ? demande Earle en exhibant le livre.

Bien sûr, prends ce que tu veux et autant que ça te dit. C'est une sorte de bibliothèque de prêt, ça. Tu prends un livre, tu le ramènes, tu apportes aussi peut-être un vieux livre à toi. Stevie détourne le regard, abandonnant Earle, pour se fixer sur la porte d'entrée. Earle aperçoit cinq personnes, quatre dames noires et un jeune homme blanc, grimper par le côté sec du perron.

Bonjour les bénévoles, comment allez-vous en cette belle journée?

Ça va/ça va/bien/bien.

Chacun de vous sait déjà quel est son secteur, vous trouverez les stylos et formulaires d'inscription là-bas, à côté des autocollants. Je vais montrer à Earle – c'est notre dernière recrue – comment remplir les formulaires, ce qu'il faut dire, et des petits trucs dans le genre...

Et c'est exactement ce que fait Stevie. Vous pouvez me croire.

38.

Le secteur attribué à Earle se trouve à l'angle de la
125ᵉ Rue et de Lenox Avenue. S'il tombait à la renverse, sa tête s'écraserait très exactement sur le pail-
lasson de Chez Darcelle.

Opération Dorothy, mise à feu, c'est parti! mur-
mure-t-il.

Un grand nombre de Harlémites passent devant lui
et jettent un coup d'œil sur les formulaires d'inscription qu'il tient dans le creux de son bras comme s'il
s'agissait d'un bébé.

Pardonnez-moi, madame. Etes-vous, par hasard,
déjà inscrite sur les listes électorales? Aux premiers
mots de la question, il s'adressait à la joue de la pas-
sante; aux derniers, il n'aperçoit plus que le col de
son chemisier, vu de dos. Quatre pas plus loin, pourtant, elle s'arrête, jette un coup d'œil à gauche, puis à
droite, mais sa tête, progressivement, se tourne en
direction d'Earle. Puis ses épaules, ses hanches et
enfin ses pieds font une lente volte-face. Elle fixe
Earle droit dans les yeux à présent, lui adresse un
coup de menton. Il recule d'un pas, ramène la pile
des formulaires à hauteur de son épaule pour que le

230

message POUR VOTER : INSCRIVEZ-VOUS! puisse être clairement perçu.

La femme plisse les paupières et s'approche. Oh! dit-elle, je vous ai pris pour un de ces fanatiques religieux, et moi je n'ai besoin que d'un seul Dieu dans ma vie, doux Jésus! Et celui-là me suffit.

Etes-vous inscrite sur les listes électorales, madame? La date limite pour voter dans cette primaire cruciale approche rapidement.

Eh bien, non, non, je ne le suis pas. Devrais-je l'être, mon petit?

Si vous n'êtes pas inscrite, vous ne pouvez pas voter, et si vous voulez avoir votre mot à dire sur le choix d'un candidat comme Al Robinson ou le maire sortant Feld, il faut vous inscrire avant le 3 juin.

Eh bien, ça devrait *se voir* que je suis pour Robinson. C'est l'un des nôtres et en plus c'est un brave homme.

Earle lui tend un formulaire, un bloc-notes pour prendre appui dessus et un stylo, indique du doigt les cases où il faut cocher, les blancs qu'il faut remplir, laisse tomber les autres cartes à terre, les ramasse sans parvenir tout à fait à les remettre dans l'ordre.

Merci, mon petit, je suis fière de voir des petits gars comme vous faire ce que vous faites.

Etes-vous inscrit sur les listes électorales?... Etes-vous inscrit sur les listes électorales?... Etes-vous inscrit sur les listes électorales?

Excusez-moi? intervient une voix féminine.

Il se retourne. Ses paupières s'ouvrent démesurément tandis que sa poitrine est brusquement parcourue de convulsions.

Dorothy, dit-elle, en se désignant elle-même du doigt. On s'est « croisés » dimanche dernier.

Je m'-

Earle, ouais, je n'oublie jamais un visage. Ma mère t'a

vu bosser pour la campagne électorale, ce qui est plutôt cool parce que c'est pour la cause et tout ça, alors elle m'a demandé de t'apporter ce soda.

C'est rudement gentil de ta part. Non, mais sincèrement, euh, merci, vraiment.

T'es adorable, Earle. Au moment où elle disait : adorable, elle a touché aussi son avant-bras. Voilà à présent qu'elle s'en retourne, direction le café-restaurant de sa mère.

J'ai une envie folle de me jeter à terre en me tortillant tout ce que je peux et de gueuler Oouuaaiiss! puis de sauter en l'air en pivotant et de gueuler plus fort encore YOU-PIE! mais je ne vais pas le faire vu que je pourrais le faire parce que je vais être heureux maintenant pour-le-restant-de-mes-jours!

Earle plaque les deux mains sur ses joues en feu et les presse pour faire sortir tout le sang bouillonnant qui lui monte au visage.

Salut Earle. Deuxième jour des inscriptions, hein, pas vrai? Bon, moi, tu vois, je suis *ravie* qu'on soit enfin jeudi. «Dieu merci c'est jeudi.» Tu piges? Ça rime. Alors, comme ça, t'es toujours planté là, mais ça a l'air pas mal désert, ton secteur, tu dois passer ton temps à tailler le bout de gras tout *simplemen' ave' les vioques* qui bossent pas, quoi.

Oui, jusqu'à présent, je n'ai recueilli que six inscriptions, mais beaucoup me disent qu'ils ont déjà leur carte d'électeur.

Comme Al Robinson se présente, cette fois-ci, nombre d'entre nous s'intéressent à cette élection et vont aller voter, pour changer. Il n'empêche que tous mes amis et toutes mes amies qui habitent en ville, eux, vont quand même aller voter pour Feld.

Oh, tu vis dans le Upper West Side, Dorothy?

Non, penses-tu, mais je suis plutôt dans le genre modéré pour une Harlémite, tu ne trouves pas ? Je suis au lycée Sainte-Rita et depuis que j'y suis, j'ai plus jamais été la même.

Moi je vais au lycée de Friends et j'habite à l'angle de la 90ᵉ Rue et Riverside Drive.

Tiens, je vais tout le temps chez Picaresque, c'est pas loin de chez toi, ça.

Oh, mais je vois très bien où c'est, j'y vais fréquemment, moi-même. *Tu jactes comme un putain de robot devant elle, espèce de blaireau. Ça m'étonnerait pas qu'elle éclate de rire ou qu'elle te crache dessus.*

Elle plonge son regard dans le sien. Eh bien, voici ton soda, dit-elle. Elle lui touche le bras, mais cette fois-ci en le pressant légèrement. A demain.

Bon dieu, si elle m'avait regardé rien qu'une seconde de plus, ça aurait été la combustion vive. On n'aurait retrouvé qu'un tas de vêtements fumants sur le trottoir.

Earle, ça y est ! Dieu merci, c'est vendredi ! Entre le boulot et les cours, le vendredi je suis totalement nase. Alors, y'a plus qu'à me passer des fringues *civilisées* pour que je puisse m'éclater tout le week-end.

Ouais, je vois ce que tu veux dire. Je suis vraiment fatigué – euh, nase – moi aussi.

Alors qu'est-ce que tu fais ce soir ?

Je vais à une boum, je crois.

Formidable ! Moi aussi, c'est complètement pareil. Je te jure que si je ne me défoule pas bientôt à mort, ça va être l'asile pour moi, et directos, tu piges ? Oh, ma mère dit que si tu veux autre chose que du soda, t'as qu'à le lui dire. Te gêne pas.

39.

Quand elle m'a demandé ce que je faisais ce soir, j'ai failli pisser dans ma culotte parce que je croyais qu'elle allait me demander de sortir avec elle. Mais quand est-ce que je dois prendre l'initiative, voilà la vraie question. Elle m'aime bien et tout ça mais je ne veux pas me comporter comme n'importe quel branleur qui ne penserait qu'à la piner, vu que je m'en fiche de ça maintenant et pour un gars comme moi c'est beaucoup dire, et je pourrais rester là à regarder son sourire pendant des jours comme une vraie banane et je me ficherais même complètement de ce que disent les gens, vu que tout ce que j'ai envie c'est de plonger dans ses yeux à elle et d'y rester pour y vivre à jamais. Peut-être que je pourrais lui dire, « ça te dirait d'aller au cinoche ? » Alors, elle saurait qu'elle me plaît et qu'elle pourrait dire oui ou non, ou peut-être que je n'ai qu'à être honnête et lui dire, « hé, tu me plais bien et ça te dirait de sortir avec moi », mais non, non espèce de tare, qu'est-ce que t'es lourdingue ; elle va croire que tu veux la demander en mariage – ce qui, en fin de compte, serait plus ou moins cosmique et nos bébés seraient minces et beaux et intelligents. Mais quand même, cette fois-ci elle ne m'a pas touché en disant au revoir, je me demande ce qu'elle essaie de me dire par là ?

40.

Eh bien, amuse-toi comme il faut à ta petite boum, mon chéri, mais promets-moi de rentrer à la maison avant une heure du matin. Tiens, ça c'est pour le taxi. T'es mignon tout plein, tu sais. [bise]

Earle, Donald et Andy se sont donnés rendez-vous à l'angle du Metropolitan Museum et de la 5ᵉ Avenue, simplement parce qu'Andy leur jure que les gonzesses les plus canons de la ville passent toutes par là. Les Ternaires avaient synchronisé leur montre pendant le cours du commandant Considine, si bien qu'ils se pointent simultanément à vingt et une heures quarante-cinq précises tandis que la sonnerie de leur montre électronique respective se déclenche de concert. Titititititititi/Titititititititit/Tititititititit.

Bon, alors, oui ou merde, est-ce qu'il va se décider à leur dire enfin où il s'est taillé tout de suite après les cours ? demande Andy en s'adressant à Earle mais Earle se contente de répondre qu'il fait un petit boulot ces derniers temps. Alors Donald réplique que la mère d'Earle a dit qu'il ne travaille en vrai que jusqu'à dix-sept heures mais qu'il n'est jamais rentré chez lui avant l'heure du dîner, et puis à la fin, Andy dit carrément

235

qu'Earle, il a changé pour de bon, qu'il est plus le même qu'avant. Pour toute réponse, Earle hausse les épaules et tout le monde baisse les yeux pour consulter sa montre. Attendu que l'appartement de Janey est situé à l'angle de la 86ᵉ Rue et de la 5ᵉ Avenue, et qu'ils se trouvent, eux, à l'angle de la 81ᵉ , qu'il faut au moins une bonne minute de marche pour parcourir un pâté de maisons, plus le temps de prendre l'ascenseur, donc, ils se mettent en route parce qu'il est déjà vingt et une heures cinquante-trois, très exactement.

En chemin, ils échangent leurs impressions sur la colonie de vacances informatiques – Megabytes – et ils se disent à quel point ça va être super d'y aller bientôt, combien ils vont pouvoir en apprendre sur les techniques de programmation et en plus ils seront en pleine campagne, et que ça en jettera vraiment un max, une expérience comme ça, sur leur C.V., lorsqu'ils rédigeront leur lettre de candidature à l'université. Puis Donald demande à Earle s'il ne trouve pas un peu bizarre, quand même, que Janey les invite à sa boum après ce qui s'est passé avec le correcteur de texte et l'accident et tout ça, étant donné aussi que tout le monde au bahut trouve que les Ternaires sont de vrais nœuds. Earle dit qu'il pense que c'est parce qu'ils l'ont aidée quand elle était malade et Andy se demande si elle n'est pas mourante maintenant.

Une immense limousine Lincoln glisse devant l'immeuble de Janey. Le véhicule est tout noir et au-dessus des pare-chocs avant, il y a ces espèces d'ouïes de poisson, l'emblème de la Lincoln Continental, qui font que la calandre de la bagnole ressemble même à un requin. Sur le coffre, il y a une antenne de télé noire, on dirait de la sculpture moderne. La vitre teintée à l'arrière du véhicule fait *mmmmmmmm* et une fille noire supersublissime sort la tête pour voir si le numéro de l'immeuble qui flotte sur la marquise est le bon. Le chauffeur quitte son siège pour aller lui ouvrir la porte et elle descend, suivie par deux autres nanas ravissantes, une blonde portant une mini-jupe en cuir noir et une brune en mini-jupe rouge. Toutes les trois portent des chaussures à talons aiguilles de couleur vive – le style préféré des Ternaires. Elles pénètrent dans l'immeuble, et au moment où les garçons les rejoignent dans le hall, le portier est déjà en train de raccrocher l'interphone en disant, Vous pouvez monter maintenant, mesdemoiselles. Andy s'écrie, Un instant, liftier, s'il vous plaît! et Donald et Earle sont sur le point de mourir de honte vu que lorsqu'Andy commence à prendre l'accent anglais pour dire « liftier » plutôt qu'ascenceur, à coup sûr, ça veut dire qu'il est sur le point de tout gâcher. Les filles disent qu'elles vont à une soirée, comme si elles préféraient se dépêcher plutôt que de les attendre, persuadées que ces trois types-là ne sont sûrement pas invités à la même fête. Mais Andy dit qu'eux aussi, ils sont invités et que c'est pour la boum de Janey Rosebloom, qu'on peut annoncer Andy Williams et compagnie. Alors, le portier, qui est un chic type, rappelle l'appartement de Janey, met au clair la situation et les laisse enfin monter à leur tour.

Parvenues à l'étage de Janey, les filles sortent en se bousculant, filent sur le palier, s'arrêtent brusquement, éclatent de rire, puis entrent dans l'appartement. Earle dit que si Andy recommence avec son accent à la con, il va lui casser la gueule pour de bon et Donald secoue la tête, l'air navré, comme pour dire que c'est pas croyable ce qu'Andy peut être débile des fois.

Dinguediguedongue fait la porte et lorsqu'elle s'ouvre, la musique bondit à leurs oreilles. Janey passe la tête dans l'entrebâillement et sourit – non, mais vraiment – en découvrant ses nouveaux invités. Les gars entrent dans l'appart' et elle les débarrasse en leur disant de se mettre à l'aise. Les trois filles d'avant sont déjà affalées sur le divan, leurs jambes nues bien en vue, et Janey dit que le bar est là-bas et désigne du doigt un *vrai* bar, exactement comme dans un bar, et il y a toutes sortes d'alcools. Andy dit qu'il va se faire un screwdriver [1], sans doute parce que c'est le seul nom de cocktail qu'il connaît, et Donald dit, Eh ben, moi aussi.

Earle, laisse-moi te montrer l'appartement, dit Janey en lui faisant traverser le salon puis la salle à manger. Le bureau, dit-elle, en ouvrant la porte sur une télé à écran géant, une stéréo d'un mètre et demi de haut, et une table de billard avec une lampe Tiffany placée exactement au-dessus du centre du tapis de feutre vert. La chambre de mon père, dit-elle juste avant d'ouvrir la porte suivante. La pièce vibre de tous les éclats d'une chaude teinte brune : bois, verre teinté et carapaces de tortues naturalisées. Ma chambre, dit-elle, en poussant la dernière porte du corridor. Des murs roses forment un fond pour une photo de James Dean, une reproduction de Modigliani, et une autre – *la Femme bleue* – de Matisse, plus un vieux poster de Richard Gere. Au centre de la pièce se dresse un lit à baldaquin rose, pareil à une langue en bonne santé à qui on demanderait de faire Ahhhhh. Earle dit, que c'est beau!

Oh, arrête, ça craint, je sais, mais j'ai rien changé depuis que j'étais petite fille.

Tous les deux rejoignent les autres invités et, après que Janey ait dit combien elle est contente qu'ils soient venus à sa soirée, qu'ils vont à la même école maintenant depuis des années sans pour autant se connaître, elle s'écrie : Bill! en direction d'un type quasiment chauve vers qui elle se précipite pour se jeter aussitôt

---

1. Cocktail à base de jus d'orange et de vodka.

dans ses bras. Elle tient beaucoup à présenter Earle à son petit ami, Bill.

Toutes mes félicitations, champion, chuchote Andy à l'oreille d'Earle. Elle est déjà maquée avec quelqu'un. Donald est juste derrière lui en train de dire qu'Earle s'est pris une veste à cause d'un type qui est pratiquement chauve, mais Earle réplique que désormais il n'y a que de l'amitié entre elle et lui. Là-dessus, évidemment, Donald et Andy font Ouais, c'est ça, parle à mon cul ma tête est malade. Donald lui dit qu'il vaut mieux faire preuve de réalisme. Prends par exemple ces deux affreux boudins là-bas, l'une est couverte de boutons et l'autre est grosse comme une baleine, ces deux-là seraient donc parfaites pour eux.

On dirait que quelqu'un d'important vient juste d'arriver parce que les supernanas se lèvent d'un bond du divan et courent vers la porte, en gloussant, sauf la blonde aux cheveux courts qui tient la main d'un type. Les Ternaires essaient de pas avoir l'air totalement débiles – mais rien n'y fait parce qu'ils ont quand même l'air totalement débiles – au moment où entre dans l'appartement une perle noire totalement cool.

Classieux, dit Dorothy à Janey, ton appart' est classieux. Elles se font la bise en souriant comme si elles étaient les meilleures amies du monde, ce qui n'est pas complètement à côté de la plaque vu qu'elles étaient très bonnes copines l'année dernière en colonie de vacances des Pom-Pom Girls; même Sheena, Olivia, et Julie aiment bien Dorothy. En tout cas, Janey n'est pas une S-T-F-C (salope-totale-folle-du cul) même si elle est au lycée Friends où les filles se lâchent totalement question cul. Une fois qu'elles se sont toutes embrassées et qu'elles se sont dit salut/salut à la porte, elles se retirent dans un coin, où Olivia demande à Dorothy de deviner qui est ici et qui est aussi le petit ami numéro *uno* de Janey, et Dorothy dit Qui ? Olivia dit Monsieur Buick Electra Rose décapotable, voilà qui, et il s'appelle Bill, Julie ne savait même pas comment il s'appelait, et Julie s'amène à ce moment-là en disant Petite garce, j'avais justement oublié son nom à celui-là et puis, de toutes les façons, c'est un mauvais coup, ce mec, même si sa voiture est super-dingue. Dorothy éclate de rire et demande à Julie ce qu'elle va faire maintenant, mais Julie lui retourne la question; qu'est-ce qu'elle entend par là ? Rien du tout, parce que vise-moi ce bel *uomo* fringué en veste Armani. Il est à elle, alors attention, hein, propriété privée, chasse gardée, pas touche! Ou alors, elle les sort, ses griffes! Elle se retourne vers lui et Armani lui passe le bras autour de la taille.

Faut absolument que Dorothy vise ces trois têtes de nœuds là-bas, les deux Noirs et le Blanc, ou peut-être qu'un des Noirs est métisse, peu importe, quand ils étaient tous en bas, le Blanc a fait, Un instant, liftier! avec un accent britannique à la con comme s'il était anglais, et elles ont dû attendre des heures avant de comprendre que Janey les avait aussi invités à sa soirée. Puis Dorothy s'écrie Earle! Mais personne ne comprend pourquoi, non plus. On sonne à la porte et Dorothy dit Ça doit être LeVon, tiens il a fait vite pour se garer.

Andy acquiesce de la tête tout en faisant semblant d'adhérer à ce que lui dit Earle alors qu'il est évident qu'il n'en croit pas un traître mot, alors il dit Oui Earle, mais bien sûr que tu la connais, cette fille – seulement en rêve, quoi. Et en rêve bien-bien humide, hein (puis Andy agite sa main entre ses jambes comme s'il s'astiquait le manche), mais Earle dit qu'Andy peut être un vrai beauf' des fois, le sait-il ? Et Donald dit, Eh bien, si elle vit à Harlem, pourquoi est-ce qu'elle est sapée comme ça... Le mec, par contre, *lui* est de Harlem. Les garçons regardent ce gigantesque type noir, il pourrait arracher la porte d'entrée de ses gonds et Donald jure que c'est ce footballeur de Carver qui s'appelle LeVon, mais tout le monde l'appelle Mongo la Bête. Puis LeVon passe son bras autour de la jolie nana noire que Earle prétend connaître et elle, à son tour, entoure la taille de Mongo la Bête et Andy dit, Deux à zéro, tu l'as dans le dos, Charlot ! Earle s'éloigne rapidement.

Les membres rigides, Earle se dirige vers les toilettes avec les mouvements saccadés d'un petit soldat à ressorts. Il se cogne contre la porte. Julie et Armani sont dans la cabine de douche. La porte de la douche est ouverte. A les voir, on dirait qu'ils sont sur le point d'entamer la tringlette. Earle pisse, crache dans la cuvette, sort.

Dans le corridor, à nouveau, Earle se tient debout, le dos légèrement écarté du mur, les bras croisés sur sa poitrine, serrés comme des lacets de chaussures. D'un mouvement de chevilles, il pivote, bascule en arrière et ses épaules cognent contre le mur *(poum)*. Il ne déplace pas ses pieds pour autant, malgré le changement de son centre de gravité. Il ne dénoue pas ses bras, non plus. D'une poussée des épaules, il s'écarte du mur, se tortille pour se remettre debout et retombe en arrière *(poum)*. Refrain.

Je ne le crois pas. Non seulement elle a un petit ami mais en plus c'est Schwarzenegger dans Conan le Barbare. *J'aurais dû m'en douter. Elle est trop belle pour toi, gros lard, pourquoi ne peux-tu pas te contenter d'un petit boudin, d'une grassouillette boutonneuse, qui pue de la gueule et qui te déteste.*

Ah, te voilà donc. Tu ne m'as pas vue, toi ? Quand tu as dit tout à l'heure que tu allais à une soirée, je ne savais pas que tu parlais de celle-ci ! J'ai oublié que tu allais au lycée Friends, comme Janey, mais quand je t'ai vu avec tes copains je me suis dit, Ma vieille, mais on dirait bien que c'est mon pote Earle... Je reviens de suite. Faut que j'aille aux toilettes.

C'est occupé, dit-il, tandis qu'un gémissement aigu s'échappe par la porte.

Oh, mon Dieu, voilà où elle est passée. Dorothy glisse la main, puis le bras sous celui d'Earle. Bras dessus bras dessous, ils s'en retournent au salon et s'asseyent sur le divan.

Sa cuisse est collée contre la mienne, pour de bon, pourtant il y a assez de place sur ce divan pour qu'elle puisse s'éloigner de moi si elle me trouve dégueux, mais où est passé Conan le Barbare? *C'est tout moi ça, je vais me faire casser la gueule à mort par un monstre alors que j'ai rien fait du tout.*

Tu sais, Earle, je me disais, c'est quand même drôle qu'on soit tous les deux banlieusards, si tu veux. Bien entendu, c'est un peu différent dans ton cas puisque tu habites les mêmes quartiers qu'eux. Il n'empêche, ici, c'est comme si nous deux, on formait un pont...

Viens danser, dit Mongo en tendant la main à Dorothy.

Une seconde, LeVon, je te présente Earle. Earle, LeVon... Oh et Earle, je ne travaille pas lundi, alors passe chez moi, j'habite tout près du restaurant, au numéro 2032, 5e Avenue, juste en face de ton Club démocrate, appartement 3G... OK, LeVon, je te suis.

Ça ne fait pas un pli, l'instant d'après Donald et Andy disent, Nom d'un chien, comment se fait-il qu'il la connaisse? Elle est super-canon, pas autant que Janey peut-être, mais quand même c'est un vrai bon coup, et c'était gentil à elle de lui parler plutôt qu'à ce géant qui, pensait Andy, allait casser la figure à Earle d'une minute à l'autre, tellement il avait l'air d'être en colère. La prochaine fois, ils n'ont qu'à le croire quand il dit quelque chose, vu qu'il la joue dans le genre cool. Puis Donald raconte à Earle qu'il y a deux filles normales qui leur ont filé leur numéro de téléphone, à lui et à Andy, alors il va y aller là-bas pour inviter la fille à danser ce slow. Donald se dirige vers elles et Andy dit, Eh ben, moi aussi et il lui emboîte le pas en marchant comme un chef de gang motard ou quelque chose dans le genre.

LeVon est totalement agglutiné à Dorothy – il a si peu confiance en lui, il est si immature – un peu comme s'il avait besoin de rivaliser avec cette tête de nœud tout grassouillet qu'est Earle, alors que lui, c'est une montagne de muscles, bon, pas vraiment brillant, intellectuellement parlant, mais des fois, faut bien le reconnaître, les filles font des fixations sur des trucs complètement différents. Ah, maintenant il s'appuie très fort contre Dorothy, comme s'il voulait d'abord faire un trou dans sa robe avant de la baiser. On dirait. Ouais, il fait exactement comme le matou de Sheena qui arrosait tout ce qu'il trouvait dans la maison avec sa pisse puante pour montrer que partout, c'était son territoire jusqu'à ce qu'ils le fassent châtrer. Puis Julie revient des toilettes, tout sourire, et Olivia dit C'est pas possible, à force, elle va finir par se choper une des ces infections carabinées. Là-bas, à côté de la porte d'entrée, il y a ce gros petit Black – Earle – que Dorothy dit connaître avec ses copains ringards qui s'apprêtent à mettre les voiles. Au moment où ils disent au revoir à Janey (on l'a vue plus jolie, hein?), Dorothy fait un petit signe de la main à l'intention d'Earle en disant, Tu passes me voir, pas de blague, hein? Je compte sur toi. Mongo la fait pirouetter et la tamponne d'un coup de bassin mais, cette fois-ci, faut bien le reconnaître, il serait tout à fait injuste de lui reprocher quoi que ce soit.

41.

Mais enfin, Earle, je croyais pourtant t'avoir dit de ne pas venir ici quand il pleut, dit Stevie. Les lundis pluvieux, c'est ce qu'il y a de pire, personne ne veux s'arrêter pour remplir un morceau de papier trempé. Et moi qui espérais enfin pouvoir m'occuper de l'autre moitié du perron. Un beignet, ça te dit ?

Merci, monsieur.

Mais enfin, pourquoi tu me donnes du « Monsieur » comme ça ? M'oblige pas sans arrêt à te dire de m'appeler Stevie. Bon, mais enfin, puisque t'es là, je vais te mettre à contribution. Tu peux commencer par m'aider à virer ces tables de là pour que je puisse laver le parterre. Faut que ce soit nickel, attendu que ce soir, le commissaire Moy vient nous faire une petite démonstration de causerie politique, tout ce qu'il y a de sérieux.

Stevie, est-ce que les choses vont réellement changer avec Al Robinson ?

Le sourire de Stevie quitte ses lèvres, s'affaisse aussitôt pour s'écraser au sol. Il pose son doigt sur la joue d'Earle. Suis-moi, fiston.

Earle suit Stevie, en silence, longe le couloir avant de

parvenir à la fenêtre du fond de la pièce. Derrière le bâtiment du Club démocrate s'étend un terrain vague. Là, des tendons de métal rouillés surgissent de colonnes en ciment brisées. Sous ces nids d'acier et de pierre, un marais de boue troublé par les gouttes de pluie qui tombent et le dos noir et luisant des rats qui se trempent dans les flaques d'eau.

Sur ce terrain-là, en bas, dit Stevie, on était censé construire un immeuble à loyer modéré, et qui se serait appelé le Count Basie. Vois-tu, juste avant la dernière élection, ce guignol Feld avait promis que s'il était élu, la première chose qu'il ferait, ce serait de construire l'immeuble en question. Et bien, nous autres Noirs, nous l'avons cru et nous l'avons élu, et comme promis, le premier jour de son mandat, ya eu un grand défilé et il est venu couper le ruban et il a posé la première pierre avec une truelle en argent ou un truc dans le genre. Y a eu des bulldozers aussi et des grues et bientôt, ces colonnes de ciment qui ont commencé à se dresser. Un mois plus tard, le maire Feld a dit que la ville avait des problèmes de trésorerie et il a donc *provisoirement* interrompu les travaux. Ça, c'était il y a six ans. A vrai dire, cet homme-là n'est pas du tout l'ami des Noirs, ni des Portoricains non plus d'ailleurs. T'as qu'à demander au commissaire Moy si tu ne me crois pas. Lui aussi, il ne renonce pas facilement et il va jusqu'au bout, et personnellement j'espère qu'il se présentera un de ces jours pour faire acte de candidature.

Ils reviennent sur leurs pas, vers la porte d'entrée du Club démocrate, tandis que le rythme rock de la pluie s'estompe quelque peu pour passer en mode soul musique.

Earle et Stevie se baissent légèrement de part et d'autre d'une longue table de métal, placent leurs doigts en dessous, se redressent, avancent de biais, pieds écartés, pieds joints, pieds écartés. Ils déplacent les autres tables de même, puis encastrent les chaises en plastique de couleur orange à pieds métalliques jusqu'à ériger une colonne si haute qu'elle se met à vaciller. Dehors, le bruit de la pluie cesse tandis que celui des sirènes, de la circulation et de la foule s'élève de nouveau, sans oublier le crépitement continu de l'eau qui tombe des gouttières de l'immeuble.

File maintenant, Earle. Je veux te voir en pleine forme demain et comme ça nous pourrons enfin inscrire tout ce fichu quartier sur les listes électorales.

42.

Merde, mes plans foirent toujours au dernier moment, on ne peut jamais compter sur rien. Il pleuvait si fort tout à l'heure, qui aurait cru que ça allait s'arrêter d'un coup, comme ça. [paf] On aurait été en plein été, bon, tu pourrais toujours dire que quelqu'un t'a poussé devant une de ces bornes d'incendie que les mômes ouvrent pour jouer dans la rue, mais là, qu'est-ce que tu vas faire... On se calme, assume, t'affole pas, pas de panique. T'as encore une bonne demi-heure avant le début de l'opération... Ça y est! Mais oui, Une voiture! Une voiture! Dis simplement que tu marchais, tout simplement, dans la rue quand une voiture t'a éclaboussé. Rien de plus simple. Ouais, dis ça tout simplement, et puis, ni vu ni connu, j' t'embrouille comme on disait autrefois parce qu'elle te demandera de retirer ton pantalon mais attention, attention, attention, n'oublie pas que c'est pas sexy, que ça t'arrive tout le temps, donc, t'excite pas et va pas bander à mort ou alors, à coup sûr, tout sera gâché. Elle te passera sa robe de chambre pendant que ton pantalon sèche et elle dira que tes genoux sont très mignons, vous parlerez ensemble de tout et de rien et elle découvrira à quel point t'es vraiment intéressant comme type, et après, y aura un moment de silence, et tout de suite après, vous vous embrasserez.

43.

Earle glisse la main dans la poche de son blouson, en retire son portefeuille, défait la bande velcro du fermoir, en extirpe le minuscule agenda qui s'y trouve pour en vérifier une fois de plus l'adresse exacte de Dorothy. Sur la chaussée de la 126e rue, il y a cinq nids-de-poule gorgés d'eau et le caniveau semble être en crue.

Earle tourne la tête à gauche, à droite, puis se retourne. Le long de la rue, plus de la moitié des immeubles sont inhabités – de grandes plaques d'acier aveuglent les fenêtres et condamnent les portes – bref, on dirait qu'il n'y a vraiment personne d'autre que lui dans les environs. A la surface des caniveaux flottent toutes sortes d'étranges petits objets. Parfois sur cinq flaques d'eau, quatre sont des nappes d'huile qui brillent. Earle siffle tout en avançant à pas mesurés. Face à la cinquième flaque, il jette un regard rapide autour de lui, inspire profondément puis, de tout son long, se laisse tomber à plat ventre, les deux bras en avant pour faire des pompes, sur la chaussée, juste au-dessus de la flaque.

Euhmmmmmmpffffff!

Une large calandre de voiture pile net, à hauteur de sa tête. Earle se jette sur le côté et roule en faisant des tonneaux jusqu'au caniveau. Puis, d'un bond, il se remet sur pieds.

Tu, pendejo, estas loco, verdad[1]?

Les manches de son blouson sont trempées jusqu'aux coudes et grises de saleté. De l'eau brunâtre dégouline de ses pantalons sur ses souliers.

Paré à l'abordage, dit-il avec le sourire aux lèvres.

L'immeuble qui se trouve au numéro 2 032 de la 5ᵉ Avenue n'est pas laid. Pas de portier à l'entrée, bien sûr, mais la porte est fraîchement repeinte et la liste de noms des locataires à proximité de l'interphone est en bon état, comme la peinture sur les murs qui ne semble être craquelée nulle part. Earle découvre le bouton 3G et le nom «Lamont», lève la main droite, pointe l'index et appuie sur le mur, juste à côté de la sonnette.

Sois pas mauviette, change de vie.

Il appuie sur la sonnette, cette fois.

Oui, répond une voix, couvrant à peine le grésillement électrique de l'appareil.

Earle. C'est Earle Tyner, celui qui

MMMMmmmmMoyezzz

Une fois à l'intérieur de l'immeuble, il ouvre la porte de l'ascenseur, pénètre dans la cabine et appuie sur le 3. Au troisième étage, Earle suit l'ordre alphabétique des portes, de 3A à 3D jusqu'au fond du corridor, puis revient sur ses pas et passe à l'autre bout du corridor. 3G, enfin. Il fait un peu de sur-place dans ses souliers encore mouillés et d'un mouvement vif, appuie sur la sonnette.

Earle! Je suis ravie que tu aies pu venir. Entre. C'est plutôt calmos ici, j'étais juste en train de me détendre

----

1. Imbécile, t'es dingue hein?

en écoutant des disques de James et de Bill – James Ingram et Bill DePopulaire.

Earle tire sur sa chemise trempée. Ça fait toile de tente tendue d'un seul côté. Il frissonne.

Mon dieu! Qu'est-ce qui t'est arrivé? Enlève-moi ces trucs trempés.

Elle le prend par la main, l'entraîne jusqu'à la salle de bains. Là, elle le laisse et il se déshabille. Elle frappe à la porte en réclamant ses vêtements trempés.

Il n'y a pas de sèche-linge dans cette maison, mais je mettrait tes affaires dans le four à basse température. Elle revient à la porte de la salle de bains et lui tend sa robe de chambre par l'embrasure de la porte. Dans la cuisine, il y a une casserole d'eau sur le feu. Dorothy réapparaît, le trouve maintenant dans le salon.

Ne regarde surtout pas cette fausse cheminée. Non, mais *cette* faute de goût, j'te jure!

Earle prend place sur le divan, les genoux serrés. Depuis la chambre de Dorothy s'échappent les plaintes mélodieuses d'un saxophone. Elle lui tend une tasse de thé. Du pouce et de l'index, il pince la soucoupe en se redressant et reprend aussitôt sa position initiale sur le divan de velours recouvert d'un film plastique protecteur.

Un taxi borgne m'a éclaboussé sans raison aucune.

Le thé te fera du bien... T'es mignon tout plein en robe de chambre de fille. [elle rit]

Elle s'installe à côté de lui, si près que l'impact du poids de son corps soulève celui d'Earle, comme une vague douce. Du même coup, son thé se renverse dans la soucoupe. Il tire sur les pans de la robe de chambre, de haut en bas, de manière à cacher au maximum ses deux genoux, serre une fois de plus le nœud de la ceinture, tandis qu'irrémédiablement et comme par magie, l'ourlet de la robe de chambre se rétracte.

Fais attention à ce que tes cuisses ne soient pas en contact direct avec ces housses plastique de *très* mauvais goût plus d'une minute, dit-elle, sinon tu seras à jamais soudé au divan, surtout en été. Ça fait rudement mal, en plus.

Merci. *Tu pourrais pas sortir quelque chose, espèce d'arriéré. Pense « intelligent » pense « intelligent » pense « intelligent ».*

T'es pas du genre bavard, Earle, pas vrai?

En effet, surtout lorsque j'ai sous les yeux une aussi belle fille que toi. Pas vraiment, en effet, mais j'en sais rien, à vrai dire.

T'as plutôt l'air d'un intello, ce qui est aussi bien. Dans quelle université penses-tu aller?

eMMMmaaIiiiiiTiiiiie ou Caltech.

Beurk! Tu crois pas que ça risque d'être un peu barbant d'aller dans ces universités scientifiques? J'veux dire, il n'y a pratiquement pas de filles là-bas, ni la moindre activité sociale....

Je suis si près je vais vraiment t'embrasser mais non! On se calme! Tu vas tout gâcher et après elle aura peur de toi. On se calme! Bon, plus simple. Je vais compter jusqu'à dix et à dix, j'y vais ou peut être que j'attendrai que sa bouche soit à moitié ouverte comme pour dire loup ou soupe ou une mot comme ça, c'qu'elle est belle, elle est incroyable.

... Tu ne te sens jamais mal à l'aise avec ta clique politique des fois? Je sais qu'on ne devrait pas dire des trucs pareils après les droits civiques et tout ça, mais est-ce que tu te sens toujours différent des autres uniquement parce que tu es noir?

Dis encore mules, *ou* houx *ou* cool *encore une fois sinon je vais crever sur place.* Ouais, sans doute, ouais.

Tu sais, c'est comme si on disait, Bon, il y a les gens que tu fréquentes là-bas et puis le toi qui est ici.

Oui, je comprends parfaitement ce que tu veux dire. C'est vrai qu'on se sent pas mal isolé des fois. *Nous, fou, mou, chou, joue, joujou.*

Je *savais* que tu comprendrais! Elle lui presse le genou. Il se recule aussitôt. Oh, qu'est-ce que je viens de faire, demande-t-elle.

Ooouh? mais non non nonononon non Non Non! T'as paniqué, t'as même fait un bond en arrière quand Elle a essayé de t'embrasser. Oh mon dieu, elle te déteste à présent et en plus, elle pense que tu es pédé.

HeinnnMMMMMmmmmmooozzz

Allo? dit-elle dans l'interphone. LeVon? Monte.

Earle, silencieux, s'agrippe brusquement au coussin du divan tout en scrutant la pièce – la porte de la salle de bains, les portes des chambres à coucher, les rideaux. Il se précipite vers la cuisinière, ouvre la porte du four, en retire son pantalon tiède et humide.

Salut, LeVon [bise], entre donc.

Earle tient son pantalon serré contre sa robe de chambre, à hauteur de la taille. Il lève les yeux vers Mongo la Bête. Earle esquisse un mouvement des deux joues à la fois mais ne parvient à mimer le sourire. Mongo regarde la tête d'Earle, le pantalon d'Earle, le visage de Dorothy. Même mouvement de joues chez Mongo, même incapacité à sourire. Il se retourne et s'en va.

Qu'est-ce qu'il y a – demande-t-elle en courant après lui. Puis, Oh! dit-elle, il a pensé que tu... Elle montre le pantalon du doigt. Comme il est nigaud. J'ai horreur du genre jaloux, mais je ferais mieux d'aller lui expliquer la situation à ce grand bêta. Navrée pour tout ça, hein. Tout en parlant, elle retire du four la veste, les chaussettes, la chemise d'Earle, les transporte rapidement dans la salle de bains, les pose sur le couvercle rabattu des toilettes. Je suis navrée de te chasser, mais il faut que je règle le problème avec ce grand fou, c'est maintenant ou jamais.

Lorsqu'Earle quitte la salle de bains, Dorothy défroisse le col de sa veste en glissant ses doigts sous les revers encore tièdes. En bas, dans la rue, elle lui serre le bras.

A demain, dit-elle. Le soda sera prêt.

Le 20 janvier 1985

Dewayne,

Pardon de faire preuve à présent de tant de familiarité en vous saluant mais après avoir achevé la lecture de votre dernier récit, je me suis sentie tout simplement honteuse de mon attitude passée à votre endroit. J'ai fait preuve de mesquinerie, oui, et de cruauté aussi, parce que je vous prenais pour un crétin misogyne et parfaitement dénué de la moindre sensibilité avec un goût prononcé pour tout ce qui s'apparente aux mauvais traitements infligés aux enfants. Pas un instant, je ne me suis doutée que vous n'étiez en fait, qu'un être humain de plus au cœur brisé. Tout cela fait que le regard que je portais sur votre œuvre s'est radicalement transformé et, par suite, j'ai décidé de ne pas publier mon propre ouvrage – ou du moins pas avant que nous soyons parvenus tous les deux à un accord satisfaisant et équitable.

Je trouve que *Platitudes* est bien lancé sur ses rails à présent et se développe convenablement. Cette perspective qui consiste à entrecroiser deux-histoiresd'amour-complètement-différentes s'inscrit dans un genre romanesque bien défini et très apprécié depuis fort longtemps. Et puis, si un tel cadre suffisait à Shakespeare, alors...

Votre travail est également beaucoup moins « sexy », que par le passé, si vous me permettez d'utiliser ce terme-là. Je n'en veux pour preuve que ce passage où Earle s'introduit dans la salle de bains de l'appartement de Janey au moment où « on dirait que [Julie et Armani] sont sur le point d'entamer la tringlette » (soit dit en passant, quel merveilleux choix de noms pour des personnages!). Finis donc vos examens exhaustifs du décolleté des jeunes filles comme de ces descriptions explicites, du genre inventaire, de l'onanisme nocturne de notre cher Earle. Vous m'en voyez positivement ravie.

Naturellement, cela me touche aussi de vous voir, au beau milieu de votre récit, faire mention – et de manière si appuyée – des ouvrages que j'ai pu écrire. Souffrez cependant que je puisse ne pas me prononcer quant à l'efficacité (doit-on ajouter la sincérité ? ? ? ?) d'un tel passage même s'il me fait vous avouer l'embarras qui fut le mien (pour ne pas dire l'émotion) lorsqu'un sentiment incontrôlé de fierté me submergea à la relecture des anciennes critiques de quelques-uns de mes ouvrages. Vous ne l'ignorez pas, je n'ai jamais été une adepte ni une admiratrice de vous autres que nous regrouperons, pour faire vite, sous l'étiquette d'« Expérimentalistes » et il m'est arrivé à plusieurs reprises de trouver votre « école » disons, un peu trop sûre d'elle-même, pour ne pas dire insolente. Toutefois, force est de reconnaître que cette liberté de style qui est tellement la vôtre, eh bien, il m'est arrivé de l'envier. Oui, parfois, de l'envier.

Quoi qu'il en soit, le propos de cette lettre n'est pas

uniquement destiné à vous informer de mon changement d'état d'esprit, mais aussi de vous faire savoir que
je compte effectivement assister à la Conférence des
auteurs noirs américains. Par conséquent, je serai à
New York du 21 au 24 février. J'avoue être impatiente
de faire enfin votre connaissance. Comme le dirait l'un
de vos personnages, d'un ton plus argotique : « Et puis
elle lui fait, Et si on allait bouffer un truc ensemble ou
quelque chose dans le genre... »

Très sincèrement vôtre,

Ethelle

P.S. A la librairie *City Lights*, ici, à San Francisco,
j'ai découvert votre manuscrit *Rabattu* et je dois dire
que je commence à apprécier comme il se doit l'énormité de votre talent. Quoique souvent paillarde, à vrai
dire, votre œuvre n'en est pas moins également fort
amusante. En lisant la notice biographique vous
concernant, j'ai été agréablement surprise d'apprendre
que vous aviez quitté l'université de Stanford pour
devenir le coordinateur de l'A.S.M.E., l'Action sociale
en faveur de minorités ethniques à Maybeline. Or,
comme vous le savez sans doute, Maybeline n'est située
qu'à une demi-heure de route de Tallulah, ma ville
natale, dans le comté de Lowndes. J'ai été également
étonnée d'apprendre que vous étiez cantonné au Bénin
avec le Peace Corps. Je me suis moi-même rendue au
Togo et au Libéria, en 1977, en compagnie d'un collègue. La connaissance de tels détails me permet désormais de déchiffrer plus convenablement les diverses
opinions que l'on découvre ici et là au cours de vos
récits, notamment sur les questions de races et des relations qui se nouent entre elles, et par suite, je ne m'en
sens que plus à l'aise, infiniment.

P.P.S. Merci pour la photo. Curieusement, je m'attendais à découvrir un homme grassouillet (Earle, en version adulte), ou peut-être encore une grosse et ronde tignasse agrémentée de longs favoris broussailleux et une veste militaire, façon commando, comme celle que vous portiez sur la vieille photo attachée à votre manuscrit. Je fus donc plutôt surprise de découvrir un athlète. Quant à moi, outre l'aérobic et la danse, j'aime nager pour garder la forme.

44.

Un billet pour moi et un autre pour ma petite amie,
dit Earle à la caissière isolée dans sa cabine en Plexiglas. C'est elle là-bas et d'un coup de menton, il
indique la direction où elle se trouve.

Combien te dois-je ? lui demande Dorothy.

C'est la maison qui offre, p'tite môme. *Continue à
jacter cool comme ça, c'est tout simplement super.*

Ils empruntent l'escalier mécanique qui conduit du
hall d'entrée du cinéma à la salle de projection, chacun
sur sa marche d'acier strié de rigoles rectilignes. Earle
lui dit, Regarde ça – il faisait déjà ça quand il était
gosse. Il fait rouler une pièce de monnaie qui descend
le long de la glissière contiguë à la rampe de caoutchouc noir. La pièce de monnaie prend de la vitesse au
cours de la descente et, d'un seul coup, s'envole, passe
entre deux individus qui vont aussi voir un film, pour
atterrir dans la petite fontaine juste en dessous, fontaine
dédiée à la recherche médicale afin qu'elle parvienne
dans les prochaines années à mettre au point un traite-
ment efficace contre le bégaiement et autres difficultés
d'élocution. *(plouf)*

Projeté sur l'écran, un DÉFENSE D'ENTRER filmé en

gros plan fixe tandis qu'un piano répète une seule et même note, encore et encore, sans discontinuer, plein. A l'aide de la pointe rouge de son talon aiguille, Dorothy épingle son autre chaussure et se déchausse, libérant un premier pied. Puis à l'aide du gros orteil de son pied droit, voilé sous le bas, elle repousse le talon de la chaussure gauche, libérant, cette fois, l'autre pied. Elle croise les jambes, la droite par-dessus le genou gauche tandis que le pied droit et le mollet pendillent comme le joli petit levier d'une ancienne pompe à eau.

Earle sourit en glissant son bras droit sur l'accoudoir du siège. Dorothy fait de même avec son bras gauche. L'orteil de son pied droit, celui qui fait joli levier d'ancienne pompe à eau et qui flotte à gauche, effleure de temps à autre la toile du pantalon d'Earle. Et, inversement, la toile de son pantalon à lui, de temps à autre, effleure le mollet de Dorothy. Il retourne la main, paume ouverte, celle qui est attachée à son bras droit posé, là, sur l'accoudoir qu'ils partagent, mais elle ne s'en empare pas, pas encore, mais elle pourrait très bien le faire, si elle voulait.

Oh! On a oublié le pop-corn, chuchote Dorothy en se redressant sur ses jambes et en se rechaussant avant de s'écraser un peu contre le corps d'Earle pour se dégager de la rangée des sièges et gagner l'allée centrale. Earle pose son bras droit sur le dossier du siège de Dorothy. *Vieille histoire, je me suis fait une entorse en jouant au tennis, faut que l'bras reste à plat/Comme si j'avais des fourmis dans le bras/ Juste envie d'étirer ce pauv'vieux bras endolori, v'là tout.*

Un gigantesque STOP est projeté à présent sur l'écran tandis qu'un hautbois scande une même note signalant au spectateur que le film est sur le point de commencer. Earle observe les lumières qui s'agitent dans la cabine de projection, tout là-haut, au sommet de cette colline de fauteuils alignés. Progressivement, l'éclairage de la salle s'estompe. Earle se retourne vers l'écran, ajuste sa position afin que la partie la plus charnue de son avant-bras couronne le haut du fauteuil de Dorothy. Elle passe enfin devant lui, voit le bras d'Earle posé sur son dossier, dirige ensuite son regard vers lui, droit dans les yeux. Earle retire vite son bras, glisse sa main sous ses cuisses. Il fixe l'écran où les traits blancs tracés sur la route deviennent une longue ligne continue, puis s'alignent contre d'autres traits blancs qui, à leur tour, deviennent une longue ligne continue. Une sonnerie de montre électronique – Titititititititititititit – fait office de bande sonore.

T'en veux? lui propose-t-elle. Comme le gobelet super-géant est placé entre ses genoux, Earle met un soin tout particulier à n'effleurer que la surface des popcorn.

Un peu plus tard, elle dit, Désolée, Earle, mais faut que je dorme. Je n'ai pas dormi du tout la nuit dernière. J'étais chez Spazio avec mes copines. C'est pas que je n'aime pas ton film, tu comprends. Dorothy croise les bras sur sa poitrine. Pose la tête sur l'épaule d'Earle.

45.

Oh mon Dieu, bouge surtout pas ton épaule, si elle sent
l'os qu'est là-dedans, elle va se pencher de l'autre côté,
c'est sûr. Putain, Earle, tu l'as vraiment joué fine, cette
fois, quelle idée de génie que tu as eue de l'emmener voir
ce film débile. Maintenant elle pense que t'es un super-
intello. Andy avait raison, il y a des filles qui aiment bien
le genre cérébral. Elle a la tête la plus douce que j'ai
jamais sentie de toute ma vie et ses cheveux sentent si bon,
comme l'amour. Comme l'amour, mais putain, qu'est-ce
que tu peux être con à la fin. Attention, surtout ne
commence pas à rigoler! Tu risques de la secouer, laisse-la
dormir, comme ça elle voudra faire quelque chose après le
film sinon elle sera trop fatiguée. Putain, je n'arrive pas à
le croire. Ceci dit, elle m'a bien lancé un drôle de regard
quand elle a vu mon bras sur le fauteuil, t'aurais dû le
laisser là plus longtemps pour qu'elle soit obligée de te
dire, Enlève-moi ça, tête de nœud, t'aurais dû relancer la
balle dans son camp, faut toujours relancer la balle dans
le camp des autres. J'espère qu'elle ne sent pas les batte-
ments de mon cœur mais on dirait qu'il va me casser les
côtes et sortir tout droit de ma poitrine pour remonter
l'allée en sautillant tellement il est agité. Je parie que ça

vaut l'équivalent d'heures entières de gymnastique, toute cette émotion qu'on éprouve à être rien qu'avec une fille. Je parie que je pourrais l'embrasser à la fin de cette soirée si je voulais vraiment, c'est pas que je ne veuille pas, mais c'est pas la peine d'être pressé et comme ça elle saura que t'es pas un de ces cons de footballeurs qui brisent le cœur des filles et qui les mettent enceinte et qui éclatent de rire quand elles leur demandent de partager les frais de l'avortement, non je lui montrerai que je suis sensible, ce qui est vrai, et moins timide, ce qui est bien, parce que c'était ridicule avant mais je suis en train de changer maintenant, elle me fait changer, je le sens parce qu'il y a un mois j'aurais jamais pu dire, Dorothy, tu sais quoi, il y a un film chouette qui passe au Lincoln Center, tu veux y aller? Et elle n'a même pas dit, Avec qui? Comme tu pensais qu'elle allait dire, et tu t'es à peine entraîné, t'étais même pas super-nerveux, bon, okay, un peu, mais j'ai réussi à le faire quand même et elle a fait exprès de préciser ses copines et elle a plaqué son gros sportif de petit ami pour moi et tout ça c'est trop beau pour être vrai.

46.

Au cours des jours qui suivirent cet épisode, les liens d'amitié entre Dorothy et Earle n'en furent que plus soudés.

Coucher du soleil sur la 5ᵉ Avenue : bâtiments s'embrasant aux derniers feux du crépuscule, fenêtres réfléchissant les teintes rouges et orangées de l'astre sur le déclin tandis que des odeurs de bretzels chauds et de cuisines exotiques ponctuent chaque coin de rue. Au Rockefeller Center, sous ce colosse paré de feuilles dorées qui surplombe les patineurs, il s'agenouille devant elle, serre délicatement les lacets de ses jolis patins blancs. Ils tournent et tournent – elle, danseuse sur glace, se pliant jusqu'à en caresser la glace du bout de ses doigts tout en levant une jambe en arrière, flottant sans le moindre effort, tandis que lui, genoux pliés, l'équilibre instable, mains agitées fébrilement en tous sens comme en proie à des spasmes violents, il marche jusqu'à la rampe de métal et ne se déplace qu'en se traînant pour conjurer les chutes. Elle, souriante, espiègle, dessine des cercles derrière lui et le pousse de plus en plus vite – plus vite encore – autour de la patinoire ; lui s'appuie contre elle, une terreur joyeuse s'installe sur les traits de son visage. Ses jambes se croisent, le couple tombe, silence, c'est la surprise, un échange de regards, puis des rires charmants, pétillants tandis qu'un minuscule éclat de glace arrivé sur la pointe du nez de Dorothy se met à fondre tout doucement. *Maintenant elle pirouette lentement devant lui*, pieds nus, les orteils enfouis dans l'épaisse moquette moelleuse du grand magasin. Robe bordeaux contre sa peau chocolat. Elle disparaît dans la cabine d'essayage, puis elle revient, parée cette fois d'une robe turquoise qui chatoie sous les lumières éclatantes du magasin. Une robe encore, de tricot, d'un jaune tendre épouse les contours du creux de son dos merveilleusement lisse. Son sourire est immense, elle prend la jaune, elle rit, refait une pirouette, s'appuie sur une jambe, la hanche en avant. Elle range son vieux pantalon et sa chemise à plat dans la boîte qui contenait la robe. En descendant l'escalier mécanique, ils marchent à reculons pour faire du surplace, jusqu'à en écraser les pieds d'un agent de la sécurité empruntant le même escalier. Il les injurie tandis qu'ils s'enfuient en sautillant, l'un derrière l'autre, et sortent dans la lumière de la rue. Derrière les portes en verre dépoli du magasin, la silhouette de l'agent de sécurité en colère, brandissant le poing, se dissipe. *Fracas de la circulation des voitures, de sirènes lointaines, de moteurs d'autobus qui ronflent comme des réacteurs d'avions du métro qui gronde et des querelles domestiques.* Ces rumeurs les envahissent de toutes parts et pourtant, lui et elle marchent, contents. La lueur dorée des réverbères qui bourdonnent doucement plonge West End Avenue dans une tendre obscurité, mais le vent, ce soir, souffle fort et les gouttes d'eau de l'averse printanière sont épaisses. A chaque coin de rue, les poubelles débordent de parapluies à l'armature brisée, plantés là, comme des arbrisseaux d'acier effeuillés par l'hiver. *Elle*, pourtant, elle en trouve un qui a encore une bonne moitié de sa toile d'origine sur le dessus. Elle le retire de la poubelle, l'ouvre pour lui. Il s'en empare et le maintient au-dessus de leurs têtes, le bras légèrement tendu en avant. Son geste fait que, naturellement, il l'attire contre lui, sous cet abri de fortune. D'un mouvement vif, elle lui dérobe le parapluie pour sauter à pieds-joints dans une flaque d'eau, l'éclaboussant, mouillant les jambes et les chevilles d'Earle. Il court vers elle, la poursuit à travers une pluie dense, elle bondit à bord d'un autobus dont la porte s'ouvre pour elle et voilà que déjà, elle lui adresse un signe de la main derrière la vitre, lui envoie un baiser à travers le mur de pluie, silhouette devenant floue... *Il se tient au coin de la rue. Quelques voitures passent, mais peu de gens.* Il regarde la rue en amont et en aval, il va jusqu'à siffloter. Un très vieil homme s'approche et Earle prépare l'écritoire dont la pince en métal est brûlante à cause de ce soleil de midi qui darde. Après que le très vieil homme ait inscrit son nom sur la liste et se soit éloigné tant bien que mal, Earle la voit approcher, avec ce sourire qui n'appartient qu'à elle, et qui semble plus adorable encore qu'auparavant. Elle lui tend le soda, il va pour le prendre, elle le retire aussitôt pour saisir la paille entre ses lèvres, le regardant avec de grands yeux par-dessus le couvercle en plastique. Il fait la moue, une moue d'acteur de film muet. Elle lui rend la boisson, puis lui montre le morceau de gâteau sur une serviette qu'elle cache derrière le dos. Il en mord la pointe, le lui rend, elle prend une bouchée, le lui rend, il prend une bouchée à son tour, puis elle, puis lui, jusqu'à ce qu'il ne reste qu'un bout de sucre glacé. Elle en mange la moitié, lui rend le flocon évanescent. Il arrive à en manger la moitié aussi, laissant une miette dans sa paume. Saisissant sa main avec chaleur, elle incline la tête, place le bout de la langue sur la miette. Une tiédeur humide rayonne sur toute la surface de sa peau. *Elle se déplace avec tant de grâce.* Chez lui, dans son salon, elle danse rien que pour lui, elle pirouette, lève la jambe et l'étire en se tenant le talon. A présent, elle se plie en deux à partir de la taille, ses jambes étrangement, artistiquement droites. La pointe de son nez rejoint sa jambe, en dessous du genou. Il applaudit; le bruit résonne, se répercute... Ils échangent sourires et œillades. Les knishes, les hot dogs, les barbes à papa de couleur rose, l'épi de maïs, toutes ces choses sont richement parfumées et développent un riche arôme. Il s'achète un hot dog allégé tandis qu'elle fait un tour au manège. Elle est la seule à tourner sans être une enfant. Se penchant en avant sur le cheval tandis que s'approchent les anneaux, calée en arrière tandis qu'elle passe, elle arrache dix anneaux à chaque tour, se débarrassant vite de ceux qui sont en acier. Elle décroche enfin l'anneau en cuivre et le lui lance au moment même où il ouvre la bouche pour mordre dans son hot dog. L'anneau atteint la saucisse et se fiche sur le bout. Les larmes lui montent aux yeux, sa vue en est brouillée, de joie... *Tout est gris,* dans Central Park, le spectacle des tours lointaines est comme enfoui dans le brouillard nocturne de cette soirée de printemps; même le sommet des arbres est tendrement flou. Un tour de calèche dans Central Park. Le cocher les présente à Clara, la jument, et leur tend une lourde couverture aux motifs écossais. Tout est si paisible que le cocher s'endort tandis que Clara avance dans le brouillard. Elle connaît bien le chemin (*clopop, clopop, clopop*).

47.

Bonjour, mon chéri, je suis contente que tu sois rentré. Qu'est-ce que tu as fait aujourd'hui ? Oh, avant que je n'oublie, Andy et Donald ont tous les deux encore téléphoné, quelque chose à propos d'une expo de fabriquants de maquettes de fusée à Madison Square Garden... Quelle heure as-tu ?

Vingt-deux heures sept, maman.

Bien. Pat passe me prendre d'une minute à l'autre. Il dit que l'homme qui dirige ce truc des démocrates de Harlem dit que t'es très travailleur. Je savais que tu donnerais entière satisfaction. Et tu sais quoi d'autre, mon beau Bruno, je crois que tu as encore maigri. Si, si ! Tu as l'air plus en forme, plus mince, et je parie que je sais pourquoi.

Pourquoi, mère ?

C'est ta petite Dorothy, n'est-ce pas ? Mon bébé est presque devenu une grande personne... Mais dis-moi, quel âge a-t-elle ? A quelle école va-t-elle ?

Au lycée Sainte-Rita, maman, d'accord ? Et elle a mon âge.

Mais c'est formidable ! Tu sais, quand j'étais jeune,

les écoles catholiques étaient les seules à accepter les Noirs. Elle est intelligente?

J'en sais rien. Je suppose que oui.

Ne sois pas timide, mon petit. Je te parle bien de mes petits amis, moi.

Alors, est-ce que tu vas rentrer *très* tard ce soir? demande-t-il en haussant les sourcils.

Fiston, tu grandis peut-être chaque jour, mais tu ne seras jamais trop grand pour prendre une raclée... En tout cas, je pense que c'est merveilleux. Il faut absolument que tu la ramènes chez nous un de ces jours.

MMMMMmmmmmoozzz

Ça doit être Pat. Dis à Jerry ou au portier qui est de service ce soir que je descends tout de suite.

Elle court dans sa chambre, revient avec son sac sous le bras.

Comment tu me trouves?

Formidable, maman, seulement tes lèvres sont un peu de travers.

J'arrangerai ça dans l'ascenseur. Merci, mon chou. Oh! Monsieur Wellington a fini par t'écrire. J'ai scotché la lettre sur le frigo.

48.

Lundi. Enfin, la voilà qui vient. Elle a persuadé Darcelle de remplacer le soda par un milk-shake géant au
chocolat. Il la remercie, merci, merci beaucoup.
Dorothy, moi aussi, j'ai un cadeau pour toi.
Un quoi?
L'enveloppe est de la même teinte jaune tendre que
celle de la nouvelle robe en tricot que Dorothy porte
sous sa blouse de travail en rayonne orange. Le rabat de
l'enveloppe n'est pas collé mais glissé à l'intérieur. Elle
introduit le bout du doigt sous la langue de papier et
l'écarte. Elle pince la feuille de papier plié, la sort de
l'enveloppe. Elle déplie la lettre en papier épais. Les
mots sont là à présent, juste sous ses yeux.

Un berceau, une étoile de petites feuilles vertes et
sèches dans laquelle se nichent de gros pétales rouges,
arrondis et duvetés, qui se chevauchent, au milieu des-
quels se trouve un nœud de pétales rouges et doux,
plus dense encore. Les jeux d'ombre créent un éche-
lonnement désordonné mais total, du rouge foncé
jusqu'au noir. Sur la pointe d'un pétale, une minuscule
goutte d'eau et, de là, s'étire une seule et longue étoile
de lumière.

Merci, dit-elle. C'est bizarre mais c'est gentil quand même. Elle se penche à partir de la taille vers lui, incline la tête vers la droite, l'embrasse sur les lèvres, se redresse, retrouve le port initial de sa tête.

Faut que j'ramène mon p'tit cul de négresse là-dedans, derrière cette caisse, vu que si j'ai un brin de jugeotte, comme elle dit, c'est ce qu'il faut que je fasse et rapidos, encore. A demain, le môme.

Le 26 février 1985

Cher Dewayne,

C'est des deux mains que j'applaudis! Oui, en effet,
je pense que votre art atteint une certaine maturité
désormais. Ces derniers passages sont merveilleux et,
surtout, développés avec sensibilité. La subtile beauté
avec laquelle la relation entre ces deux êtres se bonifie,
passant d'une simple attraction sexuelle de la part
d'Earle en une amitié profonde et durable m'a littéralement transportée d'enthousiasme. Il est bien rare de
trouver un homme qui comprenne à quel point une
amitié hétérosexuelle peut être splendide.

La scène du film sémiotique est amusante. Je suis
contente de voir que vous êtes capable de rire à vos
propres dépens.

Vous vous y êtes bien pris pour la scène avec Mongo,
bravo.

La scène de la patinoire est touchante.

Votre variation sur le thème de la rose sans pourtant
jamais dévoiler le nom de cette fleur est authentique-
ment lyrique. Mes félicitations.

Enfin, Dewayne, je suis, naturellement, confuse de vous avoir raté à la convention des auteurs noirs américains. Eu égard à notre importante correspondance, il est navrant que nous n'ayons pu nous rencontrer. Lorsque nous avions convenu de nous retrouver au cours de la conférence, je ne savais pas du tout que Richard Johnson allait revenir de Florence, et compte tenu du fait que nous ne nous étions pas revus depuis une éternité... La prochaine fois qu'il est de passage aux Etats-Unis, je ne manquerai pas de vous le présenter. Je sais, puisque vous me l'avez écrit, que vous n'appréciez guère son œuvre, mais croyez-moi, Richard est l'un des hommes les plus intelligents, les plus intéressants et bien entendu les plus doués que je connaisse – le lecteur de la présente est, tout naturellement, inclus dans cette liste.

Vous êtes toujours invité à venir me rendre visite à San Francisco.

Votre amie et collègue,

Ethelle

P.S. J'espère que vous ne m'avez pas attendue trop longtemps. J'ai essayé de téléphoner au bar de l'hôtel mais, apparemment, il n'y avait pas de numéro attribué. Navrée, vraiment.

49.

Eh bien, nous y voilà à ce fameux 3 juin. C'est arrivé plus vite que prévu. Et Earle, laisse-moi te dire que c'est pas croyable mais t'as inscrit à toi seul plus d'électeurs que le reste de mes auteurs bénévoles réunis. Mais aujourd'hui, c'est un grand jour – tous ces gens qui remettaient ça à plus tard... Dis-leur tout simplement que s'ils veulent qu'Al Robinson, un Noir, occupe la mairie de New York, c'est maintenant ou jamais. Ça devrait leur mettre le feu aux fesses, ça.

50.

Je t'ai apporté un milk-shake et un sandwich au fromage, dit Darcelle, parce que tu bosses très dur et puis qu'aujourd'hui, c'est ton dernier jour, pas vrai? Je suis toute excitée par ces élections, vu qu'il y a un des nôtres qui se présente enfin. Tu sais, j'ai toujours voté démocrate, mais s'ils ne nous proposent qu'un Blanc de plus avec ses promesses en l'air, je vais pas me donner du mal, non merci. Mais il me semble bien que ta présence va manquer à une certaine jeune fille que je connais.

Où est-elle?

Oh, je croyais qu'elle te l'avait dit. Elle prétend être malade, mais à mon avis elle dit ça que pour se donner des jours de congé supplémentaires. Tu sais comment elle est, cette fille... Au fait, si tu veux, au moment de la pause, tu vas lui apporter un peu d' soupe chaude, je t'en serai bien reconnaissante. Et crois-moi, elle a tout intérêt à être couchée, parce que sinon, elle va la sentir passer, ma main. Tiens, voici la clef.

« Détective Junior »
présente

L'affaire de la danseuse flexible

Chapitre 49

Un beau jour, elle le rencontre, tout de suite après, elle plaque son petit ami, renonce à la fréquentation de ses copines, ne voit plus que lui. Ils font du patin sur glace, vont à Coney Island, font un tour en calèche dans Central Parc au clair de lune, elle le touche souvent. Il lui offre une rose. Elle l'embrasse sur la bouche. Question : éprouve-t-elle plus que de la simple amitié pour lui ?

Solution : Earle ouvre la porte d'entrée de l'immeuble à l'aide d'une clef remise par Darcelle, entre, puis repousse bien la porte derrière lui pour la refermer. Il monte lentement l'escalier, attentif à ne pas renverser l'exposif liquide dont il se servira pour faire sauter la porte de l'appartement de sa bien-aimée avant de la libérer. A pas de loup, il se glisse dans le couloir du troisième étage en prenant garde d'éviter les lattes usées du parquet, qui alors ne manqueraient pas de grincer et donneraient l'alarme. Un grand sourire se dessine sur les lèvres d'Earle. Il ouvre la porte avec sa clef, la repousse, pénètre dans l'appartement à grandes enjambées.

Ta-ta-ta! proclame-t-il.

Richard, le mannequin, ouvre les yeux, ferme la bouche, fixe Earle d'un regard pénétrant. A une infime proximité de la peau blanche de la taille dénudée du mannequin, s'agite une fesse marron, elle-même rattachée à un corps marron qui se plie en deux pour attraper ses propres chevilles, la pointe du nez appuyée contre le tibia, bien en dessous de ses genoux, donc; le tout sous une ombrelle de tricot jaune tendre – ça fait un peu mêlée de rugby, tout ça.

Ta-ta-ta! Ta-ta-ta! Ta-ta-ta! Encore un peu et ce sera Ta-ta-ta! pour moi aussi! s'écrie-t-elle sous sa robe passée trop vite à l'envers. Ce n'est que peu à peu qu'elle comprend les raisons de ce silence pesant.

51.

Ouais, je me suis simplement retourné et j'ai refermé la porte (du moins je crois que j'ai refermé la porte), j'ai descendu les marches une par une, j'ai pris le métro, j'ai demandé trois jetons parce qu'il vaut mieux toujours en avoir un en réserve, le train arrive, et cetera, et cetera, et cetera. Personne ne m'a regardé, personne ne m'a prêté attention, et le métro était complètement normal sauf qu'au fond de moi il y avait de la lave. Putain, qui me croirait ? A qui je vais pouvoir raconter ça ? C'est comme un film, seulement je ne suis pas retourné les flinguer, faisant éclore la petite fleur rouge de la mort sur leurs fronts tandis que les balles de ma fidèle arme à poing munie d'un silencieux leur rentraient dans le crâne. J'ai même pas envie de le faire. Non, je me suis comporté convenablement, je me suis retourné et je suis parti, seulement je ne sais plus ce que j'ai fait de cette soupe mais j'avais peur de flipper ou de me mettre à chialer sur place. Quand mon père est mort, j'ai pleuré, je crois. Les autres pleuraient tous, mais ce que je suis en train de vivre là, c'est comme un dessin animé où la fameuse enclume noire avec DEUX TONNES écrit dessus qui vient de me tomber sur la tête mais elle rebondit et, pendant une seconde, tout le monde pense que je vais bien, puis une petite fissure commence à se former sur ma tête et elle se divise en des millions de fissures qui me parcourent tout le corps, et puis pffft! Je m'écroule par terre, rien qu'un tas de morceaux de puzzle... Je pourrais toujours me consoler en disant que tout le temps que ça se passait, c'était amusant, ou encore me souhaiter bonne chance pour la prochaine fois; une de perdue, dix de retrouvées, inutile de pleurer, ce n'est que de l'eau, ce n'est que de l'eau camarade, un petit accroc dans le temps (Dieu sait ce que cela peut bien vouloir dire), vaut mieux avoir aimé et avoir perdu son amour, tout est bien qui finit bien... et tous les jours on entend des chansons où on raconte qu'elle m'a abandonné pour un autre, alors je suppose que tous les jours, il y a des milliers de gars qui éprouvent la même chose que moi en ce moment, même si j'ai du mal à le croire et encore plus de mal à l'avaler. Qu'est-ce que je fais maintenant? Regarder un peu la télé en rentrant? C'est drôle que dans la rue personne ne sait ce qu'on ressent. Je dis Bonjour Madame Needham et Bonjour Jorge ou Jerry et eux ils ne m'arrêtent pas en me disant, Qu'est-ce qui ne va pas, peut-être que tu devrais parler au Dr Sheldon. Mais si tu n'étais pas fou avant c'est sûr que maintenant tu es sur la bonne voie, ou alors c'est peut-être une bonne chose en fin de compte, parce que t'es peut-être tellement bizarroïde que tu en deviendras célèbre, qui sait? Et quand le journaliste de Computer World *me demandera comment j'y suis arrivé, comment je suis devenu le président de I.B.M. (AïeBiEhmmm), je dirai tout simplement, Eh bien mon père s'est suicidé en plaquant sa bouche contre le tuyau d'échappement jusqu'à ce que ses globes oculaires deviennent bleus et puis j'ai surpris le seul amour de ma vie en train de se la faire mettre dans le cul comme une cochonne [rires].*

52.

Par terre, à côté du magazine *Nichons*, dissimulé sous la couverture de *Computer World*, il y a trois chaussettes. Earle en ramasse une; les deux autres collent à la première et viennent avec. Conformément au rituel, il renifle les endroits croûteux avant d'enfouir les chaussettes sous le reste de ses affaires, tout au fond du panier à linge sale. Il boîte un peu en marchant. Après sa douche, Earle se dirige vers la cuisine et l'instant d'après, il avale des cuillerées de gruau tiède.

Earle, dit sa mère, déjà debout? Ça tombe bien remarque parce que j'ai des tas de choses à te raconter. Voyons, par où commencer... Tu n'en reviendras pas mais le poste que je devais obtenir à la commission de Santé et des Services sociaux de la ville, eh bien, c'est tombé à l'eau. Des problèmes de budget. Tu sais comment cette ville fonctionne. Ou plutôt, comment elle ne fonctionne pas, si tu vois ce que je veux dire. Ils étaient prêts à me proposer vingt-huit mille dollars par an, et crois-moi, dans cette ville, un salaire comme celui-là ne suffirait pas à payer les cigarettes.

J'ai réclamé mon ancien poste à Air Afrique du Sud. Mon dieu que j'étais gênée, mais ils m'aiment beaucoup là-bas, alors ils m'ont même accordé une augmentation de salaire. C'est pas mal, non ?

Oh, et devine qui est à New York... Solomon Levitt, mon adorable petit millionnaire. Il m'invite ce soir à dîner dans le plus chic restaurant de Manhattan et puis il a pris des places d'orchestre pour aller voir *Claquettes en folie*. Après tout ce que je lui ai fait voir, il a encore le béguin pour moi, le petit chou...

La colonie de vacances informatiques – Megabytes – a téléphoné pour confirmer que ta place était bien réservée dans l'autocar de samedi. Il passera te prendre à six heures quinze, samedi matin au carrefour de Broadway et de la 86e rue. Tes affaires devraient être prêtes demain matin. J'ai demandé à ce que Monsieur Wu y couse les étiquettes avec ton nom dessus. Je sais que tu t'estimes trop grand pour... Mais bon...

Oh, le cabinet du docteur Sheldon a encore téléphoné pour prendre de tes nouvelles et, à l'occasion, savoir comment tu allais. J'ai dit que si jamais mon garçon avait besoin d'un psychologue, il téléphonerait de lui-même. Il est presque adulte, leur ai-je dit. Mais si tu veux y aller, aucun problème, fils. Parce que maintenant, avec mon augmentation de salaire...

Au revoir, faut que j'y aille.

Comme il est encore trop tôt pour se rendre à l'école, Earle en profite pour allumer la radio.

... en do dièse, par l'orchestre Sturbenfeld de Vienne, sous la direction de Hans Anderlicht. J'aimerais prendre quelques instants pour rappeler à tous nos amis auditeurs de Radio Double-Vé Bé O Bé qu'à nouveau, toute cette semaine nous ferons appel à votre générosité pour que cette radio publique survive et continue à émettre. En effet, si vous souhaitez pouvoir écouter de la musique classique – sans interruption publicitaire disgracieuse – et cela vingt-quatre heures sur vingt-quatre, vous tenir au courant heure par heure de l'actualité du monde... *chhhhhhhxtchksphhhhh...* Oouuaaiiss! Pour faire la fête ce mercredi, dernier mercredi de l'année scolaire, derniers jours de bahut, oouais, une seule adresse c'est Beelzebub et son hit-parade. Mort aux profs, proviseurs, surgés, pions de cantine! Oouuaaiiss! Y reste que deux jours avant la *liberté*, ouuuais! Dépêchez-vous si vous comptez y aller aujourd'hui, mais si vous faites l'école buissonnière, changez surtout pas de station parce qu'on va écouter du rock, du vrai, cent pour cent, c'qui s'fait de plus hard... *shhhhhxtcphxtcshhhhhhxtcphtoxhhh...* et enfin, « Creole Love Call », par le Duke. Voici arrivée l'heure de notre rendez-vous avec l'émission « le Docteur consulte », je veux parler du docteur Seymour Sheldon, qui va répondre, comme tous les jours, aux questions de nos auditeurs...

Très chers amis auditeurs, bonjour. Vous le savez, mon ambition est de pouvoir répondre au plus grand nombre d'entre vous et à toutes les questions que vous vous posez, parce qu'il y a souffrance, étouffement sous le poids de l'oppression émotionnelle, ou simplement besoin de parler à quelqu'un. Alors, nous n'avons plus un instant à perdre, je vous écoute... Premier auditeur. Je vous écoute, vous êtes à l'antenne... Premier auditeur, où êtes-vous? Je ne vous entends pas, mais vous, m'entendez-vous? Nous sommes à l'antenne depuis...

Allô?... Allô?

Oui, vous êtes à l'antenne, madame, et s'il vous plaît, soyez aussi brève que possible, si votre émotion le permet, naturellement, car nous avons de nombreux autres appels en attente. Toutefois, si vous désirez venir me voir en consultation privée, mon cabinet est situé au carrefour de la 81e rue et la West End Avenue, et mon numéro de téléphone est le sept cent quarante deux, vingt, dix, je répète, sept cent quarante deux, vingt, dix. Allez-y, s'il vous plaît, je vous écoute, madame...

Oui, docteur, je m'appelle-

Ah, pas de nom, s'il vous plaît! Pas de nom à l'antenne.

Bon, d'accord, bon ben, bref, voilà, je suis une femme très séduisante, la trentaine, presque trente-cinq ans, et donc je n'ai *stric-te-ment* aucun problème pour attirer les célibataires qui me plaisent... Mais mon vrai problème, c'est que j'ai un truc pour les hommes célèbres. Ouais, je sais que c'est bizarre, mais c'est plus fort que moi.

Oui, oui, je vous écoute, continuez.

Alors comme je disais, si un mec est totalement anonyme, même s'il a un corps bien foutu et tout, je l'encourage peut-être un peu en espérant qu'il va gagner à la loterie ou participer à une émission de télé ou un truc comme ça, mais quand ça donne rien, je le plaque comme on jette une vieille paire de bas. Mais, voyez-vous, si le mec est célèbre, j'en pince pour lui et je l'enregistre sur mon magnétoscope (j'ai une collection de cassettes déjà bien...) Donc, lundi dernier, je vais au concert de Stevie Wonder, j'ai attendu dans les coulisses et puis après ça on s'est envoyé en l'air à l'hôtel Sherry Netherlands.

Alors vous avez fait l'amour avec Stevie Wonder?

Non, avec Raheem. C'est le garde du corps de Stevie. Mais tout le temps, Stevie Wonder était dans la chambre d'à côté. Du moins, c'est ce qu'il a dit, Raheem.

Je vois. Et comment puis-je vous aider?

M'aider? Non, mais je vais très bien, moi. Merci. Je pensais seulement que vous aimeriez savoir. [clic]

Deuxième auditeur, vous êtes à l'antenne, je vous écoute.

J'ai trente-sept ans et je travaille dans le bâtiment. Mon problème, c'est que je suis trop romantique. J'attends beaucoup trop de la part des autres, des femmes, de la vie. Je mets tous mes espoirs dans des rêves creux et puis, fatalement, je suis toujours cruellement déçu quand ils ne se réalisent pas. A force, je suis devenu cynique; certains diraient même que je suis plein d'amertume et de haine. Mais, non, je ne veux pas de ça.

Je vois. Je vois.

Par exemple, vers la fin des années soixante, j'étais très politisé. J'étais même l'un des premiers hippies. J'ai participé à d'innombrables manifestations à Washington et j'ai même failli me faire arrêter par la police avec le reste du groupe de manifestants radicaux qu'on appelait « les Sept de Chicago ». A l'époque, je croyais que nous allions « changer le monde/le remettre sur pieds », comme ils disent, Crosby, Stills, Nash & Young, dans leur chanson. Puis j'ai appris que l'un des dirigeants de mon groupe acceptait des pots-de-vin pour nous convaincre de la boucler tout en empêchant la moindre esquisse d'organisation de notre mouvement. Je suis divorcé et, tout récemment, je croyais avoir enfin trouvé quelqu'un d'exceptionnel – et ceci après toute une suite de clubs de rencontres, de petites annonces humiliantes et de week-ends « pour célibataires » dans les montagnes Catskill. Alors, bien entendu, je réserve une table dans le restaurant le plus chic de Manhattan, je prends des billets pour un spectacle sur Broadway et naturellement, elle me pose un lapin.

Et qu'avez-vous ressenti, exactement, à ce moment-là ?

[clicliclic]

Oui, un autre appel. Vous êtes à l'antenne, cher auditeur, je vous écoute.

Bonjour, docteur Sheldon, j'allais venir à votre cabinet mais ça m'aurait mis en retard pour mes cours. Je vois. Allez-y.

J'ai enfin trouvé une fille, puis elle m'a trompé et donc je l'ai plaquée. Maman a dit que votre cabinet venait de téléphoner chez moi alors je pensais devoir vous dire ce qui m'arrive. Mais samedi, je m'en vais en colonie de vacances informatiques et après j'ai un boulot d'assistant avec mon professeur d'informatique.

Bon, je pourrais essayer de vous voir entre deux rendez-vous, ce jeudi après-midi, par exemple, sinon vous pouvez toujours reprendre votre heure habituelle, le vendredi quand vous serez rentré, qu'en pensez-vous Earle – euh – oh! pardon –

[clicliclicliclic]*shhhhhxtccphhhhtcpkshhhh* [click]

53.

Après les cours, Earle quitte le lycée en empruntant l'entrée principale. Les deux autres Ternaires, Andy et Donald, sortent derrière lui. Andy n'arrête pas de parler de la colonie de vacances informatiques et des nanas et de combien ça va être super-génial, et Donald dit que son frère dit qu'il y a une colonie de vacances Loisirs & Tennis pour filles juste de l'autre côté du lac et puis, évidemment, Andy se met à taquiner Earle, pourquoi il ne court plus à Harlem pour aider les pauvres etc., il est sûr que ce n'est pas parce qu'il veut revoir ses amis maintenant, il ne les a même pas vus, sauf à l'école, depuis une putain de semaine. Donald ajoute qu'à propos de putain, il faudrait qu'Earle sache à quel point Kristin, cette fille que Donald a rencontrée à la soirée chez Janey, s'y connaît dans le métier. Elle lui suce la langue, genre pendant des heures, mais Andy dit, Mais c'est tout ce qu'elle suce parce que c'est une prude. C'est ça, Andy, c'est ça, dit Donald, très sarcastique, et toi, t'es peut-être pas trop dégueulasse. Donald parie qu'Andy n'arrive même pas à bander avec un tel boudin... Hé, Earle, où vas-tu ? Allons voir *Arme de poing*, ça passe en ce moment.

54.

Dis donc, Earle, lance Janey, tu reviens d'un enterrement ou tu y vas?

Salut, Janey.

Qu'est-ce qui va pas, mon pote?

Rien.

Je croyais qu'on était potes maintenant, dit-elle en regardant Earle dans les yeux. Pourquoi ne pas venir chez moi, j'ai une grande boîte pleine de biscuits au chocolat faits par ma grand-mère.

Lorsque le taxi fait une embardée, Janey serre l'avant-bras d'Earle. Moi aussi, j'ai des ennuis majeurs en ce moment, dit-elle. Sur la banquette arrière, Earle s'éloigne d'elle par petits bonds pour aller se coller contre l'autre portière.

Tu te rappelles de Bill, mon petit ami? J'ai découvert qu'il avait une aventure avec une amie à moi du camp des Pom-Pom Girls; elle était à la soirée. Et puis, bon ben, je suppose que tu sais ce qui s'est passé entre moi et Monsieur Morgan. D'ailleurs, tout le lycée est au courant, j'en suis sûre. Eh bien, quand Bill a appris ça, il a failli me tuer, alors que moi, j'avais arrêté de voir Monsieur Morgan plusieurs semaines avant de le rencontrer.

Earle, le regard vague, examine distraitement l'affichette placée sur le tableau de bord, à la droite du chauffeur, qui décrit les recommandations du syndicat des taxis et des limousines de la ville de New York en matière de tarification des courses en ville et en banlieue.

Au moins, dans tout ça, je ne suis plus enceinte. Elle observe Earle. Il regarde les reflets de la rue qui viennent se projeter et glisser sur la fenêtre.

Le portier dit, Bonjour, Janey. La vieille voisine dans l'ascenseur dit, Bonjour, Mademoiselle Rosebloom.

Tu te rappelles où est le bureau, n'est-ce pas, Earle, dit-elle en ouvrant la porte avec la clef. J' vais chercher les biscuits.

Le mur du bureau est couvert d'une tonne de photographies représentant un homme souriant et presque chauve qui serre la main (en fait, les deux mains en même temps) de Jessica Lange, Joan London, Phoebe Cates, Molly Ringwald, Martha Quinn, Whitney Houston, Jennifer Beals, Cybill Shepherd, Daryl Hannah, Sade, Mary Hart.

Voilà, dit Janey tandis qu'elle fait atterrir le plateau en argent avec les biscuits dessus sur la table de billard. Je vais mettre un peu de musique. Tu aimes le jazz?

Earle la regarde maintenant, alors que *Straight, No Chaser* de Theolonius Monk retentit pour mieux déferler dans la pièce grâce aux six haut-parleurs qu'on ne voit pas. Janey se dresse sur la pointe des pieds pour atteindre une carafe posée sur une étagère élevée. Sa jupette bleu marine révèle l'endroit où ses fesses se rejoignent. Un vieux pote à Earle presse contre le coton et les dents de métal de sa cage. Janey verse du bourbon dans deux grands verres.

On a tous les deux besoin de se saouler la gueule, dit-elle.

Ma petite amie m'a plaqué. Je l'ai surprise en plein truc avec un type.

Chacun avale une gorgée, sans tousser. Puis deux, puis trois, ils boivent et reboivent.

Theolonius Monk zigzague encore entre les murs. Des notes de piano éclatent furtivement dans tous les coins de la pièce.

J'ai besoin de serrer quelqu'un dans mes bras, dit Janey, en passant le bras autour des épaules d'Earle. Son nez lui caresse le cou, ses lèvres barbouillent d'humidité la jugulaire, ses cils lui frôlent la mâchoire. Une larme chaude le touche, dégouline jusqu'à la clavicule, s'arrête, rejaillit, s'étire jusque sous sa chemise, traverse sa poitrine et s'arrête, une goutte, juste sur son mamelon. Il la prend dans ses bras, passe ses mains sur le dos de son chemisier en soie (*shipshipship*). Elle l'embrasse sur la mâchoire, le menton, les lèvres ; le bout de leurs langues se touchent légèrement, légèrement, tournoyent, se tressent l'une à l'autre. Janey serre la poitrine d'Earle, puis s'écarte de lui.

Viens, dit-elle en se redressant, la main tendue vers lui pour l'aider à la relever.

Elle ouvre la porte, et la grande chambre de son père vibre encore de toute la palette des chaudes teintes marron : bois d'acajou, carapaces de tortues vernies, verre fumé. Elle referme la porte soigneusement derrière elle, défait le nœud du ruban autour du colleret, déboutonne son chemisier et d'un mouvement d'épaule, elle dégage les bras des tubes soyeux des manches de son chemisier. Elle fait glisser sur ses hanches la jupette écossaise, puis le jupon blanc, retire ses mocassins marron. Elle plie les bras derrière elle, dégraffe son soutien-gorge, contracte et avance ses épaules. Le soutien-gorge tombe sur ses avant-bras puis sur le tapis. Elle fait glisser sa culotte blanche sur ses hanches, sur ses genoux, la culotte se chiffonne sur ses orteils. Elle s'en débarrasse.

Elle avance lentement vers Earle, dont la veste et la cravate jonchent déjà le canapé marron. Lui aussi est nu à présent. Elle l'étreint de nouveau, ils s'embrassent. Je prends la pilule maintenant. Elle embrasse son oreille sombre. Les doigts bruns d'Earle remplacent le soutien-gorge blanc, les mamelons roses de Janey se dressent, réchauffent et stigmatisent les paumes de ses mains. Earle bande. Sa verge noire s'est dressée plus encore et tapote la hanche couleur de lys de Janey. Ils dansent un slow jusqu'au lit, plient les genoux au même moment pour s'allonger sur la vaste étendue accueillante. Elle roule pour se mettre sur lui, relève ses genoux blancs au niveau de la taille brune d'Earle, vagin contre verge. Earle les observe, regarde les seins crémeux de Janey, puis son visage. Elle sourit. Il sourit aussi. Elle saisit son pénis qui a la couleur d'un plumage de corbeau, l'insinue dans son corps couleur de neige. Ils sourient de nouveau. Elle est chaude, moelleuse; Earle est chaud et dur. Ses mains ont la blancheur des perles et elles pétrissent ses épaules couleur d'encre. Elle se tend, se relâche, va et vient sur lui. Sa bouche est bientôt grande ouverte, ses yeux bien clos. Tandis que son rythme s'accélère, les muscles de ses cuisses se raidissent, son ventre blanc s'étire, ses mamelons couleur bordeaux sont devenus des gommes tièdes, oui, elle gémit, oui, lorsqu'il presse ses seins, elle gémit. Les cris qui remontent du fond de sa gorge s'en viennent mourir sur ses lèvres. Elle se cambre maintenant, tire sur ses cheveux, les coudes en l'air, chevauchant à cru, sans rênes; elle pousse de petits cris vifs et aigus. Enfin, elle s'apaise.

MmmmmmmmmmMmmmmmmmmm. Elle se sépare de lui, embrasse goulûment son visage, ses baisers se répandent sur sa poitrine, ses hanches et ses cuisses pressent contre son pénis, elle s'allonge sur lui, en travers. Ses baisers descendent le long de la courbe de son menton, de son cou jusqu'à la clavicule, puis sur chaque moitié de sa poitrine; ses baisers se poursuivent le long du ventre, traversent les poils de son pubis, reviennent au nombril. Elle penche la tête, lèche sa verge jusqu'au scrotum, entre les testicules surtout, puis lèche le rebord de l'anneau sombre qui encercle le gland du pénis, puis le gland lui-même. Elle respire à pleins poumons, engloutit la verge dans sa bouche. Sa tête se lève et descend, elle le tient entre ses lèvres tandis que sa langue appuie sur l'anneau. Earle fixe le plafond en tirant Janey par le bras, les côtes, la jambe, jusqu'à ce qu'elle soit agenouillée sur lui. Ses doigts se tressent sur les fossettes au bas de son dos, puis il se hausse jusqu'au vagin pour presser sa langue rose contre son clitoris rose, qui brille.

Chaque coup de langue les fait simultanément se tordre, se raidir et se cambrer. Puis Janey pousse un long cri aigu qui résonne dans tout le corps et se transforme en convulsions. Earle inspire longuement, se fige et dans un dernier sursaut, décharge. Elle relâche l'étreinte de ses lèvres autour du pénis – une sorte de tube de gaz, humide et lisse.

55.

Je suis parfaitement conscient du fait que vous autres mécréants préféreriez passer ce dernier jour de classe à écouter une radio débile ou le hit-parade de Beelzebub en me faisant claquer votre lamentable bulle de chewing-gum à la figure, dit Monsieur Morgan. Toutefois, j'estime qu'il est de mon devoir de rappeler à chacun d'entre vous qu'aujourd'hui même nous passons nos examens, et que si vous autres troglodytes désirez refaire un tour de manège chez nous en septembre ou encore être acceptés dans une université, je vous suggère de refréner vos démangeaisons estivales et d'adopter un comportement raisonnable. Mais je voudrais ajouter encore ceci : ce fut pour moi un plaisir et un honneur d'avoir pu exercer le rôle de conseiller pédagogique auprès de votre classe cette année et je souhaite à chacun d'entre vous les meilleures chances de succès pour les années à venir.

A la première rangée, Andy et Donald semblent être sur la ligne de départ et s'impatientent en attendant que débute l'examen d'informatique.

mmmMMOOZZ.

Donald et Andy se précipitent vers la sortie ; Donald

est en tête de la course, suffisamment du moins pour pouvoir plaquer Andy contre le mur et se glisser dans la salle d'informatique comme un surfeur qui attaque la crête d'une vague, et comme d'hab, Andy crie que c'est lui qui prend le Wang, mais Donald répond, Même pas en rêve, pédé, c'est pas à toi, et il se jette dans le siège. Il embrasse et lèche l'ordinateur, c'est ce que dit Andy, et Donald répond qu'Andy aimerait bien qu'il le lui fasse à lui, ça.

Earle entre dans la salle de classe, suivi de Janey.

Bonne chance, mon pote, dit-elle en lui serrant le bras.

Le commandant Considine arrive en silence. Il écrit au tableau :

Examen de fin d'année : rédiger un (1) programme d'au moins cinquante lignes en se servant de la fonction Gosub pour déchiffrer le message suivant :

Puis distribue à la classe l'énoncé suivant :

Sofzs okoysbsr hc o rom og bsk obr og tfsgv og aoao'g vobr-ghofqvsr obr gibrfwsr dshhwqcoh, o vius, dzowb uofasbh og zofus obr og tfsgv-gaszzwbu og hvs fsjwjoz hsbhg hvoh pzccasr sjsfm giaasf ozcbu Fcihs 49 wb Zckbrsg Qcibhm, Uscfuwo.

Ce n'est qu'un simple programme de fréquence des distributions, alors c'est pas les boules, c'est même plutôt fastoche. Il suffit de faire calculer à l'ordinateur le nombre de fois où chaque lettre apparaît dans le texte, comparer le résultat en affichant la fréquence de la distribution moyenne des lettres en langue anglaise – langage courant – puis assigner à chaque lettre encodée son équivalent. Par exemple, si le t apparaît dix-huit virgule sept pour cent des fois dans le texte de l'énoncé, et le f, dix-huit virgule sept pour cent des fois en anglais, alors le f a probablement été encodé pour être substitué au t. Les trois Ternaires répondent donc à la question en un quart d'heure environ et sortent aussitôt dans le couloir – Earle le premier, suivi d'Andy et de Donald en second ex-aequo, sauf qu'évidemment chacun se proclame le vainqueur, puis Donald dit à Earle que leurs nanas ont une nouvelle *amie*, une élève qui vient de Suède, dans le cadre d'un échange linguistique. Elle est super jolie, très grande et blonde et elle a un accent et tout. Alors que pense-t-il d'une sortie à trois couples pour célébrer le dernier jour de bahut ? Et Earle dit Ouais, pourquoi pas.

56.

Une Cadillac décapotable flambant neuve, couleur bleu ciel, surmontée d'un toit blanc immaculé glisse sur la chaussée et passe devant Earle tandis qu'il rentre de l'école à pied. Le commissaire Moy est au volant, un large sourire aux lèvres.

En repassant le pantalon qu'il compte mettre pour le rendez-vous de ce soir, Earle regarde à la télévision « le Journal du cinq heures ». Earle repose le fer un moment, s'empare de son slip et le serre très fort.

Skoal [1], mignonne, voilà ce que j'lui dirai à cette Suédoise. Hein, hein.

Aujourd'hui, à moins de deux semaines de cette consultation électorale décisive que sont les primaires du parti démocrate, annonce la journaliste qui est jolie comme un mannequin, tout en essayant de prendre un air sévère malgré ses lèvres brillantes, nous assistons à une exceptionnelle montée en puissance des intentions de vote en faveur d'Al Robinson, jusque-là pourtant bon dernier au cours de toutes les consultations électo-

---

1. « A votre santé » en suédois.

rales précédentes. Il est opposé, cette fois encore, au candidat sortant, le maire Feld. Or, et c'est probablement ce qu'il convient d'appeler un coup de théâtre, lors d'une conférence de presse qu'il a tenue aujourd'hui même, Pat Moy, commissaire de police à New York, mais aussi un des principaux responsables de la campagne électorale de Robinson, a accusé publiquement son propre candidat, et je cite, « d'une exécrable gestion et de détournement de fonds », fin de citation. Rejoignons à présent Raoul Garcia, notre envoyé spécial sur place, qui suit pour nous cette *Course à la mairie 85*, pour plus de détails sur cette dernière affaire...

Le 10 mars 1985

Cher Dewayne,

Le moment est venu, me semble-t-il, de faire preuve d'une franchise plus grande, la plus grande qui soit, l'un vis-à-vis de l'autre.

Pas un instant, je n'aurais pu imaginer vous avoir blessé si cruellement au point que vous ne trouviez d'autre alternative à cette douleur que celle de saboter votre propre travail (qui, par ailleurs, je dois l'avouer, se développait avec un certain bonheur) et ceci à seule fin de vous venger de moi et de me faire du mal. A seule fin de me blesser à mon tour, vous faites monter Earle furtivement par l'escalier, entrer dans l'appartement de Dorothy sans frapper, tout ça pour mieux la surprendre dans des contorsions d'ordre sexuel pour le moins bizarres et tout à fait impraticables (du moins, me semble-t-il) avant de sombrer, quelques pages plus loin, dans la bassesse malsaine d'une pornographie prétendument « scientifique » et/ou « clinique » – la plus effroyable de toutes, entre nous soit dit, qu'il fût donné de lire à la lectrice que je suis.

Jamais, au grand jamais, je n'aurais pu croire que le simple fait de vous avoir fait faux bond à l'occasion de cette convention des auteurs afro-américains aurait eu des conséquences si graves, susceptibles de ruiner votre foi en la féminitude noire et, partant, en notre peuple tout entier.

En vérité, Richard Johnson et moi, nous nous sommes rencontrés au cours d'une retraite pour écrivains, un week-end sponsorisé par l'université du Michigan en 1977 et, de temps à autre, nous nous revoyons (notez bien que rien ne m'oblige à vous fournir ce genre d'informations et avec un tel luxe de détails encore). Vous l'avez sans doute entendu dire, en dépit de son aisance financière, de sa notoriété et, oui, de son génie – ou peut-être encore à cause de ces choses-là, précisément – Richard n'en est pas moins un homme très seul. Les accusations portées contre lui au cours de la convention, notamment celle qui consiste à dire qu'il ne serait qu'un « roi noir émigré, en porte à faux avec les besoins de son peuple », « un écrivain-vedette marqué par une angoisse purement hébraïque », l'ont profondément blessé. Richard avait donc besoin de moi. En vous disant cela, je ne cherche nullement à nier le mal que je vous ai fait, mais seulement à rendre compte de la nature de la situation.

Souvent, au cours du mois qui vient de s'écouler, j'ai repensé à notre relation. Je vous aime bien, Dewayne, si bien que j'ai pris la décision de ne *jamais* publier ma propre version de votre histoire, mais plutôt de vous céder tous les droits qui me seraient revenus normalement et de soumettre personnellement votre ouvrage à un éditeur de mes amis, en recommandant chaudement votre travail, cela va de soi. J'ai décidé également d'accepter l'invitation que l'on m'a adressée de donner une conférence à Barnard college, ce mercredi 30 mai.

J'arriverai l'après-midi du jour même à New York, je ferai ma conférence de dix-huit à vingt-deux heures et puis, malheureusement, il me faudra reprendre un avion dès le lendemain. Barnard college m'a réservé une chambre à l'hôtel Sherry Netherlands.

Sans vouloir extrapoler de manière abusive à partir de votre récit, il me semble que je vous dois une invitation à dîner dans le restaurant le plus chic de Manhattan. Auriez-vous, par conséquent, l'amabilité de m'y accompagner tout de suite après ma conférence ? Cela me ferait très plaisir.

S'il vous plaît, passons l'éponge sur tout cela, voulez-vous, et reprenons cette relation à son commencement. Je suis persuadée que ni vous ni moi ne souhaitons devoir être jamais contraint à l'avenir d'écrire une phrase comme : « se la faire mettre dans le cul comme une cochonne ».

Très affectueusement,

Ethelle

P.S. Voici un petit cadeau.

Chapitre sept

Le jour du Jugement

Earle se nettoya le coin des yeux, encore tout encroûté de sommeil et jeta un regard en direction de la chambre de Darcelle qui sentait si bon le propre. Sous le poids de son corps redressé, le petit lit moelleux en métal crissa « bonjour ». La commode pouvait paraître ancienne et quasi hors d'usage mais elle n'en était pas moins propre et fièrement posée sur ses pieds. Il enfila sa salopette, ouvrit la porte, prêt à affronter une nouvelle journée de classe, et plus tard, expliquer à sa mère et à ses sœurs les motifs de la bagarre survenue la veille entre Face de crabe, épi d'maïs et lui, et enfin pourquoi il avait dû passer la nuit chez Darcelle.

Eeeehhhh ben, r'gardez-moi ça plutôt, siffla S. Gomorrhe, en exhibant sa tronche de fouine répugnante, blessant du même coup les yeux pleins de candeur du jeune garçon, au moment où celui-ci pénétrait dans la pièce. Puis, un rot puant le gin expédia un souffle âcre dans les narines d'Earle.

Laissez donc cet enfant en paix, monsieur, protesta vaillamment Darcelle, prête à affronter l'homme, les points plantés sur ses hanches fortes mais fermes.

J'suis sûr qu'la maman de ce gosse aurait une chose

ou deux à vous dire à vous autres gourgandines si
jamais elle apprenait c'que faisait sa fierté de fils ici
même dans c'te p'tit bordel de campagne. Voyez-vous,
c't'à dire qu'M'sieur Blanchard et moi, on était bien au
courant d'vot' passé d'pêcheresse avant même que vous
soyiez venue dans le pays. Mais les autres, non. Vous
devriez avoir honte d'corrompre et d'souiller un jeune
homme innocent comme ce'ui-ci.

Vous n'êtes qu'un fouille-merde pervers Monsieur –
euh – Gomorrhe, c'est bien votre nom, n'est-ce pas ?
Me terroriser est une chose, envahir mon domicile tôt
le matin en est une autre, mais n'impliquez *jamais* ni
ma fille ni ses camarades de classe, tonna Darcelle.
Vous pouvez toujours revenir quand les enfants auront
fini leur petit déjeuner, si vous désirez discuter de quelque chose avec moi, conclut-elle. La poêle qu'elle
tenait à la main contenait deux minuscules boules de
gruau tiède.

Le couard avala sa salive aigre et recula un instant,
paralysé par la noble fureur à laquelle il se trouvait soudainement confronté. L'instant d'après, il dut se souve-
nir que l'injustice avait toujours été de son côté car il
s'exclama aussitôt, C'est *moi* qui commande ici. Tirez-
vous, les enfants. Faut qu'je parle avec vot' mère. On a
une p'tite affaire à régler, tous les deux.

Les poings de Dorothy se serrèrent, en proie à un
violent mouvement de colère. Elle quitta la pièce
cependant, la démarche rigide. Earle la suivit.

Faut qu'on aille à l'école, dit Dorothy d'un ton
neutre.

Au même moment, une Hudson noire toute neuve
quitta la Route 49 en direction de la maison et s'arrêta
juste en face. Un homme blanc d'âge mûr avec une silhouette arrondie comme œuf en descendit. Il était si
gros qu'à chaque pas qu'il faisait vers le coffre de la voiture, ses multiples mentons gigotaient en tous sens.

C'est lui! s'écria Earle. C'est lui!

Qui?

Mais – Monsieur Blanchard en personne.

L'homme ouvrit le coffre et en retira un objet en cuir roulé en boule.

Viens, Dorothy. Je ne veux pas que tu voies ça.

Quoi? demanda Dorothy, la voix étranglée par l'angoisse.

La cérémonie de bienvenue. En général, il la réserve aux hommes mais-

Echappant à la vigilance de l'homme, Dorothy se glissa derrière la maison, là où donnait la fenêtre de la chambre de sa mère. Earle était sur ses talons.

Dorothy, tu peux rien faire. Il règne en maître sur tout le comté.

Dorothy ne broncha pas. Elle assista simplement au spectacle de la haine. Muette.

(ClahhhhhK!)

En un bond, Dorothy se précipita vers l'entrée de la maison. Elle pénétra à l'intérieur, s'empara de la lourde poêle en fonte, courut vers la chambre de sa mère, souleva la poêle et en frappa violemment le crâne parcheminé de S. Gomorrhe. Le regard de l'homme s'éteignit. Il lâcha le bras de Darcelle et s'écroula sur le plancher propre.

(ClahhhhhK!)

M. Blanchard, le pantalon baissé jusqu'aux genoux, sa minable et minuscule bite rose sous laquelle pendaient des morceaux de graisse, fit claquer son fouet de nouveau – *clahhhhK!* – le long trait noir de son impossible désir – et lacéra le bras de Dorothy. La poêle tomba à terre avec fracas, écrasant le vilain nez de S. Gomorrhe qui gisait là.

Je m'occup'rai d'toi après m'êt' occupé d'ta mère, cracha ce porc.

A ces mots, le regard jusqu'ici absent de Darcelle s'enflamma d'une immense ire maternelle. Les seins nus gonflant de fierté, elle gronda; si vous touchez à ma fille, je vous tuerai jusqu'à ce que mort s'ensuive.

Le gros homme leva les yeux vers le plafond fait main et hurla de rire. Puis, il s'approcha de la jeune Dorothy, en comblant l'embrasure de la porte par l'énormité de sa silhouette. Sa démarche, déjà pataude, était désormais réduite à néant du fait de son pantalon froissé et de son caleçon souillé en forme de chaînes entourant ses chevilles. Alors qu'il s'agrippait aux épaules de la jeune fille, Darcelle, la mère, lui balança un méchant coup de pied dans son sexe de volaille. Blanchard poussa un hurlement, se plia en deux pour cacher sa blessure mais, avant même que les deux femmes aient pu s'enfuir – *clahhhK!* – il fouetta Darcelle à l'endroit précis où se trouvait sa fente magique. Elle aussi se mit à hurler tandis que Monsieur Blanchard approchait d'un mouvement tout mécanique. Soudain, Blanchard se raidit, ouvrit la bouche, puis les yeux en grand, et s'effondra sur le cadavre de Gomorrhe. La terrifiante silhouette révéla en s'écroulant, ce qui se trouvait juste derrière elle : Earle, un couteau de cuisine taché de rouge à la main. Il jeta l'arme dans un coin (*claqueticlaqueticlaqueti*).

Après des semaines entières passées sur les routes, à mentir chaque fois qu'on leur demandait ce qui les avait contraints à quitter leur village, les trois rejoignirent un circuit de saisonniers agricoles, ramassant le coton en Arkansas, en Louisiane, et au Texas; des piments rouges en Arizona, puis des tomates et de la laitue en Californie, et enfin des artichauts à Monterey. Ils travaillaient chaque jour de l'aube jusqu'à la tombée de la nuit et l'argent qu'ils gagnèrent ainsi leur permit

presque de se nourrir en voyageant. Cette rude exis-
tence de nomade faisait qu'au moins personne ne leur
posait trop de questions. Leur passé, après tout,
n'appartenait qu'à eux.

A Monterey, en Californie, Darcelle trouva enfin un
emploi de serveuse dont la paye était suffisante pour lui
permettre de renvoyer les enfants à l'école. Jusque-là,
Darcelle s'était contentée de transmettre à ces deux
innocents éclaireurs du futur qu'étaient les enfants, les
bribes de sa propre éducation universitaire, pourtant
injustement interrompue. Pour le monde extérieur,
Earle et Dorothy étaient « frère » et « sœur » mais le
lien indestructible qui les rattachait l'un à l'autre
chaque jour plus fermement et si merveilleusement, ce
lien n'était guère fraternel. Un jour d'été donc, sur une
plage déserte en Californie du Nord qu'ils étaient les
seuls à connaître, ils comptaient les nuages allongés sur
le dos. Earle brusquement éclata en sanglots.

Ma famille, ma maman, gémit-il.

Dorothy lui prit la main, puis baisa ses larmes. Earle
esquissa un faible sourire et lui rendit son baiser. Leurs
bouches se rencontraient, mais ni l'un ni l'autre n'avait
encore compris pourquoi un contact si simple, si
innocent, en somme, avait tout à coup déclenché un tel
embrasement de tout leur être.

Ils s'embrassèrent en silence, laissant leurs mains
courir sur toutes les rondeurs de leurs corps tout en
s'étonnant de voir ces rondeurs gonfler à chaque nouvelle et douce caresse. Nus, à présent, face à la puissante rumeur de la houle, ils firent l'amour, ne sachant
pas comment « en principe » il fallait s'y prendre, mais
réussissant quand même et si triomphalement encore,
si glorieusement, peut-être parce qu'ils pouvaient ainsi
donner libre cours à leurs émotions fougueuses d'adolescents. Oui, leur amour était ce qu'est tout acte

d'amour suave – un « je t'aime » clamé sans l'aide du moindre mot.

Longtemps après la guerre, quand ils furent mariés et tous les deux instituteurs, que les enfants étaient en compagnie de leur grand-mère, le couple retournait joyeusement vers ce coin secret de plage qu'entre tous ils préféraient, pour dire « je t'aime » maintes fois; si simple et si merveilleux, pourtant.

Fin

57.

[Salve d'applaudissements.] Je pensais pouvoir vous lire un autre passage de mon roman *L'bon goût des bajoues de porc d'maman*, mais il semblerait que le temps imparti touche à sa fin, et si je veux pouvoir répondre à toutes vos questions... Oui, vous, la personne en bleu.

Q : Combien d'heures consacrez-vous à l'écriture, quotidiennement ?

R : Eh bien, nous connaissons tous ces écrivains plutôt barbants qui vous disent, Il faut absolument écrire quatre heures par jour, sept jours par semaine, qu'il pleuve, qu'il vente, bref, quoi qu'il advienne. Comme si on ne pouvait rien écrire de bon en dehors du cadre rigide de ce genre de discipline, comme si seul un travail de forçat et un dévouement à toutes épreuves pour cet art pouvait permettre d'espérer réussir quelque chose. Or, il se trouve que ces écrivains-là mettent exactement dans le mille en affirmant cela! [rumeurs joyeuses et satisfaites] Mais pour revenir à votre question, quant à moi, j'écris quatre heures par jour, sept jours par semaine, qu'il pleuve, qu'il vente, bref, quoi qu'il advienne. [Nouveaux éclats de rires, puis Ethelle fait un signe de la tête à une jeune femme pâle tout de noir vêtue, avec des lunettes sur le nez et des cheveux en bataille.]

Q : Je sais qu'on vous pose cette question tout le temps mais-

R : James Baldwin, Langston Hughes, Richard Johnson, naturellement, Alice Walker, Toni Morrison, Virginia Woolf, George Eliot, F. Scott Fitzgerald, et tout récemment j'ai commencé à lire quelques ouvrages dit « post-modernes » qui sont bien meilleurs que je ne l'aurais cru... Ai-je répondu à votre question ?

[Celle qui a posé la question hoche la tête en rougissant, un sourire aux lèvres. Une femme en blouse de travail aux motifs écossais prend la parole.]

Q : Certains critiques – des critiques franchement sexistes, dirai-je – vous ont accusée d'être anti-mâle. Qu'avez-vous à répondre à ce genre de choses ?

R : Je pense que, dans une large mesure, ils ont raison, surtout par rapport à mes toutes premières œuvres. J'ai commencé à écrire peu de temps à la suite de quelques aventures amoureuses qui furent pour moi désastreuses, dont l'une avec un professeur d'université, si bien que mes premières œuvres reflétaient fidèlement ce désarroi. Un auteur mâle cependant peut écrire cinq cents pages sur des femmes qui sont, soit des prostituées (et donc, à ses yeux, honnêtes), soit des mégères qui passent le plus clair de leur temps à briser le cœur des hommes, à épouser les uns ou les autres uniquement pour leur argent et qui, par conséquent, présentent un même trait de caractère – une infidélité pathologique. Ces écrivains constituent la norme et sont rarement étiquetés comme étant « anti-femelle » [applaudissements frénétiques dans la salle].

« L'héroïne » – proprement dite – est quasi inexistante aussi bien dans la littérature qu'au cinéma. En fait, il est improbable qu'on puisse rencontrer dans un roman d'espionnage ou d'aventures plus de deux personnages féminins à la fois. Souvenons-nous du film *la Guerre des étoiles*. Littéralement, au milieu d'une foule de rôles masculins, seulement deux femmes! – une vieille parente au cœur d'or qui est tout de suite assassinée, et une princesse. Et c'est cette princesse qui est, soi-disant, censée faire office de caution aux yeux des féministes que nous sommes. Elle est du genre « nana superbe mais qui en a », faisant preuve d'un caractère mieux trempé que celui des hommes dans le film! – à l'exception, bien sûr, du héros de l'histoire, comme du méchant qui la séquestrera et l'obligera à porter des vêtements qui ne laissent pas deviner grand-chose de son anatomie et ce, jusqu'à ce que le héros arrive à la rescousse pour la sauver en apposant sur ses lèvres le sceau machiste par excellence, je veux parler de ce baiser magique à partir duquel elle – c'est-à-dire, en fait, toute femme – peut raisonnablement abandonner sa carrière de, oh, mettons, d'archéologue célèbre, pour consacrer le reste de ses jours à astiquer *son* petit objet pointu, passez-moi l'expression, puisqu'il s'agit précisément de son casque en pointe [rires/sifflements/applaudissements].

A la lumière de tout cela, il me semble que notre société devrait donc pouvoir accepter un peu mieux et un peu plus un genre « autre » de littérature où l'homme tiendrait davantage le rôle de méchant. Quant à nous, force est reconnaître que nous ne pouvons plus tolérer la production de ces œuvres anti-femelles. [Nouveaux applaudissements. Elle poursuit à présent d'une voix excessivement grave.] ... Et si vous m'accordez votre confiance, au soir de la victoire électorale, victoire qui est d'abord la vôtre, je vous promets... [rires]... Question suiv-? Oh, professeur Drake me fait signe qu'il faut me taire à présent. Je suppose que cela veut dire qu'il est l'heure. Oui, elle me fait signe que oui, donc, c'est bien ça, je ne me trompais pas, j'avais bien compris, je vais me taire, je vous le promets... [Ethelle rit en même temps que son public.] Eh bien, merci beaucoup à vous toutes et à vous tous, et bonsoir. [Nouveaux applaudissements; puis une femme se lève pour applaudir, suivies de plusieurs autres et enfin, de toute la salle qui se lève pour l'ovationner.]

Ethelle regarde sa montre, place ses livres et ses notes dans son grand sac de paille, descend les marches de la scène en courant – sans faire attention à ce qui se trouve devant elle – et rentre dans

Oh

Pardonnez

Moi

C'est moi qui vous demande pardon, dit Dewayne. Bonjour.

Monsieur Wellington, je suis contente que vous soyez venu.

C'est un triomphe. Félicitations, je suis très impressionné.

Oh, c'est la règle dans les universités pour femmes. [Elle rit.] Acceptez-vous toujours mon invitation à dîner dans le restaurant le plus chic de Manhattan?

En fait, je pensais que le Picaresque serait mieux venu, vu que c'est beaucoup plus près.

Et plus approprié, je suppose. Ou Chic? Peut-être, et un tour de piste chez Spazio, pourquoi pas?

Heureusement, ces endroits-là n'existent pas. Pas encore, du moins. [Il rit.]

Sur Broadway, Dewayne hèle un taxi. La voiture s'arrête au beau milieu de la rue et quasi en travers de la chaussée. Rapidement, Dewayne ouvre la portière. En baissant la tête, ils s'engouffrent tour à tour à l'arrière du véhicule.

Je croyais que les taxis ne s'arrêtaient pas pour nous autres Afro-Américains.

Ils ne s'arrêtent pas pour *aller* à Harlem. Mais nous, nous allons dans l'autre direction, dans le Upper West Side. Chez les riches.

Mais vous aussi, vous habitez là.

Grâce à l'aimable diligence de mon ex-femme.

Ah oui, je m'en rappelle.

Allons, ne soyez pas ridicule! s'exclame-t-elle. C'est moi qui invite – ou plutôt, c'est Barnard college. La course coûte deux dollars cinquante. Elle tend au chauffeur un billet de cinq dollars. Une fois descendue du taxi, elle explique qu'elle essaie toujours de redistribuer les richesses lorsque c'est quelqu'un d'autre qui paie.

Le voici, dit-elle, *des colonnes de marbre rose et les spots et les plantes suspendues au plafond sous l'enseigne de néon* Picaresque.

Votre mémoire me flatte. Il ouvre cérémonieusement la porte en acajou et vitre teintée.

Ethelle esquisse un large sourire lorsque s'approche d'elle un bel homme de type libanais, les bras tendus en avant, paumes ouvertes.

Vous devez être Yassir. Bonsoir.

Hussein s'immobilise et regarde Ethelle d'un drôle d'air. Pardon? dit-il. Une table pour deux, M. Wellington?

Ethelle chuchote à l'oreille de Dewayne, Je suis mortifiée, j'ai envie de vous tuer. Ils s'installent.

Bonjour, je m'appelle Shawn, je suis votre serveur ce soir, dit Shawn, leur serveur de ce soir.

Votre carte des desserts pour la dame, s'il vous plaît. Ethelle écarquille les yeux lorsque Dewayne dit *la dame*. Moi, je prendrai votre forêt-noire et un cappuccino.

Eh bien, commence Shawn, ce soir nous vous proposons un gâteau au chocolat crémeux, c'est un gâteau à peine sorti du four fourré d'une crème au chocolat au lait qui ressemble à une pâte de truffe, mélangée à des noisettes finement pilées, le tout nappé d'une vraie crème Chantilly et puis du chocolat amer de Bulgarie râpé, par-dessus. La forêt-noire, vous connaissez déjà.

Beignet de glace au chocolat? demande-t-elle doucement.

Bien sûr. Que désirez-vous boire avec cela?

Un cappuccino pour moi aussi. Elle regarde Dewayne. Cesse de sourire.

Puisque votre contribution à *Platitudes* – que j'ai, bien entendu, appréciée et dont je vous suis reconnaissant – est maintenant achevée, à quoi travaillez-vous désormais, Ethelle?

Je fais une critique de – euh – *Loin, si loin de chez moi*, de Johnson, pour le *Times*. Puis, après de courtes vacances, je songe à écrire le scénario de *Mes grands vieux pieds y vont écraser c'mal là*. Les studios Universal ont pris une option dessus il y a des années de ça. Je sais bien qu'écrire un scénario est une chose parfaitement indigne pour qui se réclame écrivain, mais je dois avouer que les salaires sont – comme on dit – mirobolants. Naturellement, si je veux écrire mon propre scénario, c'est aussi pour éviter à mon roman de tomber entre les mains d'un écrivaillon de feuilleton télé pour être massacré. Mais vous, Dewayne. Que comptez-vous faire, une fois votre roman terminé?

A vrai dire, j'aimerais vendre *Platitudes* à Hollywood et, avec l'argent, construire une cabane dans un coin isolé de Martha's Vineyard, où je possède un lopin de terre. Mon ambition étant de ne plus dépendre d'une pension alimentaire pour subsister.

Aaah, mais alors vous devriez être reconnaissant à

l'égard de nous autres féministes. Avant le mouvement pour les droits de la femme, aucun homme n'avait jamais reçu une pension alimentaire de son ex-femme.

Desserts mangés et boissons bues. Lorsque le serveur demande, Ce sera tout ? Dewayne répond, Oui, merci. Une fois de plus, Ethelle règle l'addition.

Un taxi s'arrête au signal d'Ethelle.

Avant de nous séparer, si vous voulez voir mon bureau, chez moi, là où je travaille, l'endroit où la production s'effectue, je serais ravi de vous le faire visiter. J'habite tout près.

Navré, monsieur, dit Ethelle au chauffeur de taxi haïtien, en lui tendant un dollar. Ce n'est plus la peine.

Ils marchent sans se parler jusqu'au carrefour de la 90e Rue et de West End Avenue. Ethelle lève les yeux de temps à autre sur les façades des immeubles.

Celui-là doit être le vôtre, parce que j'aperçois *le portail de style gothique de l'école de filles Sainte-Rita,* juste de l'autre côté de la rue. Vous avez raison. On ne sait jamais quand ce genre d'édifice surgira. [Elle rit.]

Jerry, le portier de service, ouvre la porte pour laisser passer le couple et dit Bonne nuit.

Installez-vous dans le salon, je reviens tout de suite. Le disque My Favorite Things de Coltrane est encore sur la platine. Il appuie sur le bouton « marche ». Dans la cuisine, il remplit une carafe de pinot Grigio, retire du congélateur deux verres à vin givrés, en prenant bien soin de ne toucher que le pied.

Dans le salon, entre la statue d'une Haïtienne en route pour le marché sur la gauche et le mur barbouillé d'éclats de peinture à la Jackson Pollock sur la droite, Dewayne pose le plateau sur la table basse recouverte d'une étoffe de Ghana.

Pinot Grigio, dit-elle après une gorgée. Mes compliments. Ils sont tous deux assis sur le divan, côte à côte.

Dewayne se tourne vers elle. Elle se lève et se dirige vers la fenêtre, regarde entre les lattes du store. Ah oui, en effet, je me rappelle que vous aviez dit que votre appartement donnait sur Broadway.

Mon bureau est par l-

Aaah! L'académie américaine de Fifi la Grande, j'en étais sûre! Vous avez changé le nom du cours de danse en lui donnant celui de Signora Montovani parce qu'en français, ça aurait eu l'air un peu forcé et personne ne vous aurait jamais cru. Peut-être aussi pour éviter un procès, hein?

Par ici, c'est là que je travaille.

Sur son bureau, un entassement de cahiers et de stylos dans le plus indescriptible désordre. Par terre, repose une machine à écrire. Un plan du quartier tracé à la main est collé contre le carreau de la fenêtre par une très longue bande de ruban adhésif.

Et cette fenêtre donne juste sur Sainte-Rita. Je n'ai même pas besoin de regarder. J'ai l'impression de me trouver dans les coulisses d'un spectacle d'illusionniste. J'ai également l'impression que nous sommes supposés faire l'amour.

Ils s'approchent lentement l'un de l'autre et s'embrassent si délicatement – s'effleurant des lèvres.

Je... Je... dit-il.

Ils s'embrassent de nouveau, cette fois-ci tout en progressant vers la chambre. Ils se déboutonnent, font glisser les fermetures Éclair, se déshabillent l'un l'autre, s'embrassent et se caressent. Elle s'écarte doucement de lui, d'abord tout le corps et puis les lèvres, au tout dernier moment. Elle ramasse son sac de paille qui était à terre. Nue, elle se dirige vers la salle de bains.

Dewayne crache, frotte, puis tire sur son membre mollasson.

Ethelle revient, souriante, s'allonge sur lui. Ils

s'embrassent de nouveau, se caressent. Sa main descend plus bas que le nombril de Dewayne.

Ça te dirait pas de faire une petite sieste? dit Dewayne. Je pourrais te réveiller quand il est prêt. Je suis désolé. Ça fait assez longtemps...

Elle l'embrasse encore une fois, sourit, pose sa tête sur sa poitrine et s'endort.

Il baisse les yeux vers son pénis, le relève, le maintient un instant en l'air, le relâche. A nouveau, il retombe, mou.

Après avoir fixé le plafond et tous les petits indicateurs lumineux de couleur verte de la stéréo, après avoir passé la main sur le dos d'Ethelle, si doux, puis sur la courbe de la hanche, celle de la fesse, il extirpe lentement, lentement son corps du nœud que tous les deux formaient. Lentement, encore, il se dirige, nu, vers le bureau.

58.

Il est maintenant sept heures et demie, Earle a encore une heure de libre avant son rendez-vous avec Sonja, la Suédoise.

Drriiiiiinnnnggg

Bonjour, Earle. Tu dois être surpris de me voir.

Il ne dit rien.

J'ai fait ce que j'ai fait, Earle, parce que je voulais le faire. Parce que Richard est très sexy, parce que mon affection pour toi est plus forte que ça; tu m'importes *trop*, que tu le croies ou non. Tu es trop pur. Et il m'arrivait de ne pas avoir besoin de pureté; je n'avais pas toujours le temps pour tout ce qui est pur, pour le patinage sur glace, pour Coney Island, parce que je ne suis pas comme ça... D'ailleurs, qui veut tomber amoureuse d'un gros ballot?

Il étouffe en essayant de réprimer ses larmes puis, tout tremblant, il lâche un profond soupir avant d'éclater en sanglots. Alors, il pleure et il pleure et un long hurlement de sirène s'échappe de sa gorge. Elle aussi, elle pleure et ils se jettent dans les bras l'un de l'autre, se serrent fort, les larmes de l'un mouillant les joues de l'autre. Les baisers de Dorothy sont pareils à des points de chaleur sur son cou, une chaleur qui remonte jusqu'à son menton et il embrasse ses lèvres baignées d'eau salée, lui donne des baisers légers pour prouver qu'il le peut, lui caresse les joues, pose les lèvres sur ses paupières, redescend le long de la courbe du nez, passe sur les lèvres, il le peut en effet, et elle lui rend ses baisers, au moins autant. Soudain, il se rend compte que son cœur bat follement parce qu'il n'a jamais rien éprouvé de semblable, ce n'est pas un brouillon pour rire, c'est du vrai, et il se demande comment il a pu vivre pendant si longtemps sans connaître cela.

Maintenant que ça s'est redressé et que ça touche même le dessous de la table de son bureau, il se lève. Il est temps d'aller réveiller Ethelle.

Cet ouvrage a été réalisé par la
SOCIÉTÉ NOUVELLE FIRMIN-DIDOT
Mesnil-sur-l'Estrée
pour le compte des Éditions Balland
en octobre 1994

Imprimé en France
Dépôt légal : octobre 1994
N° d'impression : 28063

ISBN 2-7158-1057-1
919-857-5